SINGULARITÉS

HISTORIQUES,

On trouve chez le même Libraire, la
Defcription des Curiofités de Paris,
deux volumes du même format; prix brochés, 3 liv.; reliés en un volume, 3 liv.
12 f., & reliés en deux volumes, 4 liv. 4 f.
& la *Defcription des Environs de Paris*,
même volume & même prix. On y trouve
encore des Plans de Paris & des Environs,
collés fur toile, & ployés dans des étuis;
ainfi que toutes les Nouveautés Littéraires.

SINGULARITÉS

HISTORIQUES,

OU

TABLEAU CRITIQUE

DES

MŒURS, DES USAGES

ET

DES ÉVÉNEMENS

DE DIFFÉRENS SIECLES,

CONTENANT ce que l'Hiſtoire de la Capitale & des autres lieux de l'Iſle-de-France offre de plus piquant & de plus ſingulier.

POUR ſervir de ſuite aux Deſcriptions de Paris & de ſes Environs.

Par J. A. D***

PRIX 1 l. 16 ſ. br. & 2 l. 8 ſ. rel.

A LONDRES,

Et ſe trouve A PARIS,

Chez LEJAY, Libraire, rue Neuve-des-Petits-Champs, près celle de Richelieu.

M. DCC. LXXXVIII.

INTRODUCTION.

On oublie aiſément dans notre Hiſtoire de France les événemens de vingt regnes , pour ſe rappeler avec plaiſir la touchante épiſode que préſentent les amours d'Abailard & d'Héloïſe. Ainſi l'intérêt qu'inſpire le ſort de deux amans, eſt bien plus vivement partagé que les intérêts de tous les Monarques de l'Europe.

Notre Hiſtoire offre encore une infinité de traits auſſi curieux, qui peut-être intéreſſent moins le cœur ; mais qui charment & exercent davantage l'eſprit & le jugement : tels ſont ceux qui ſe trouvent dans cet Ouvrage. En préſentant ce que l'Hiſtoire a de piquant, de ſingulier & d'agréable , je pourrai peut-être en inspirer le goût aux Lecteurs qui ne l'ont point, & les déterminer, par curiosité, à une étude rebutante, mais nécessaire. Au moins, ils pourront, sans beaucoup de peine, connoître des mœurs, des faits & des hommes, sur lesquels l'opinion n'est pas encore, pour bien du monde, entiérement fixée, & recevoir l'instruction à la faveur de l'agrément.

Il est un âge où l'on réfléchit plus qu'on ne sent, où les illusions se dissipent, où les ouvrages d'imagination cessent de plaire, & où l'on est tourmenté par le besoin de connoître la vérité ; c'est alors qu'on liroit l'Histoire avec fruit ; mais son attirail volumineux & scientifique, rebute le Lecteur ; il abandonne, par dégoût, ce qu'il avoit entrepris par raison.

Ce dégoût, il faut l'attribuer à nos

décourageantes Histoires completes, si remplies de faits différens & décousus. dont souvent l'esprit le plus attentif ne peut saisir la liaison ; que les Auteurs, par foiblesse, ou par intérêt, ont dépourvues de ces vérités qui réveillent l'ame, & la disposent à la réflexion, de ces traits de caractere qui nous donnent un idée juste des mœurs & des hommes célebres de chaque siecle; enfin, il faut l'attribuer à ces compilations indigestes, que les Savans même ne lisent, que pour les consulter, & à ces abrégés qui n'offrent de l'Histoire, que le squelette, c'est-à-dire qu'une nomenclature seche de noms, de faits & de dates : il faut y être obligé, pour lire ces Ouvrages-là.

Pour connoître passablement l'Histoire de son pays, il ne suffit pas de la

lire, il faudroit l'étudier dans mille volumes (1) : cette étude est pénible. Pour
la rendre plus commode & moins
compliquée, voici un système qui me
semble auſſi naturel que ſatisfaiſant.

Je diviſe tous les monumens de
notre Hiſtoire en trois claſſes diſ-
tinctes : l'Hiſtoire des hommes, l'Hiſtoire des lieux & l'Hiſtoire des mœurs.

L'Hiſtoire des Hommes contiendroit
les actions & les caracteres de tous les
hommes qui ſe ſont rendus célebres
par leurs talens, leurs vertus ou leurs
crimes.

L'Hiſtoire des Lieux embraſſeroit tous
les événemens remarquables, dont
telles Villes, tels Bourgs, tels Châ-

_____

(1) Les titres ſeulement des différentes
Hiſtoires ſur la France, compoſent ſix volumes *in-folio.*

teaux, ou leurs environs, auroient été le théâtre.

L'Histoire des Mœurs comprendroit les usages, les opinions, non pas de chaque siecle, car le passage d'un siecle à un autre n'influe point sur les hommes, mais de chaques grands intervalles, entre certaines époques de notre Histoire : comme depuis Clovis, jusqu'à Charlemagne; depuis le regne de cet Empereur, jusqu'au tems des Croisades; depuis ce tems, jusqu'au regne de Charles VI, à la Cour duquel le luxe, le goût des plaisirs & la licence, firent des progrès considérables : de ce regne désastreux, à celui de Louis XI qui détruisit presqu'entiérement le systême féodal : de Louis XI, à François Ier., dont le regne eut une influence si puissante & si pernicieuse sur les mœurs & le bonheur des François. Il établit fur fon peuple des impofitions onéreufes, vendit le premier les charges de la Magiftrature, fit naître le goût des beaux Arts & de la Littérature: il afficha le libertinage, & attira à fa Cour, des Evêques & des Femmes. Sous fon regne prirent encore naiffance, de nouvelles opinions religieufes. Depuis François Ier jufqu'à Louis XIV, l'intervalle eft rempli par une foule d'événemens qui nous ont laiffé des traits bien caractérifés des mœurs & des opinions : enfin, depuis Louis XIV jufqu'à nos jours, le changement eft confidérable. La fuperftition a moins de partifans : le fanatifme n'a plus de force, les connoiffances fe font prodigieufement accrues, & ont diffipé les antiques erreurs, &c. &c.

Ces différentes époques des mœurs

Françoises , exactement remplies , offriroient le tableau le plus vrai du cœur
humain.

Ainsi divisée , l'Histoire présen-
teroit plusieurs avantages, non-seulement pour l'instruction , mais encore
pour l'exactitude : on pourroit recti-
fier chacune de ces divisions en les
rapprochant & les comparant entre elles. De plus , les faits que les
Ecrivains des histoires générales ont
laissé échapper, par ignorance ou par
intérêt , ou qu'ils ont négligés , parce
qu'ils ne pouvoient les classer d'une
maniere heureuse, trouveroient toujours dans l'une ou l'autre division
une place convenable : rien ne seroit
perdu pour l'Histoire.

Il me reste à prévenir les reproches
qu'on pourroit me faire sur l'authenticité de quelques faits rapportés dans

mon Ouvrage. Je puis aſſurer que ceux
qui paroîtront les plus extraordinaires,
ne ſont pas moins puiſés dans des
ſources qui portent tous les caractères
de la vérité. Si je n'ai pas toujours
nommé mes Auteurs, c'eſt dans la
crainte de refroidir le récit en ac-
cumulant les citations.

Les Mémoires du Comte de *Rochefort*, d'où j'ai tiré quelques traits,
ſeront peut-être un peu ſuſpects aux
yeux des perſonnes éclairées. *Des
Courtilz*, dont la réputation n'eſt pas
celle d'un homme bien véridique, en
rédigeant ces Mémoires, a fait douter
de la vérité des faits qu'ils contiennent.
Mais ſi l'on réfléchit à la maniere
ſimple & négligée dont il ſont ra-
contés, & ſi l'on ſe rappelle que *des
Courtilz* étoit parent & contemporain
de Rochefort, & qu'il a pu, par con-

féquent, connoître toutes les particularités de fa vie, on ne pourra s'empêcher de croire que ces Mémoires font
véritables. D'ailleurs, le fait le plus
fingulier qu'on y trouve, eft regardé
comme avéré par les perfonnes même
peu difpofées à croire cet Ecrivain fur
fa parole.

On rapporte que Rochefort quitta
fes habits de Cour pour prendre ceux
de Capucin ; qu'il fit une efpece de Noviciat au Couvent de la rue Saint-
Honoré ; que, de-là, il fut à pied à
Bruxelles, accompagné d'un véritable Novice, & qu'il refta deux ans
dans un Monaftere de cette Ville,
obligé de fuivre la regle, pour tromper
les Moines & le Public, pour faire
le métier d'Efpion, & fervir les intérêts du Cardinal de Richelieu.

Qu'on s'imagine la contrainte que
dut éprouver un Militaire jeune &

emporté, un courtifan vicieux, tranf-formé tout-à-coup en Capucin, & forcé d'en fuivre rigoureufement la regle, & on jugera de la baffeffe des Gentilshommes qui étoient attachés au Cardinal de Richelieu, & des moyens artificieux que ce Miniftre mettoit en ufage.

Ce fait fingulier eft cependant at-tefté par plufieurs Ecrivains contem-porains, notamment par l'Auteur de la Vie du Pere *Jofeph*. On pourroit également prouver la vérité de plu-fieurs autres anecdotes contenues dans les Mémoires de Rochefort, & qui font moins incroyables que celle-là.

SINGULARITÉS

SINGULARITÉS
HISTORIQUES.

CHAPITRE PREMIER.

Anciens Spectacles des Parisiens.

Tour le monde fait que les repréſentations des Myſteres étoient autrefois les ſpectacles les plus à la mode. Les jours de ré-
jouiſſances publiques, lors de l'entrée de
nos Rois, on établiſſoit le long des rues des
échafauds ſur leſquels on repréſentoit des
ſujets tirés de l'Ancien ou Nouveau Teſta-
ment, ou de la Vie des Saints. Les uns
étoient en proſe, d'autres en vers & quelques-
uns ſeulement en pantomime. Ces *beaux*
& piteux Myſteres fort admirés, n'é-
toient cependant pas les ſeuls ſpectacles qui

A

dans le même temps amufoient les Parifiens.

En 1425 on vit à Paris des jeux qui caractérifent affez les mœurs du temps pour en rapporter ici les détails.

Le jour de Saint-Leu & Saint-Gilles, les habitans de cette Paroiffe propoferent de faire un *esbattement* nouveau ; ils planterent, dans la rue aux ours en face de la rue Quincampoix, une perche de près de fix toifes de longueur ; ils attacherent à la cime un panier dans lequel étoit une oie graffe & fix blancs de monnoie. Enfuite ils oignirent cette perche qui étoit dreffée perpendiculairement & promirent l'oie, l'argent, le panier & la perche à celui qui feroit affez adroit pour grimper jufqu'en haut : cet exercice dura long-temps, les plus vigoureux ne purent atteindre le but. La graiffe dont étoit frottée la perche étoit le plus grand obftacle. Enfin, on adjugea l'oie à celui qui avoit monté le plus haut ; mais on ne lui donna point la perche, les fix blanc ni le panier.

La même année, les Parifiens fe procurerent un fpectacle bien plus fingulier. Dans l'Hôtel d'Armagnac (1) rue Saint-Honoré, ils formerent une enceinte, y firent entrer un cochon & quatre aveugles armés chacun

_____

(1) L'ancien emplacement de cet Hôtel, fait la plus grande partie de celui du Palais Royal.

d'un bâton. On promit le cochon à celui des quatre qui parviendroit à le tuer à coup de bâton. L'enceinte étoit entourée de nombreux spectateurs impatiens de voir le dénouement de cette comédie. Les aveugles se précipitoient tous vers l'endroit où ils entendoient courir l'animal, & se meurtrissoient réciproquement de coup de bâton en croyant le frapper; ce qui divertissoit infiniment l'assemblée. Ils recommencerent plusieurs fois l'attaque sans avoir un meilleur succès, & quoiqu'ils fussent armés de pied-en-cap ils se lasserent de recevoir des grands coups de bâton, & d'exciter le rire de tout le monde. C'est pourquoi ils aimerent mieux abandonner l'espoir de posséder le cochon, que de continuer un jeu si déplaisant pour les acteurs.

CHAPITRE II.

Agnès Sorel à Paris.

LES Parisiens, qui n'aimoient pas beaucoup le Rói Charles VII, à cause des fortes impositions qu'il levoit sur le peuple, furent bien loin d'applaudir aux tendres sentimens que lui inspiroit sa belle maîtresse.

Cette belle arriva à Paris au mois d'Avril 1448; les Parisiens furent également scandalifés de fon luxe exceffif, de fon état de maîtreffe déclarée du Roi, & des bontés que la Reine fembloit lui témoigner.

Ce fut dans ce temps, que le Roi fit préfent à *Agnès Sorel*, du château de *Beauté* qui étoit fitué dans le bois de Vincennes *Le plus bel chaftel, & jolis & mieulx affis qui fut en toute l'Ifle de France.*

Bien loin de rendre des honneurs *à la belle Agnès*, les Parifiens murmuroient contre fa conduite & fon indécente arrogance ; Agnès Sorel fut vivement offenfée de fe voir fi mal acueillie dans Paris ; elle en partit au bout de douze jours, en difant que les Parifiens « *n'étoient que villains, &* » *que ci elle eut cuidé* (PENSÉ) *que on* » *ne lui eut fait plus grand honneur* » *qu'on ne lui fift, elle n'y euft ja entré* » *né mis le pié. Ce qui euft été dommaige,* » *mais il euft été petit,* dit un Contem-» porain ».

---

(1) Plufieurs Hiftoriens croyent que, par les avis de cette maîtreffe, Charles VII fortit de fa létargie, & forma le généreux deffein de chaffer les Anglois de la France. Cette opinion duroit encore fous François I. ; tout le monde fait le joli quatrain que ce Roi fit à la louange d'Agnès Sorel.

CHAPITRE III.

Opinion des Parisiens sur Jeanne d'Arc, dit la Pucelle.

LES Parisiens, qui préféroient le joug du Roi d'Angleterre à celui du légitime héritier de la Couronne de France, maudissoient tous ceux qui étoient du parti de Charles VII. Jeanne d'Arc qui, sous la foi d'inspirée, avoit ranimé le courage abattu du parti de ce Prince, fut en conséquence regardée par les habitans de Paris, comme une fille perdue de vices, dont les prophéties étoient autant d'impostures. Le Parisien qui écrivoit tous les événemens de ce temps, & dont je retrace l'opinion, rapporte que c'étoit une *créature en forme de femme*, qu'on nommoit *la Pucelle* & qui l'étoit, *Dieu le sçet*.

Le jour de la Nativité de Notre-Dame 1429, la Pucelle & les troupes du Roi vinrent assiéger Paris. L'assaut commença sur les onze heures du matin, entre la porte de Saint-Honoré & celle de Saint-Denis. La Pucelle s'avança, planta son étendard sur les bords du fossé, & adressa ces paroles aux Parisiens ; *rendez-vous de par Jésus à*

nous toſt ; car ce ne vous rendez avant
qu'il ſoit la nuit , nous y entrerons par
force , veuillez ou non , & tous ſerez mis à
mort ſans mercy. — Paillarde , ribaude ,
lui cria un aſſiégé en lui décochant une fleche
qui lui perça la jambe; elle prit la fuite ,
& celui qui portoit ſon étendard fut auſſi-tôt
bleſſé d'un trait au pied. Il s'arrête , leve la
viſiere de ſon caſque afin de retirer la fleche.
On lui en tire une ſeconde qui le frappe
entre les yeux au fond de la viſiere , & le
tue. La prédiction de la Pucelle ne s'accom-
plit point en cette occaſion , car la ville de
Paris ne fût point priſe.

Quelque temps après on arrêta à Corbeil deux femmes , & on les conduiſit dans
les priſons de Paris. Leur crime étoit de
croire & de dire à tout le monde que la Pucelle d'Orléans étoit envoyée de Dieu , que
Jéſus lui apparoiſſoit ſouvent , & que la
derniere fois qu'elle l'avoit vu il étoit vêtu
d'une longue robe blanche , & par deſſous
d'une *huque* de vermeille. Comme la plus
âgée de ces femmes ne voulut jamais ſe ré-
tracter , le dimanche 3 Septembre 1430 elle
fut brûlée vive.

Quelque temps après que la Pucelle fut
brûlée à Rouen , un Jacobin Inquiſiteur de
la foi , Maître en Théologie , prêcha à
Paris dans l'Egliſe de Saint-Martin-des-
Champs , & ſon ſermon fut une ſatyre violente contre cette courageuſe fille ; il dit en
chaire que depuis l'âge de quatorze ans elle

s'étoit vêtue d'habits d'homme, que ses parens l'auroient tué s'ils n'avoient pas craint
de blesser leur conscience, qu'elle quitta sa
famille, accompagnée du diable, & devint
homicide de Chrétien, & que depuis ce
temps là, elle avoit commis une infinité de
meurtre; que dans sa prison elle se faisoit servir comme une Dame, & que les diables lui
apparoissoient sous les formes de Sainte-
Catherine, de Sainte-Marguerite & de St-
Michel; il ajoutoit que la peur lui ayant
fait quitter ses habits d'homme pour prendre
ceux de femme, le diable les lui fit repren-
dre; mais il ne la secourut point lors de son
exécution comme elle s'y attendoit. Ce Moine
Jacobin, dit encore dans son sermon, qu'il
y avoit quatre Pucelles : savoir les deux
prises à Corbeil, dont l'une fut brûlée à
Paris, *Jeanne d'Arc* brûlée à Rouen, &
une quatrième appellée *Catherine de la
Rochelle* qui suivoit l'armée de Charles
VII., & qui avoit aussi des visions comme
Jeanne d'Arc.

   Dix ans après l'exécution de *Jeanne
d'Arc*, on vit paroître une autre Pucelle;
le peuple crut d'abord fermement que c'é-
toit la même qui avoit été brûlée à Rouen,
& que par miracle elle étoit ressuscitée ou
bien qu'à l'exécution on en avoit substitué
une autre. Ce qui paroît singulier, & ce
qui peut-être a donné lieu de soutenir dans
notre siècle que Jeanne d'Arc n'avoit pas été
brûlée, & qu'elle avoit même eut de la

postérité, c'est que les habitans d'Orléans qui virent cette seconde Pucelle, la prirent pour Jeanne d'Arc, & en conséquence lui rendirent plusieurs honneurs.

L'Université & le Parlement de Paris qui avoient condamné dix ans avant la véritable Pucelle, voulurent détromper le peuple; ils firent conduire par force à Paris la fausse Pucelle. On la montra au peuple dans la grande cour du Palais, on la fit monter exprès sur une table de marbre, & là, on prononça un discours sur sa vie, dans lequel on disoit qu'elle n'étoit point pucelle, qu'elle avoit été mariée à un Chevalier dont elle avoit eu deux fils, que dans un moment de colere contre une de ses voisines en voulant la frapper, elle frappa sa mere qui la retenoit, qu'elle avoit aussi frappé des Prêtres ou Clercs pour défendre son honneur, & que pour se faire absoudre de ses crimes, elle avoit été à Rome, & afin de faire ce voyage en sureté s'étoit vêtue en homme, ensuite qu'elle avoit servi en qualité de Soldat dans l'armée du Pape, & commis dans cet état deux homicides. Ce discours & cette cérémonie étant achevés, la Pucelle partit de Paris & retourna à la guerre.

On voit que Jeanne d'Arc ne fut pas la seule pucelle de son temps; elle eut plusieurs imitatrices; c'étoit une mode alors d'être pucelle.

CHAPITRE IV.

Malheurs des Guerres Civiles.

LES plus grands maux des guerres civiles font fans contredit ceux que produifoient les troupes par le défaut de difcipline & de payement. Le befoin de vivres, la certitude de l'impunité, l'ardeur de s'enrichir, & fur-tout l'exemple des Chefs, portoient les Soldats au vol & au brigandage, & les accoutumoient fi bien à la cruauté que leurs cœurs étoient abfolument inacceffibles à la compaffion, & qu'ils fe faifoient même un jeu de commettre les crimes les plus atroces.

Les troupes du Roi Charles VII étoient livrées au plus affreux brigandage. Pendant les guerres contre les Anglois, les Soldats pilloient, rançonnoient fans diftinction leurs ennemis, & ceux qui étoient du parti du Roi de France.

L'ifle de France, dit un Ecrivain contemporain, *étoit toute peuplée de gens pires que fut oncques Sarrafins.* Les Soldats, pour tirer l'argent des Villageois arrachoient les enfans des bras de leurs meres, & les tuoient, fi fur-le-champ on ne leur donnoit la fomme qu'ils demandoient, ou bien ils les renfermoient dans des coffres & les laiffoient périr de faim fi les parens ne payoient leur rançon.

Lorfqu'un mari par malheur avoit une jeune & jolie femme, il étoit taxé à une rançon beaucoup plus forte, & s'il ne pouvoit la payer on l'enfermoit dans un coffre, on couchoit fans façon la femme fur le couvercle, & le brutal qui commettoit cette violence, crioit au mari : « *Villain, en dépit de toi, ta* » *femme fera chevauchée en cet endroit,* » & ainfi le faifoient ; & quand ils avoient » fait leur manœuvre, ils laiffoient le pou- » vre périr là dedans, s'il ne païoit la » rançon qu'ils lui demandoient ».

Des horreurs femblables furent renouvel- lées pendant les guerres de la ligue ; on frif- fonne en lifant les détails que l'Hiftoire nous a laiffé de ces temps orageux ; on eft humilié d'être de la même efpece que ces êtres féroces qu'on a appellé *Guerriers, Gentilhommes* & quelquefois *Héros.*

Monfieur, frere du Roi Henri III, partit de Mantes le 12 Juillet 1582 pour aller à Château-Thierry où étoit le rendez-vous de fon armée. Les troupes qui l'accompagnoient dans cette marche laifferent par-tout des traces de leur cruauté.

Un Capitaine logé chez un bon Villa- geois dont la fille étoit jolie, la lui demande en mariage, le pere voyant bien que le Ca- pitaine cachoit quelque mauvais deffein, lui repréfente doucement que fa fille étoit d'un rang trop inférieur au fien, & qu'il lui

falloit plutôt une *Demoiselle*. Le Capitaine
irrité de ce refus s'emporte contre le pere,
lui jette plats & affiettes au visage, & le
force à prendre la fuite, alors croyant l'inftant favorable pour accomplir fon projet, il
fe faifit de la fille, la viole, & ajoute à cet
affront des railleries infultantes. Cette fille
emportée par l'indignation, faifit le moment où celui qui l'a déshonorée parle à un
Soldat, & lui perce vigoureufement l'eftomac d'un coup de couteau dont il mourut.
Cette fcene fanglante fut fuivie d'une autre.
Les Soldats du Capitaine s'emparent de cette
belle & courageufe fille, l'attachent à un
arbre, & la tuent à coups d'arquebufes.

Si les guerres de la fronde n'offrirent pas
des exemples fi fréquens de cruauté, le pillage & la difette fe firent vivement fentir
dans tous les lieux où pafferent les troupes du
Roi ou des Princes. Les campagnes étoient
défolées, les fruits de la terre détruits, les
beftiaux & les Laboureurs mouroient de
faim; ces derniers fuivoient en foule l'armée du Roi, pour implorer fa protection& fes
charités. Mais dans ce temps là, ce jeune
Prince ne pouvoit leur donner aucune fatisfaction (1), la famine étoit à fon comble.
J'ai vu, dit la Porte dans fes Mémoires,
fur le pont de Melun, trois enfans fur
leur mere morte, l'un defquels la tettoit

(1) Louis XIV étoit fort jeune alors, & le Cardinal
Mazarin tout puiffant, ce Miniftre avoit coutume de

encore. Quand la Reine entendoit le récit de ces désastres, elle difoit en soupirant que ceux qui en étoient la cause auroient un grand compte à rendre à Dieu ; & elle-même avoit occasionné tous ces maux.

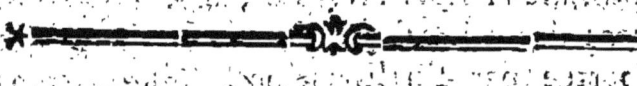

CHAPITRE V.

PONTOISE.

Sentiment d'un Parisien sur les malheurs de la Guerre.

L'AVANT dernier jour de Juillet 1419, jour de la fête Saint-Eustache, les Parisiens se disposoient à aller jouer au Marais comme c'étoit l'usage les jours de fêtes. Ils entendirent des cris vers la porte Saint-Denis une trentaine de personnes effrayées, la mort peinte sur leurs visages, accablées de chaleur, de fatigue & de faim, pleuroient & demandoient à grand cris du secours. On les arrêta à la porte pour leur demander la cause de leur douleur : *nous sommes de Pontoise,* s'écrierent-ils en pleurant, *qui*

s'emparer de l'argent qu'on donnoit au jeune Roi, pour exercer sa générosité pendant ses premieres campagnes.

a été cette journée au matin prinse des Anglois pour certain. Ils ajoutoient que les Anglois avoient tué & blessé tout ce qui s'étoit trouvé sur leur chemin, & qu'ils se regardoient comme fort heureux d'avoir échappé à la fureur de ces barbares. Pendant qu'ils parloient, on vit accourir une foule d'hommes, de femmes & enfans, les uns mourant de faim & de chaleur, d'autres tous dépouillés, plusieurs baignés du sang des blessures qu'ils avoient reçues. Les peres & les meres portoient leurs enfans sur les bras ou dans des hottes. On vit des Prêtres qui n'étoient vêtus que de leurs chemises & de leurs surplis, des femmes accoucherent de fatigue & de douleur, & périrent avec leurs enfans. Les malheureux fugitifs, dont le nombre croissoit à chaque instant, rassemblés proche la Porte Saint-Denis, offroit un spectacle qui déchiroit le cœur. On entendoit que cris & lamentations, le souvenir de leurs parens, de leurs amis, de leurs enfans qu'ils avoient laissés en proie aux fureurs des ennemis, ajoutoit encore à leur peine. *Dieu gardez-nous par votre grace de désespoir,* disoient-ils, *car ce matin nous estions en nos maisons aisez & tranquils, & à midi en suivant sommes comme gens en exil & querant notre pain.*

Les Parisiens ne purent leur être d'un grand secours, car ils étoient eux-mêmes dans la disette.

Le tableau que fait un contemporain de ces temps défaſtreux, nous préſente d'une maniere vigoureuſe l'état malheureux de la France & les mœurs de ce temps ; nous allons en rapporter les traits les plus ſaillans.

» Je ne crois pas que jamais la France ait eſſuyée autant de maux comme elle en éprouve depuis douze ans. Les Provinces, & ſur-tout la Normandie, ont vu le Laboureur, ſa femme & ſes enfans, les *Marchands*, les *gens d'Egliſes*, *Moines*, *Nonains*, être chaſſés de leurs foyers, comme *beſtes ſauvages* ; les fortunes ont été bouleverſées, celui qui jadis faiſoit l'aumône eſt réduit à la demander, celui qui avoit coutume d'être ſervi eſt forcé de ſervir les autres, par déſeſpoir les uns ſont devenu voleurs & meurtriers, les autres ont perdu tout ſentimens d'honneur & de décence. Tant de *bonnes pucelles*, *bonnes prudes femmes*, *tant de Moines*, *tant de Prêtres*, *tant de Dames de Religion & d'autres gentils-femmes*, n'ont mené dans la ſuite une vie licencieuſe, que parce que la fureur inſolente des Militaires les avoient mis ſur le chemin du vice : *Dieu ſcet bien comment.* *Hélas ! tant d'enfans mors nez par faulte d'ayde*, *tant de mors ſans confeſſion par tyrannie*, *tant de mariaiges qui ont éſté delaiſſez à faire*, *tant d'Egliſes* brûlées, de *Chapelles*, *maladreries* &c., où l'on n'a laiſſé que la place. *Tant de joyaux d'E-*

glifes , de reliques & d'autres qui jamais
bien ne feront. Je crois qu'il eſt impoſſible
à tout homme de calculer les maux ſans nombre *qui ſe ſont enſuivis depuis la très-mal-*
heureuſe venue du Comte d'Armagnac ,
Connétable de France , & ſa faction formée
contre celle des *Bourguignons.* Je crois en
ma conſcience que ce Comte d'Armagnac
fut un diable *en fourure d'homme ,* & que
ceux de ſon parti *ne tiennent point à la*
foy Chreſtienne. Les violences qu'ils ont
exercées ſur ceux qu'ils avoient en leur pouvoir , n'appartiennent qu'à *gens qui au-*
roient rénié leur Créateur. Car j'oſe bien
dire que le Roi d'Angleterre n'eût été tant
hardy de mettre le pié en France par
guerre , ſi la diſſention des Armagnacs &
des Bourguignons n'eût pas exiſtée ; la Normandie ſeroit encore province Françoiſe ,
le noble ſang de France n'auroit pas été
répandu , les Seigneurs du Royaume ne
ſeroient point en exil , tant de braves gens
n'auroient pas été tués à la malheureuſe bataille d'Azincourt , où le Roi perdit *ſes*
bons & loyaulx amys, ſans l'orgueil de
ce malheureux nom ARMINAZ. Hélas !
à faire ces malheureuſes œuvres , il ne
leur en reſtera *que le péché...* Hélas ! je
ne crois *pas que depuis Clovis, premier*
Roi Chrétien , la France ait jamais été
auſſi deſollée & diviſée comme elle eſt au-
jourd'huy. Car le Daulphin ne tend à
autre choſe jour & nuit, lui ou les ſiens ,

que de gaster tout le pays de son Pere à
feu & à sang , & les Engloys d'autre
costé qui font autant de mal que les Sar-
razins ; mais encore vaut-il trop mieulx
estre prins des Engloys , que des gens du
Daulphin qui se dient Arminaz ».

Une maladie épidémique enlevoit une partie des habitans , un hivert rigoureux & une
longue famine désoloient l'autre. On entendoit jour & nuit dans les rues de Paris, que
des cris & des lamentations : *Hélas ! je*
meurs de faim. Hélas ! je meurs de froid.

La rigueur de la saison forçoit les loups,
dont la France étoit alors peuplée , à venir
jusques dans les villes dévorer ce qu'ils rencontroient. Plusieurs personnes & sur-tout
des enfans , furent surpris dans les rues de
Paris par ces animaux affamés ; Ils péné-
troient dans les cimetieres & déterroient les
corps fraîchement inhumés , les déchiroient
& laissoient par-tout des traces de leurs vo-
racités. Un débordement affreux de la Seine
vint encore épouventer les Parisiens. Tous
les fléaux de la nature s'étoient réunis à tous
les ravages des guerres civiles pour acca-
bler le nom François. Dans le même temps,
une Ordonnance sur l'altération des mon-
noies acheva de ruiner la partie des habitans qui étoit la plus aisée. Plusieurs n'écoutant que leur désespoir sortirent de la Ville ,
furent s'établir ailleurs ou augmenterent le
nombre des brigands qui désoloient les campagnes. Les Laboureurs sans défenses ne

pouvoient plus cultiver leurs terres , chaque jours de nouvelles troupes pilloient ou
brûloient leurs maisons , violoient leurs
femmes & leurs filles , massacroient leurs enfans. Les Seigneurs des villages étoient les
premiers à autoriser ces brigandages, & se
moquoient des malheureux qui venoient se
plaindre à eux. Plusieurs désespérés de tant
de maux , abandonnerent leur pays. *Que
ferons-nous disoient-ils , mettons-nous
tous en la main du denble , ne nous chault
que nous devenions , autant vault faire
du pis que du mieulx. Mieulx nous vaul-
sist* (vaudroit) *servir les Sarrazins que les
Chrestiens , & pour ce , faisons du pis
que nous pourrons , aussi bien ne nous
peut-on que tuer, ou que prendre , car
par le faulx gouvernement des traistes
Gouverneurs , il nous faut renyer femmes & enssans , & fouir aux boys comme
bestes égarées.*

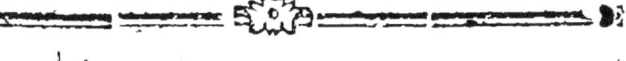

CHAPITRE VI.

Massacre des Armagnacs à Paris.

Pendant le regne malheureux de Charles
VI , les Anglois, les Bourguignous, la faction des Armagnacs pilloient, rançonnoient,
massacroient tour-à-tour le peuple François,

Les habitans des environs de Paris furent
fur-tout les plus expofés aux violences des
trois partis. Les Marchands qui étoient fucceffivement tombés dans les mains de ces
trois ennemis, affuroient que les Anglois
& les Bourguignons étoient moins cruels que
ceux de la faction des *Armagnacs* ; auffi
les Parifiens favorifoient-ils les Anglois &
les Bourguignons au préjudice des Armagnacs, & lorfque ces derniers avoient commis quelques violences ou cruautés & que
les maltraités venoient à s'en plaindre, on
leur répondoit : « il faut que les troupes vi-
» vent ; fi c'étoit les Anglois ou les Bour-
» guignons qui fuffent coupables vous ne
» vous en plaindriez pas ».

Les Armagnacs étoient diftingués par
une écharpe ou *bande* ; de-là ils furent nommés *les Bandés*. Ces Bandés, pendant
qu'ils étoient tout puiffans à Paris, voulurent enrôler dans leur parti Saint-Euftache, ils furent dans l'Eglife de ce nom, &
décorerent la ftatue du Saint, de la bande
qui diftinguoit les Armagnacs ou les Bandés.

Un jeune Parifien qui n'aimoit pas les Armagnacs, piqué de voir le bon Saint-Euftache au rang de fes ennemis, & entraîné par
fon enthoufiafme, fut le 13 Octobre 1414,
enlever l'écharpe, dont on avoit décoré la
figure de ce Saint, & la déchira.

Les Armagnacs fe faifirent de l'enthou-

siaste , lui firent couper le poing & le banni-
rent à perpétuité de la Capitale.

Au mois de Mai 1418 , les Bourguignons
entrerent dans Paris. Les habitans qui leur
avoient aidé dans cette entreprise , leur
aiderent encore à massacrer une partie des
Armagnacs. Les femmes & les enfans qui
n'avoient pas la force de tuer , crioient dans
les rues : *chiens traistres , vous étes mieux
que à vous n'appartient ; plust à Dieu
que tous fuffent en tel état.* De tous côtés
on voyoit des morts entassés & des ruisseaux
de sang.

Les Gentilshommes , les grands Seigneurs , les Evêques , les Abbés , enfin les
riches , de qui on espéroit une rançon , furent pris & mis dans les prisons de Paris.

Après tant de carnage , les Parisiens établirent à Saint - Eustache la Confrérie de
Saint-Andié. Les Confreres , les mains encore teintes du sang des Armagnacs , se
couronnerent la tête de roses , & leur nombre fut si grand que les fleurs faillirent en
cette cérémonie. Dans l'espace de douze
heures on fabriqua sept cents vingt couronnes ; la quantité de roses qu'on avoit ras-
semblée dans l'Eglise de Saint - Eustache
étoit si confidérable que l'air en étoit em-
baumé.

Ces fleurs , symbole de la candeur & des
plaisirs innocens , n'adoucirent point l'efprit de vengeance qui transportoit les Parisiens ; les roses de leurs fronts furent bien-

tôt fouillées de fang. Le dimanche fuivant, trois jours après cette cérémonie, vers les onze heures du foir, un efprit de vertige s'empare de tous les citoyens ; ils s'émeutent, répandent l'alarme dans toutes les rues, enfoncent les portes des prifons en criant : *tuez, tuez, ces chiens traiftres arminaz*. Ils égorgent & dépouillent tout ce qu'ils rencontrent. Les prifons du Palais, de Saint-Eloy, du Petit & du grand Châtelet, du For-l'Evêque, de Saint-Magloire, de Saint-Martin-des-Champs, du Temple, remplies de prifonniers diftingués, furent en proie à la fureur des Parifiens, & n'offrirent bientôt que du fang & des morceaux de cadavres.

Le Prévôt de Paris voulut arrêter ce carnage ; on lui répondit, *malgré-bieu, Sire, de vôtre juftice, de votre pitié, de votre raifon. Mauldit foit de Dieu qui aura ja pitié de ces faulx traiftres arminaz, Angloys !.. fi, ne nous en parler plus, de par le diable, que pour nous n'en laifferons rien à faire, par le fang bieu !*

Ils furent affiéger le grand Châtelet, dont les prifonniers s'étoient défendu, ils mirent le feu aux portes, ils jetterent du haut de la tour plufieurs prifonniers, dont les corps tombant fur des pointes de piques, de javelot & d'autres armes placées exprès, étoient cruellement déchirés. Dans l'efpace de douze heures, cinq cens dix-huit prifonniers fût égorgés, parmi lefquels une grande quantité de perſonnes diſtinguées , cinq Evéques , pluſieurs Magiſtrats , le Chancelier *de Marle* , le Connétable d'*Armagnac*. Ces derniers furent traînés pendant trois jours dans les rues de Paris , puis jettés à la voirie. Comme le Connétable d'Armagnac portoit une bande en écharpe , on lui leva une bande de ſa peau depuis l'épaule juſqu'aux genoux , & on lui en fit une écharpe.

Ce peuple ſanguinaire eſt le même que ce peuple fanatique qui célebra la Saint-Barthelemi par des maſſacres horribles , qui n'écoutant que les ſermons des Moines, chaſſat ſon Roi , le fit poignarder , & ſe réjouit de ſa mort. Il eſt le même que ce peuple frivole , pacifique , qui fait des chanſons , des calembourgs , & applaudit à *la folle journée.*

CHAPITRE VII.

COLLEGE DES BERNARDINS,

Danſes dans les Egliſes.

EN 1429, il ſe tint dans une ſalle de cette maiſon, un concile qui tendoit à réformer pluſieurs abus dans la diſcipline de l'Egliſe. Ces abus tiennent à l'hiſtoire des mœurs, & méritent qu'on en conferve le fouvenir.

Les Prêtres de ce temps-là étoient fort paffionnés aux jeux de hafard. Dans ce concile il fut fait défenfe à tous les Eccléfiaftiques de jouer au dez, fous peine de payer l'amende d'une livre de cire, applicable à l'Eglife chaque fois qu'ils tomberoient dans cette faute.

Les Moines autrefois exigeoient un payement des Laïcs qui vouloient entrer dans leur Monaftere. Un article de ce concile, leur défend de recevoir cette vile rétribution fous quelque prétexte que ce foit.

Un ufage plus fingulier, profcrit dès le cinquieme fiècle, s'étoit confervé en France jufqu'au milieu du quinzieme. Les premiers Chrétiens accoutumés aux fêtes joyeufes du paganifme, ne pouvoient facilement adopter les cérémonies lugubres de la Religion Chrétienne. Ils y mêlerent leurs pratiques profanes, & les premiers Peres eurent fouvent la prudence de ne point contrarier entiérement les anciens ufages. Ainfi on danfoit, on chantoit des chanfons mondaines dans les Eglifes, aux fêtes des Martyrs & des Saints. Tout comme aux fêtes de *Cybelle* & de *Bacchus* (1), le concile tenu

_____

(1) Dans un Concile que fit affembler Clovis II, à Châlons fur Saone, il fut défendu aux femmes, les jours de fêtes, de danfer dans l'en-

dans la falle des Bernardins , défendit non-
feulement les chanfons & les danfes dans les
Eglifes ; mais encore les jeux & les ventes
des marchandifes.

CHAPITRE VIII.

ISLE SAINT-LOUIS.

Toiles volées.

CETTE Ifle fervoit autrefois à étendre les
toiles que l'on blanchiffoit. Les différentes
troupes de militaires dont la France étoit dé-
vaftée fous le regne de Charles VII , furent
nommés *les Ecorcheurs* , à caufe de leurs
brigandages & de leurs cruautés.

Quelques-uns de fes *Ecorcheurs* char-
més de la beauté des toiles qui fe blanchif-
foient dans l'ifle Saint-Louis , un beau jour
vinrent l'après-diné jouer dans cette Ifle ;
quand il fut nuit , au lieu d'en fortir , ils fe
cacherent , & à minuit croyant endormis
ceux qui gardoient ces toiles , ils fe difpoferent à enlever les plus belles (1) ; les gar-

ceinte de l'Eglife , & dans le Parvis , & d'y chanter
des chanfons malhonnêtes , au lieu d'écouter le
Clergé pfalmodier.

(1) *Ils prindrent toutes les toiles de lin , fans
prindre une feule de chanvre.*

des s'éveillerent ; mais ils n'empêcherent pas ces Ecorcheurs de voler & d'emporter ces toiles à Corbeil ; la réſiſtance que firent alors les Pariſiens, leur valurent pluſieurs bleſſures dangereuſes.

CHAPITRE IX.

MEAUX.

Cruauté attroce.

IL y avoit autrefois proche la ville de Meaux, un grand orme appellé *l'arbre de Vauru* ; ce nom lui venoit de deux Gentilshommes, qui pendant les guerres civiles du regne de Charles VI, commandoient dans cette ville pour le parti des Armagnacs. L'un ſe nommoit le *bâtard de Vauru*, & l'autre *Denis de Vauru*. Ces deux *Vauru* ſe diſoient couſins. On ne ſait pas ſi le même ſang couloit dans leurs veines, mais les mêmes ſentimens de férocité les animoient & les rendirent célebres. Ils ſe faiſoient un jeu de traîner à la queue de leurs chevaux les Laboureurs chez leſquels ils n'avoient rien trouvé à voler, & de les pendre eux-mêmes à leur arbre lorſque le bourreau n'y étoit pas.

Le bâtard Vauru arrêta dans les champs
un

un jeune Villageois qui travailloit la terre,
le lia à la queue de son cheval, le traîna
jusqu'à Meaux, & le mit si fort à la gêne
que le jeune homme, pour faire cesser
les tourmens qu'il enduroit, promit de
payer la somme qu'on lui demandoit quoiqu'elle fût exorbitante, & beaucoup au-
dessus de sa fortune. Il manda à sa femme le
danger où il étoit & l'argent qu'il lui falloit pour le sauver du supplice & de la
mort.

Sa femme, jeune, belle & désespérée du
malheur qui menaçoit un homme qu'elle
aimoit & qu'elle n'avoit épousé que depuis
quelques mois, accourut vers les bourreaux
de son mari, espérant les toucher par sa jeunesse, ses larmes & ses prieres, ou au-
moins obtenir une diminution sur la somme
excessive qu'ils exigeoient. Mais tant de
moyens d'attendrir ne firent qu'irriter ces
barbares. *Vauru* déclara à la jeune épouse
que si elle n'apportoit pas, à un jour qu'il lui
indiqua, la somme demandée, son mari seroit pendu à son orme. Les deux époux se
separerent en pleurant.

La jeune femme partit, & mit tout en
œuvre pour se procurer de l'argent ; mais
malgré ses efforts, elle ne put completter
là somme exigée que huit jours après
le terme qui lui étoit prescrit. Elle accourt
porter la rançon, tourmentée par l'incerti-
tude affreuse de savoir s'il étoit encore
temps, & si son mari n'avoit pas subi le

B

fort dont on l'avoit menacé. Elle arrive accablée d'inquiétudes & de fatigues, donne sa rançon aux tyrans, & leur demande en pleurant son mari. Les Vauru prennent la somme, & disent à cette jeune femme, qu'elle pouvoit s'en aller, & que son mari, ainsi que plusieurs autres qui n'avoient pas payé au temps fixé, avoit été pendu.

La douleur d'avoir perdu un époux qu'elle aimoit, le dépit de se voir enlever une somme qui comprenoit plus que sa fortune par les bourreaux de son mari, mirent cette malheureuse dans le plus grand désespoir; elle éclata contre les cruels qui lui avoient enlevé sa fortune & tué son époux; elle leur reprocha dans les termes les plus vifs leur barbarie & leur scélératesse.

Vauru blessé de ces reproches, la maltraite à coups de bâton, la fait conduire à l'orme où cette malheureuse est attachée, puis on lui arrache ses habits, & on la laisse exposée toute nue aux regards de la populace & aux injures de l'air. C'étoit au mois de Mars 1420 que se passoit cette scene d'horreur. Il faisoit froid; cette femme étoit enceinte; mais ce qui rendoit sa situation plus affreuse, c'est qu'à l'arbre où elle étoit attachée, pendoit une infinité de cadavres dont les extrémités venoient frapper son visage par l'agitation du vent.

La nuit qui approchoit, augmentoit encore le supplice de cette malheureuse victime. Ses cris & ses gémissemens étoient entendus jufques dans la Ville ; mais perfonne n'ofoit la fecourir parce qu'on redoutoit la cruauté des Vauru. *Mon Dieu, quant me ceffera cette pefme doulour que je fouffre*, s'écrioit-elle : à cet état de fouffrance fe joignirent les douleurs de l'enfantement ; la nuit termina ce fupplice affreux d'une maniere plus affreufe encore. Des loups attirés par l'odeur des cadavres, tirerent l'enfant des entrailles de la mere, dévorerent l'un & l'autre, & ne laifferent que des lambeaux & des offemens enfanglantés.

L'année fuivante, la ville de Meaux fut prife par les Anglois ; les deux Vauru furent pendus à l'orme qui portoit leur nom. Le bâtard comme le plus cruel, fut traîné par les rues de Meaux, & eut la tête coupée avant d'être pendu.

Les Poëtes ou les Profateurs modernes qui déclament fi vivement contre les mœurs actuelles, & qui font, avec tant de complaifance, l'apologie du temps paffé, prouvent qu'ils ignorent l'Hiftoire ou qu'ils l'ont plutôt étudiée en homme de Collége qu'en Philofophe. Qu'ils lifent l'Hiftoire, non dans ces compilations volumineufes, quoiqu'abrégées, qui n'offrent que le dehors des évenemens, mais dans les détails particuliers qui peignent les petites paffions, qui permettent, pour ainfi dire au lecteur, de fe mefurer avec les hommes, de chaque fiècle, & ils pourront juger fi le courage féroce, fi la crédulité aveugle & meurtriere de nos

ayeux, font préférables aux vices que produi-
fent notre foibleffe & notre luxe. Le carnage
& les horreurs des combats n'intimidoient
point nos anciens Héros ; mais les menaces
d'un Moine les faifoient trembler & fufpen-
doient les effets de leur courage. L'énergie
qu'ils avoient dans le cœur, nous l'avons dans
l'efprit & dans le raifonnement, & nous
leur fommes autant fupérieurs que les fa-
cultés de l'efprit le font à celles du corps.

CHAPITRE X.

Porteurs de Reliques.

En 1464, on promenoit dans les rues de
Paris des reliques apportées par des Etrangers, qui levoient une impofition fur les
dévôts en leur vendant des pardons.

Les uns apporterent *le Prépuce de Notre
Seigneur*, & vendirent en même temps des
lettres par lefquelles le Pape accordoit à
ceux qui les achetoient, l'abfolution des péchés à l'heure de la mort, pourvu toutesfois qu'ils fuffent bien confeffés & repen-
tans.

Ces lettres étoient fort cheres. Les riches
les payoient quarante fous, les gens de médiocre fortune trente-deux ou vingt fous &
les pauvres à proportion.

Ces porteurs du *Prépuce de Notre Sei-*

gneur , difoient que l'Evêque de Paris leur avoit donné la permiſſion de diſtri- buer ces lettres dans l'étendue de ſon dio- ceſe, afin que l'argent produit par cette vente fût employé à faire reconſtruire l'E- gliſe de Notre-Dame de Coulombs (1), qui avoit été détruite par les guerres.

Quand un nombre ſuffiſant de ces lettres fut débité, & que les vendeurs de pardons eurent emporté *le Saint-Prépuce* & l'ar- gent des dévôts Pariſiens, l'Evêque fit pu- blier dans toutes les Paroiſſes de la Ville, que tous ceux qui avoient acheté des let- tres à l'occaſion du Saint-Prépuce, euſſent à les porter chez lui, ſous peine d'excom- munication.

Cette Ordonnance cauſa beaucoup d'in- quiétudes aux Pariſiens ; ils craignoient d'un côté de perdre l'abſolution promiſe par les lettres ; de l'autre ils avoient peur de l'ex- communication du Prélat. Cette derniere crainte les détermina ; ils porterent tous leurs lettres chez l'Evêque, qui les pendit *à ung crochet en ſon eſtude.* Il promit de les examiner à loiſir & de les rendre en- ſuite ; mais il n'en voulut rien faire, ce qui

_____

(1) Les Moines de Coulombs conſervent encore ce Saint Prépuce, qui par malheur pour ſon auten- ticité n'eſt pas le ſeul. Dans l'Abbaye de Charroux, Diocèſe de Poitiers, & à Hildesheim en Allemagne, ſont encore deux Prépuces qu'on révere comme une relique de Notre Seigneur.

causa beaucoup de chagrins à ceux qui
avoient porté leurs lettres , & qui perdoient
ainsi l'espoir d'une absolution qu'ils avoient
achetée (1).

Quelque temps après, on apporta encore à Paris la châsse de Saint-Sébas-
tien : ceux qui la promenoient proposoient
aux dévôts d'entrer dans la confrérie du
Grand Saint-Sebastien : tout Paris voulut en
être , & tout Paris paya.

Quand les porteurs de la châsse de Saint-
Sébastien eurent enrôlé les Parisiens dans
leur confrérie & eurent emporté leur argent , il arriva d'autres charlatans qui abu-
serent encore de leur grande crédulité.

C'étoit la châsse de Saint-Quentin , que
ces nouveaux charlatans promenoient d'E-
glise en Eglise ; ils portoient avec eux un
fléau , espèce de grande balance. Les dévôts
& dévôtes montoient sur un côté de cette

_____

(1) L'Evêque de Paris étoit alors *Denis Des-
moulins*, Patriarche d'Antioche, & en même tems
Archevêque de Toulouse. L'avarice de ce Prélat,
les moyens violens qu'il employoit pour faire tester
les mourans en sa faveur , les sommes exorbitantes
qu'il exigeoit pour les enterremens dans le Cimetiere
des Innocens, qui resta fermé pendant quatre mois à
cause du prix qu'il y mettoit , &c. peuvent faire
croire que des motifs d'intérêts l'avoient déterminé à
s'emparer de ces lettres d'absolution , dans la crainte
qu'elles ne préjudiciassent aux droits qu'il avoit
coûtume de percevoir sur les morts & les mourans.
(Voyez Cimetiere des Innocens).

balance ; on leur faifoit perdre terre, &
en même temps on nommoit fur eux plufieurs Saints & Saintes, & pour fe dégager
de cette balance, les dévôts donnoient du
bled, de l'argent ou autres chofes. *Et moult
firent grant cuillette d'argent à Paris,
iceux quefteurs de pardons, en celui
temps*. On voit que depuis long-temps la
Capitale de la France, eft le domaine le
plus fertile du charlatanifme.

CHAPITRE XI.

Entrée d'Henri VI à Paris.

En 1431, les Anglois dont les forces com-
mençoient à s'affoiblir en France, envoyè-
rent leur Roi Henri VI âgé de dix à douze
ans en France, & le firent facrer à Notre-
Dame de Paris, afin que la préfence de ce
jeune Monarque ranimât le zele & le courage
de ceux qui tenoient encore au parti des
Anglois.

Il fit fon entrée par la porte Saint-Denis.
Un énorme écuffon aux armes de France &
d'Angleterre couvroit toute la maçonnerie
du côté extérieur de cette porte. Le Prévôt
des Marchands & les Echevins, tous vêtus
en robe rouge le reçurent fous un dais, dont
le ciel étoit d'azur femé de fleur-de-lys d'or.

B iv

Quatre Echevins portoient ce dais , dit un Ecrivain du temps , *en la forme & maniere comme on fait à Notre Seigneur à la Fête-Dieu, & plus ; car chascun crioit* NOUEL *par où il passoit.*

Les *neuf preux* , & les neuf *preues Dames* , avec une multitude de Chevaliers , marchoient devant. Au milieu d'eux étoit un imposteur que les Anglois avoient pris à la bataille de Beauvais ; il faisoit le métier de prophete , & les peuples trompés par ses paroles & par des stygmates qu'il avoit aux mains & aux pieds comme Saint-François , lui accordoient les honneurs dus à ce Saint. Dans cette entrée , il étoit conduit lié de cordes comme un voleur.

Vingt-cinq Hérauts , vingt-cinq Trompettes précédoient le Roi qui étoit entouré de quatre Evêques & du Cardinal de Wincestre.

Le cortége s'arréta devant la fontaine du Ponceau , rue Saint-Denis , où étoit un spectacle que le jeune Roi admira beaucoup ; il étoit composé de trois jeunes filles représentant des Syrenes ; au milieu d'elles étoit un lys , qui par ses fleurs & ses boutons jettoit du vin & du lait , & là , buvoit qui vouloit ou qui pouvoit ; au-dessus étoit représenté un petit bois où l'on voyoit des hommes sauvages , qui exécutoient différens jeux (1).

_____

(1) Cinquante-quatre ans après , lorsque Louis XI

(33)

Depuis la fontaine de la Trinité, qui eſt au coin des rues Saint-Denis & Grenetat étoit un échafaud prolongé juſqu'un peu au-delà de l'Egliſe de Saint-Sauveur. Sur ces écha-fauds on jouoit des Myſteres qui repréſen-toient la vie de la Vierge Marie, depuis ſa Conception juſquà ſa fuite en Egypte.

Plus loin les Myſteres, offroient la vie de Saint-Jean-Baptiſte.

Dans le cimetiere des Innocens on repré-ſenta une chaſſe au cerf, & on y avoit ex-près enfermé un cerf vivant. *Qui fut moult plaiſant à veoir.*

Devant le grand Châtelet, on voyoit un lit de juſtice. Un enfant grand comme le Roi, & de ſon âge, vêtu d'habits royaux & ayant deux couronnes ſur la tête, fai-ſoit le Roi; à droite étoient les Princes de France, à gauche ceux d'Angleterre, qui

---

fit ſon entrée à Paris, on exécuta à la même fon-taine, le même ſpectacle. Dans les Annales de Paris, par *Malingre*, on en voit le détail ſuivant: « à la » Fontaine du Ponceau, étoient des hommes ſau- » vages, & des ſatyres qui s'entrebattoient... Là » étoient encore pluſieurs belles filles accoutrées en » ſyrennes nües, leſquelles, en montrant leur beau » ſein, chantoient de petits motets de bergeres » fort doux & charmans. Au-deſſous, étoit un » concert de Muſique, compoſé de pluſieurs ſor- » tes d'inſtrumens & de voix raviſſantes. De cette » fontaine, par divers canaux & tuyaux, ruiſſe- » loient le lait & l'hypocras expoſés à tous ceux » qui avoient envie d'en boire.

B v

tous, costumés suivant leurs personnages, avoient encore l'air de donner des conseils, au jeune Roi qui les écoutoit avec bonté, & *étoient iceulx de bonnes gens* qui faisoient cette représentation.

Le cortége passa devant l'hôtel de St-Paul, où demeuroit la Reine Isabeau de Baviere, veuve de Charles VI, & grand-mere du Roi, objet de la cérémonie; elle étoit à sa fenêtre avec quelques Dames. Le jeune Henri VI, étant vis-à-vis d'elle, ôta son chapeau & la salua. Aussi-tôt la Princesse s'inclina très-humblement vers lui, & se retourna d'un autre côté pour donner un libre cours à ses larmes (1).

Le Dimanche suivant, le Roi fut en procession à Notre-Dame, où le Cardinal Win-cestre le sacra; de-là il vint au Palais dîner dans la grand'salle sur la table de marbre (2). La suite nombreuse du Roi, & toutes les personnes qualifiées, dînoient dans la même salle.

_____

(1.) Cette Princesse ne jouissoit plus à Paris d'aucune considération, & ne pouvoit plus se mêler d'aucune affaire. Son goût pour les plaisirs, pour le luxe, sa jalousie, sa conduite peu réguliere, donnerent naissance aux troubles du Royaume qu'elle alimenta ensuite par ses cabales secretes. Le malheur des peuples étoit alors à son comble; on ne peut, sans frémir, lire les détails de ces désastres toujours nouveaux. Si cette Princesse passa les derniers tems de sa vie dans l'humiliation & le mépris, c'étoit une bien légere punition de sa méchanceté.

(2) Grande table ronde placée à une extrémité de

La foule fut si grande, que l'Université, le Parlement, le Prévôt des Marchands ne purent monter l'escalier. Pour se placer à la table, il fallut attendre long-temps; ils y arrivèrent enfin, & ils trouvèrent leurs places prises par des savetiers, des moutardiers, & autres gens de cette classe; quand on en faisoit lever un d'un côté, il s'en asseyoit un d'un autre. Tout le monde fut mécontent de l'ordonnance de ce repas; l'Assemblée étoit d'ailleurs composée de maniere qu'il y eut peu de monde qui ne fût voleur ou volé. Les fêtes qui s'en suivirent furent très-mesquines; les Parisiens, mécontent disoient que plusieurs enfans de Bourgeois ou de gens de métiers en faisoient davantage lorsqu'ils se marioient.

CHAPITRE XII.

LA BASTILLE.

Révolte des Prisonniers.

CHARLES VII n'avoit pas encore soumis à son pouvoir légitime la capitale de la France : les Anglois étoient les maîtres de

---

la grand'salle où les Rois donnoient des festins dans les grandes cérémonies. Elle fut détruite lors de l'incendie arrivé en 1618; elle occupoit presque toute la largeur de la salle; on n'avoit jamais vu une tranche de marbre aussi grande.

B vj

Paris. Plufieurs habitans qui tenoient en secret pour fon parti, avoient déjà essayé de favorifer fon entrée dans cette ville. Un Carme même s'en étoit mêlé (de quoi ne fe mélent pas les Moines); mais le projet fut découvert, & les auteurs rigoureufement punis.

Un Gentilhomme du parti du Roi, qui avoit été fait prifonnier & mis à la Baftille, paya fa rançon & obtint fa liberté. En allant un jour à ce château, voir quelques autres prifonniers, il trouva le guichetier qui dormoit fur un banc; il lui faifi fes clefs, délivra plufieurs de fes amis, revint avec eux tuer le dormeur & une partie de la garde. L'alarme fut bientôt à la Baftille. Celui qui en étoit Capitaine, y accourut auffi-tôt, il renverfa mort, d'un coup de hache, le premier qu'il rencontra; les autres révoltés ne purent fuir; ils furent pris mis à mort, & traînés dans la riviere. Leur projet étoit de s'emparer de la Baftille pour la rendre à Charles VII, & faciliter par ce moyen fon entrée dans Paris.

CHAPITRE XIII.

Entrée des Troupes du Roi Charles VII à Paris.

LE parti des *Armagnacs*, qui étoit celui de Charles VII, étoit en horreur aux Parifiens; ils préféroient depuis long-temps à ce Prince, les Bourguignons & les Anglois; mais la domination de ces derniers commençoit à leur devenir infupportable, fur-tout depuis que trois Evêques fe mêloient du gouvernement. L'Evêque de Lifieux, celui de Paris, & celui de Térouane, qui étoit Chancelier de France pour le Roi d'Angleterre. La cruauté & les vexations de ces Prélats les rendoient odieux au peuple, dont les moindres murmures étoient féverement punis. Quelques-uns commencèrent à defirer de fe foumettre à leur légitime Souverain. Le Comte de *Richemond*, inftruit des difpofitions des Parifiens, fe ménagea des intelligences parmi quelques-uns, & fe préfenta le 3 Avril 1436, avec les troupes de Charles VII, à la porte Saint-Jacques.

Ceux qui gardoient cette porte, effrayés de ces menaces & de la multitude de troupes qu'ils apperçurent au delà des murs, confentirent à les laiffer entrer dans la ville; mais ne pouvant leur ouvrir la porte, parce que les clefs étoient entre les mains de l'Evêque de Térouane, ils defcendirent une grande échelle par laquelle le Seigneur de l'Ifle-Adam monta le premier fur le mur, & planta au-deffus de la porte la banniere de France, en criant *ville gagnée*!

Les habitans de Paris apprenant cette nouvelle, oublièrent leur animofité contre le parti de Charles VII; ils fe rangèrent de son côté, s'armèrent contre leurs tyrans, & prirent aussi-tôt la croix blanche de Saint-André pour se distinguer des Anglois.

L'Evêque de Térouane, le Prévôt & le Capitaine de Paris se mirent promptement à la tête des troupes Angloises. Les habitans de Paris s'assemblèrent en même-temps, au nombre de quatre mille, pour garder la porte Saint-Denis : ils étoient commandés par *Michel Lalier* (1), qui avoit le plus contribué à faire entrer les troupes de Charles VII.

Les Anglois avoient déjà formés trois divisions : l'une, commandée par *Jean Larcher*, Lieutenant du Prévôt de Paris, & odieux par sa cruauté, s'avançoit dans la rue Saint-Martin, les Soldats de cette troupe crioient *S. Georges, S. Georges! traîtres François, vous tous mors!*

Du même côté, par la rue Saint-Denis, s'avançoit l'Evêque de Terouane avec sa division.

Le Prévôt de Paris marchoit de même du côté des halles avec la plus forte division. En chemin il rencontra un de ses amis, qui lui dit : *Monsieur, mon compere, ayez pitié de vous, car il convient à cette fois faire la paix, ou nous sommes tous détruits.* — *Comment, traître,*

---

(1) On le récompensa en lui donnant la charge de Prévôt des Marchands.

s - tu tourné? répondit le Prévôt en le frappant d'un coup d'épée au visage, & le faisant percer de mille coups par ses gens.

Les Parisiens cependant qui avoient tendu les chaînes dans les rues, s'apprêtoient à se battre, tandis que les femmes & les enfans, de leurs fenêtres, jettoient sur ceux du parti Anglois des tables, des bûches, des pierres & de l'eau chaude.

Les Anglois furent bien étonnés de voir la porte Saint-Denis défendue par une grande troupe d'habitans qui tiroient plusieurs coups de canons contre eux ; alors ils se réfugierent le plutôt qu'ils purent à la Bastille, où ils s'enfermerent.

Du côté des Chartreux, les troupes du Roi s'introduisoient insensiblement dans Paris ; mais comme le moyen de l'escalade étoit trop lent, les Parisiens abattirent eux-mêmes la porte Saint-Jacques ; alors ils entrerent en plus grande quantité, en criant dans les rues, *Saint-Denis ! vive le noble Roi de France !*

La plupart des Parisiens, accoutumés depuis si long-temps au vol & aux massacres des vainqueurs, s'attendoient au moins à voir leurs maisons pillées & à subir le sort des villes prises d'assaut ; d'ailleurs, la mauvaise opinion qu'ils avoient de ceux du parti du Roi, les confirmoient dans cette crainte. Ils furent bien agréablement surpris, quand ils virent avec quelle modé-

ration fe conduifirent les troupes royales.
Toujours en butte aux violences du plus fort,
ils ne purent croire qu'une conduite auffi
paifible, auffi raifonnable, eût une caufe
naturelle ; ils l'attribuerent à un miracle
opéré tout-à-coup par Saint-Denis à la priere
de plufieurs bons Chrétiens.

Les Capitaines des troupes du Roi, qui
furent témoins du zèle des Parifiens, pour
leur faciliter l'entrée dans la ville, qui les
virent abattre exprès la porte S. Jacques,
ne purent s'empécher de verfer des larmes
de joie & de pitié : *Mes bons amis*, dit
le Connétable aux habitans, *le bon Roi
Charles vous remercie cent mille fois,
& moi de par lui, de ce que fi doucement
vous lui avez rendu fa maîtreffe
cité de fon Royaulme, & s'acun, de
quelque état qu'il foit à méfprins par
devers Monfieur le Roi, foit abfent ou
autrement, il lui eft tout pardonné.*
Auffi-tôt il fit publier à fon de trompe la
défenfe à fes foldats, *fous peine d'être
pendus par la gorge*, de loger dans les
maifons bourgeoifes, de ne faire aucun dé-
plaifir ni reproche aux habitans, de ne
commettre aucun pillage envers perfonne,
excepté envers les Anglois, & cette ordonnance fut rigoureufement obfervée.

Les Anglois, qui s'étoient réfugiés dans
la forthereffe de la Baftille, étoient en fi
grand nombre, que les provifions leur
faillirent bientôt ; ils compoferent avec le

Connétable, donnerent une forte rançon, & par ce moyen obtinrent de fortir de la place avec un fauf-conduit.

Pour éviter la fureur de la populace, les Anglois ne voulurent point fortir par la ville; ils paſſerent du côté de la campagne; mais ils ne purent échapper aux farcafmes des Parifiens qui étoient accourus fur leur chemin pour les voir en aller. L'Evêque de Terouane, ſi odieux au peuple, ne fut point oublié; on lui crioit : *au renard, au renard !* & aux autres Anglois : *à la queue, à la queue !*

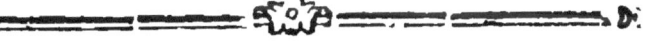

CHAPITRE XIV.

Exécutions fingulieres.

Le 15 Décembre 1427, fut pris, dans le château de l'Iſle-Adam, un Gentilhomme nommé *Sauvage de Fromonville* ; on le condu.fit, pieds & mains garrotés, à Bagnolet, où étoit le Régent du Roi d'Angleterre, qui le condamna à être pendu dans la journée & le plutôt poſſible. Celui qui préfidoit à cette exécution, étoit un nommé *Pierre Baille*, grand Tréforier du Maine, qui avoit rempli fucceffivement les places de valet, de cordonnier, de fergent à verge & de Receveur de Paris.

Ce grand Tréforier du Maine refufa la permiffion de fe confeffer à ce Gentilhomme qui l'avoit demandée à plufieurs reprifes : il aida lui-même à le monter fur l'échelle, vomit contre lui mille injures, & le frappa d'un grand coup de bâton ; il en donna auffi plufieurs coups à l'exécuteur qui avoit demandé au patient s'il avoit été confeffé. Le bourreau, épouvanté par ce terrible homme, ne prit pas toutes les précautions néceffaires ; la corde fe dénoua, & il tomba à terre avec le patient ; mais ce pauvre Gentilhomme n'en fut pas quitte, on le remonta, & on le rependit plus folidement.

Au commencement de l'année 1429, pendant que les Parifiens étoient fous la domination Angloife, la mifere étoit fi affreufe dans Paris, qu'une grande quantité d'habitans en fortirent fous le prétexte de fe promener ; mais n'écoutant que leur défefpoir, ils commirent dans les campagnes une infinité de vols & de meurtres ; on les pourfuivit, & pour la premiere fois on en prit quatre-vingt-dix-huit : douze furent pendus, & onze furent conduits aux halles de Paris, pour avoir chacun la tête tranchée.

Les dix premiers avoient fubis leur con-

amnation ; le onzieme alloit être exécuté
fon tour : c'étoit un beau jeune homme
'environ vingt-quatre ans ; on l'avoit déjà
épouillé de fes habits , & l'on commençoit
lui bander les yeux , lorfqu'une jeune fille
end la preffe , pénetre jufqu'au lieu de
exécution , & réclame à grands cris fon
mant ; fes prieres , fa beauté , fes larmes
ttendrirent les bourreaux , les Juges &
es fpectateurs : le jeune homme fut ramené
u Châtelet , & fa courageufe amante par-
int à l'époufer.

Un Gentilhomme Poitevin , nommé le
ieigneur *de la Bobetiere* , ayant été averti
|ue pendant fon abfence , fa femme *n'a-
roit ceffé de paillarder* avec un Gen-
ilhomme voifin , voulut tirer vengeance
l'un affront auquel il étoit fort fenfible ;
:ar c'étoit un mari peu civilifé , & qui
ignoroit abfolument les ufages.

Il arrive chez lui , diffimule d'abord fon
reffentiment , & invite à diner le voifin ,
amant de fa femme. Après le repas , il pro-
pofe d'aller fe promener dans un bois ; là ,
il affaffine la femme & le Gentilhomme ,
afin de laver dans leur fang le déshonneur
dont les deux coupables avoient terni fa
gentilhommerie.

Il fut bientôt arrêté , jugé & condamné
à avoir la tête tranchée : quand on lui prononça fon arrêt , il dit clairement à fes Juges
qu'ils portoient tous les cornes , & qu'on ne

le faisoit mourir que parce qu'il n'avoit pas voulu en porter comme eux.

Lorsqu'il fut sur l'échafaud, il ne voulut point qu'on lui bandât les yeux, regardant cette formalité comme fort inutile ; mais il prit l'épée du bourreau, & en essaya le tranchant sur son doigt, après quoi il lui dit : *Mon ami, dépêche-moi vîtement, il ne tiendra qu'à toi, car ton épée coupe bien.*

Un Gentilhomme convaincu de plusieurs crimes, & sur-tout d'être voleur, fut pris, condamné & exécuté à Paris, en place de Grève, le 25 Février 1606. Lorsqu'il fut monté sur le lieu de la scene, il entra en fureur, s'empara du Cordelier qui le confessoit, & le jetta du haut en bas de l'échafaud ; puis il se saisit du bourreau, le mordit si vivement au cou, qu'il l'auroit étranglé, si l'on n'eût promptement arrêté les effets de sa rage : il fut roué vif.

CHAPITRE XV.

MONTMARTRE.

Exécutions & Enterrement.

DANS la Chapelle dite autrefois des Martyrs, & aujourd'hui Prieuré dépendant de l'Abbaye, sont enterrés les têtes, & non ıs les corps, comme le dit Sauval, de *Boniface la Mole*, & du Comte de *Coconas*, deux Gentilhommes qui, en 1574, ⸝urent chacun la tête tranchée en place de ⸝rêve, à caufe de quelques confpirations ⸝ecrettes contre l'Etat, ou bien, fuivant ⸝'autres, pour avoir infpiré de la jaloufie ⸝ quelques perfonnes puiffantes.

La Mole, qu'on appelloit le *Baladin ⸝e la Cour*, chéri des Dames, fur-tout ⸝e la Reine de Navarre, & détefté par ⸝e Roi, étoit fort fuperftitieux & croyoit ⸝tre damné s'il eût manqué un jour d'en⸝endre la meffe, perfuadé que cet acte de ⸝eligion expioit tous les péchés. Comme ⸝l en commettoit beaucoup par jour, il ⸝ntendoit auffi plufieurs meffes; c'eft pour⸝uoi Charles IX, qui connoiffoit fa dévo⸝ion & fes déréglemens, difoit, que pour ⸝enir regiftre des débauches de *la Mole*, ⸝n n'avoit qu'à compter fes meffes. Il trem⸝loit fi fort lorfqu'il fut au fupplice, qu'il ⸝e put tenir ni baifer la croix qu'on lui ⸝réfentoit. Ses dernieres paroles furent : *Dieu ait merci de mon ame, & la be⸝noite Vierge, recommandez-moi bien aux ⸝bonnes graces de la Reine de Navarre ⸝& des Dames*. Quant il fut mort, on ⸝trouva fur lui une chemife de Notre - Dame ⸝de Chartres qu'il portoit ordinairement.

Coconas, qui fut exécuté après *la Mole*, ⸝e diftinguoit par un autre caractere; il ⸝n'étoit ni fuperftitieux ni dévot, mais courageux jufqu'à la férocité ; il fe vantoit que pendant les maffacres de la Saint-Barthelemy il avoit acheté du peuple jufqu'à trente Huguenots, pour jouir du plaifir barbare de les faire mourir à fa fantaifie ; il commençoit par leur faire renier leur religion, fous la promeffe de leur fauver la vie, puis il les poignardoit à petits coups, les faifoit languir & fouffrir mille morts.

Ces deux Gentilhommes furent vivement regrettés des Dames. La nuit qui fuivit leur exécution, *Marguerite de Valois*, Reine de Navarre, amante de *la Molle*, accompagnée de Madame la Ducheffe de *Nevers*, amante de *Coconas*, firent enlever les têtes chéries, & les porterent dans leurs caroffes pour les enterrer de leurs propres mains dans la Chapelle des Martyrs à Montmartre.

CHAPITRE XVI.

COURANCE,

Village près de Milly, en Gati-
nois (1).

Suite de la Saint-Barthelemy,

Du temps du maſſacre de la Saint-Barthelemy, le château de Courance ſervit de priſon à quelques fugitifs échappés au poignard
des meurtriers. Comme ces malheureux tra-
verſoient ce bourg, ils furent arrêtés par
le Chevalier d'*Achon*, qui les fit priſonniers. Un inquiſiteur, nommé *Democha-*
res (2) s'empara d'eux pour leur faire abandonner leur religion.

Ces priſonniers étoient, le jeune *d'Au-*
bigné, enfant de neuf à dix ans, qui devint ſi célebre dans la ſuite par ſa valeur,

---

(1) Il eſt parlé du château & du parc de Courance dans la Deſcription des Environs de Paris.

(2) Inquiſiteur de la foi en France, Docteur en
Sorbonne, eſpion contre les Calviniſtes ; il s'appelloit plus communément *Mouchi*, & c'eſt de ce nom
qu'on a fait *mouches*, *mouchards*, pour exprimer
ceux qui font le métier de délateur.

sa fermeté, son esprit & ses ouvrages ; son Précepteur, nommé *Mathieu Beroalde*, savant estimé, & neveu du fameux *Vatable*, des parens de ce dernier, & des domestiques. Ils furent tous jettés dans un cachot & tourmentés par l'Inquisiteur. Le jeune *d'Aubigné* pleura, non de perdre sa liberté, mais de se voir enlever sa petite épée & une ceinture garnie en argent. Son habit de satin blanc & ses manieres gentilles l'avoient fait remarquer par quelques Officiers ; ils le conduisirent dans la chambre du Chevalier *d'Achon*. Ce fut-là qu'on dit à cet enfant, que lui & ceux de sa compagnie alloient être condamnés au feu s'ils ne changeoient de sentimens. Le jeune *d'Aubigné* répondit avec fermeté, que l'horreur qu'il avoit pour une autre religion que la sienne, diminuoit l'horreur de son supplice.

Dans cette Chambre, où l'on décidoit de faire périr dans les flammes cet enfant & sa suite, il y avoit deux violons qui faisoient danser la compagnie du château. Le Chevalier *d'Achon* ordonna au jeune prisonnier de danser *une gaillarde* ; il obéit, & dansa avec tant de grace, qu'il fut applaudi & carressé par la Compagnie. Mais le bourreau l'attendoit dans la prison pour lui montrer les appareils du supplice ; on l'y conduisit sur le champ ; il trouva son Précepteur & toute la troupe disposés à souffrir courageusement la mort.

Deux

Deux heures après que la prison fut fermée, les portes s'ouvrirent. C'étoit un Officier de la troupe d'*Achon*, chargé de la garde des prisonniers. La gentillesse & l'air de candeur du jeune d'*Aubigné* l'avoit intéressé ; il s'approche de lui, il l'embrasse ; puis se tournant vers son Précepteur ; *Beroalde*, dit-il, *il faut que je meurs, ou que je vous sauve tous pour l'amour de cet enfant ; tenez-vous prêts pour sortir quand je vous le dirai ; cependant donnez-moi soixante écus pour corrompre deux hommes sans lesquels je ne puis rien faire.* On ne tarda pas à trouver cette somme dans des souliers où ces malheureux avoient caché leur argent.

A minuit, les portes de la prison s'ouvrent encore, l'Officier entre accompagné de deux hommes, & s'adressant à *Beroalde : vous m'avez dit que le pere du petit garçon avoit commandement à Orléans ; permettez-moi de me bien faire recevoir dans sa compagnie.* On le lui promit, &, en outre, une bonne récompense ; alors il dit aux prisonniers de se prendre tous par la main, il prit celle de d'Aubigné, & il les conduisit tous secrettement auprès d'un Corps-de-Garde, de-là dans une grange où ils se cacherent par-dessous leur voiture, puis ils passerent dans les bleds, jusqu'au grand chemin de Montargis, où toutes la Troupe arriva saine & sauve.

La Duchesse de Ferrare, fille de Louis

C

XII, reçut ces malheureux avec beaucoup
d'humanité ; elle fit affeoir auprès d'elle,
fur un carreau, le jeune d'Aubigné, & prit
plaifir pendant trois heures à faire difcourir
cet enfant fur le mépris de la mort. Cette
Princeffe fit conduire cette Troupe à Gien,
où ils féjournerent un mois, puis, ils arriverent enfin à Orléans, où le pere d'Aubigné fut enchanté de revoir fon fils échappé
à tant de périls.

CHAPITRE XVII.

CIMETIERE DES INNOCENS.

Avarice des anciens Evêques de Paris.

En 1440, le Cimetiere des Innocens fut
fermé pendant quatre mois, & on n'y fit ni
proceffion, ni recommandations accoutu-
mées, par l'avarice de l'Evêque de Paris, qui
exigeoit du peuple des fommes trop confidérables. Ce Prélat étoit intraitable pour tous
ceux qui ne lui donnoient pas l'argent ou les
préfens qu'il demandoit. On ne pouvoit rien
obtenir de lui fans procès, & il en avoit
plus de cinquante au Parlement.

Cet Evêque pouffoit fi loin fon avidité,
qu'il envoyoit dans les rues de Paris, des

gens pour s'informer des morts & des tef-
tamens, & favoir fi les héritiers avoient
accomplis les legs que les mourans étoient
en ufage de faire en faveur des Eccléfiaftiques. Quand les Agens de cet Evèque
trouvoient une maifon fermée, ils s'infor-
moient aux voifins s'il y avoit un maître ; fi on
leur répondoit qu'il étoit mort, ils demandoient le nom & la demeure des héritiers, &
forçoient ces derniers à leur montrer le teftament du défunt; foit que le leg fût ac-
compli ou non, ils leur tiroient toujours de
l'argent par des chicanes. *Si bien couftoit-
il argent par leur fubtille cautelle.* Il fe
paffa, quelque temps avant, une avanture
dans l'Eglife des Saints-Innocens, qui donne
une nouvelle preuve de l'avidité des Evêques de ce temps-là.

A la fin de Juin 1437, un pauvre homme
frappa l'enfant d'une pauvre femme dans
cette Eglife ; cette femme leva auffi-tôt fa
quenouille, pour en donner un coup à la
tête de cet homme ; celui-ci fe recula, &
ne reçut qu'une petite égratignure au vifage.
Quelques gouttes de fang répandues, fuffirent
pour faire regarder l'Eglife comme profanée,
& on n'y pouvoit faire aucune célébration,
qu'auparavant l'Evêque de Paris ne l'eût re-
confacrée. Ce Prélat auroit pu fur le champ
réparer ce mal imaginaire ; mais il exigea une
fomme fi confidérable de ceux qui avoient
caufé la profanation, qu'ils ne purent point
la payer. Les pauvres gens reftèrent vingt-

deux jours en prison, & pendant ce temps, on ne célébra ni Messes, ni Vêpres, on n'enterra point dans le Cimetiere, les services des Confréries furent suspendus, & sous le prétexte de quelques gouttes de sang, l'avidité de l'Evêque de Paris causa pendant vingt-deux jours un si grand dérangement à une Paroisse confidérable, dont les habitans furent obligés d'aller à la Chapelle de Saint-Josse, rue Aubri-le-Boucher, pour y remplir les devoirs de la Religion; ainsi un Prélat, commis pour prêcher la charité Chrétienne, pour inspirer l'amour de la priere, & l'exactitude du service divin, est le premier à porter dans l'Eglise le défordre & le scandale, & à outrager par avarice la dévotion des fideles.

Le lendemain de la Saint-Barthelemi, les massacres duroient encore, & pour persuader au peuple que le Ciel approuvoit tant de crimes, on fit paroitre un miracle; c'étoit un aube-pin fleuri à la fin du mois d'Août, dans le Cimetiere des Saints-Innocents; les Prêtres & les Moines répandirent avec amphase ce prétendu prodige, on sonna les cloches, les Parisiens crioient *miracle*, & disoient que la nouvelle fleur produite par cet arbrisseau signifioit que, par les massacres des Huguenots, la France alloit refleurir. Cette interprétation redoubla la rage des Fanatiques; le carnage recommença, les furieux coururent au logis de l'Amiral de Coligni, dont le corps étoit étendu dans

la cour ; après l'avoir mutilé en plusieurs endroits, ils le traînerent à la voierie.

Pendant la ligue contre Henri III, les
Moines, les Curés, & tous les Parisiens de
tout âge, de tout sexe, faisoient jour &
nuit des processions dans les rues de Paris. Le
10 Janvier 1589, il se fit une de ces processions composée de tous les petits enfans,
tant filles que garçons de la Ville. Ils s'af-
semblerent dans le Cimetiere des Innocens,
au nombre d'environ cent mille, tous les
pieds nuds, & portant chacun un cierge
à la main. Ils sortirent du Cimetiere en procession, & furent jusqu'à l'Abbaye de Sainte-
Genevieve du Mont. Avant d'entrer dans
l'Eglise, ils jetterent leurs chandelles à terre,
& en les éteignant, ils maudissoient le Roi
de cette maniere : *Dieu permette que
bientôt la race des Vallois soit entierement éteinte*, & autres imprécations plus
atroces. Cette fievre du fanatisme, dont étoit
attaquée les pauvres Parisiens, fut l'ouvrage
des Prédicateurs. Dans une chaire consacrée
au maintien de la paix, de la modération
& de la charité, ils prêchoient la discorde,
la révolte & les massacres.

CHAPITRE XVIII.

SAINT-JEAN-EN-GREVE.

Indécences des Processions des Ligueurs.

PENDANT que les chefs des ligueurs massacroient ou pilloient les Royalistes & les Huguenots, pendant que les Prédicateurs vomis-
soient en Chaire des injures contre Henri III,
& disposoient les Citoyens à la révolte, & que
les Prêtres en célébrant la Messe, plaçoient
sur l'Autel, des images de cire à la ressemblance du Roi, & qu'ils piquoient ces images
à l'endroit du cœur, en disant quelques
paroles de magie, croyant par - là faire
mourir Henri III; pendant ces infamies, le
peuple de Paris, toujours crédule & enthou-
siaste, s'occupoit jour & nuit de processions.
Le Chevalier d'Aumale, un des chefs de
la ligue, se faisoit une partie de plaisir de ces
cérémonies ; il s'amusoit dans les Eglises,
comme dans les rues, à lancer avec une
sarbacanne, *des dragées musquées* aux demoiselles de sa connoissance qui composoient
la procession, & puis il leur donnoit des col-
lations. Sa cousine, sous le nom de *Sainte-*

Beuve, préfidoit à ces parties. Elle affifta une fois à ces proceffions, feulement vêtue d'une toile très-tranfparente, & la gorge couverte d'un *point coupé* (1). Elle parut ainfi dans l'Eglife de Saint-Jean, où elle fe laiffa mener fous le bras, dit le Journal de Henri III, & *muguetter & attoucher au fcandale de plu-fieurs, qui alloient de bonne foi à ces proceffions.*

CHAPITRE XIX.

Proceffions des Pénitens à Paris.

LES *Battus, les Pénitens,* ou *les Fla-gellans,* dont les affociations fe voyent en-core dans plufieurs Villes de France, & fur-tout en Italie, tirent leur origine de la Ville de *Peroufe,* qui vers la fin du treizieme fiecle fut affligée de la pefte & de la famine. Un Hermite s'avifa, comme un autre *Jonas,* de parcourir les rues de Peroufe, en criant de toute fa force, que la Ville & les habi-tans alloient être détruits, s'ils ne faifoient bientôt des pénitences publiques pour appai-fer la colere du Ciel; les cris menaçans de l'énergumene pénetrerent les cœurs des pé-

(1) Efpece de dentelle d'un tiffu très-léger.

C iv

cheurs les plus endurcis ; les uns, armés de cierges allumés ou de branches d'olivier, se mirent à faire des processions qui ne finissoient plus ; d'autres marchoient dans les rues, la tête couverte d'un sac de toile, en se donnant par dévotion de temps en temps la discipline ; plus le nombre des spectateurs étoit grand, plus le zele des dévôts augmentoit, & plus ils se fouettoient vigoureusement.

On en vaut mieux, quand on est regardé.

Quelques-uns poussant plus loin l'héroïsme de la pénitence, furent chercher des spectateurs dans les Villes voisines, & offrirent à leur admiration, le tableau de leurs dos meurtri & déchiré. Un exemple si beau ne fut point sans imitateurs ; de proche en proche les esprits s'échauffèrent, tout le monde voulut faire des processions, des pénitences & des flagellations publiques. L'Italie entiere, Patrie de ces fiers vainqueurs du monde, n'offrit bientôt qu'un peuple de Pénitens & de fouettés (1).

Au mois de Décembre 1574, Henri III

---

(1) Plusieurs Souverains regarderent ces Pénitences publiques comme des attroupemens capables d'exciter des séditions. *Gerson*, Chancelier de l'Université de Paris, écrivit contre eux, au XIVᵉ siecle. La Cour de Rome fut sollicitée de les supprimer ; mais elle se contenta de les réformer. Il ne se fait point aujourd'hui d'enterremens à Rome, qui ne soit accompagné d'une foule de Pénitens de différentes couleurs ; le peuple croit que ce sont des gens de qualité qui expient leur péché de cette maniere.

étant à Avignon, trouva la procession *des Battus* ou *Pénitens*, si belle, qu'il voulut être de leur Confrérie. La Reine Catherine de Médicis se fit aussi recevoir, ainsi que son gendre le Roi de Navarre, (depuis Henri IV). Henri III disoit en riant, que le Roi de Navarre n'étoit guere propre à faire le Pénitent.

Quelques années après, au mois de Mars 1583, Henri III institua à Paris une Confrérie de Pénitens, dans laquelle furent admis ses deux mignons, plusieurs Seigneurs de sa Cour, plusieurs membres du Parlement, & une infinité de Bourgeois notables.

Le Roi composa les réglemens de cette Confrérie, qu'il fit imprimer sous le titre de *Congrégation des Pénitens de l'Annonciation de Notre-Dame*; la premiere procession de cette Confrérie, fut faite le jour de l'Annonciation.

Sur les quatre heures après-midi, les Confreres sortirent deux à deux du Couvent des Augustins, couvert de sacs de toile blanche, & furent en procession à l'Eglise de Notre-Dame. Le Roi marchoit sans gardes, & n'avoit aucune distinction. Le Cardinal de Guise portoit la croix, le Duc de Mayenne étoit Maître des cérémonies; les Chantres, également vêtus en Pénitens, chantoient les Litanies en faux-bourdon. Il plut toute la journée, les Pénitens furent tous mouillés; mais leur dévotion étoit si grande, que la

C v

pluie ne leur empêcha point d'achever en=
tiérement leurs cérémonies ; quelqu'un qui
les vit, fit le quatrin suivant :

Après avoir pillé la France,
Et tout son peuple dépouillé ;
N'est-ce pas belle pénitence,
De se couvrir d'un sac mouillé ?

Le lendemain, le Moine *Poncet*, qui
prêchoit le Carême à Notre-Dame, déclama
vigoureusement contre l'hypocrisie des Pénitens (1). Les pages & les laquais contre-
firent au Louvre leur procession. Pour imiter le costume, ils se couvrirent le visage
de leurs mouchoirs, & y firent des trous à
l'endroit des yeux. Henri III, piqué de cette
singerie, en fit fouetter jusqu'à cent vingt.

CHAPITRE XX.

*Différentes Processions de personnes
nues, faites à Paris pendant la Ligue.*

LE 21 Juillet 1587, le Cardinal de
Bourbon, Abbé de Saint-Germain des-Prés,
voulut se signaler par une procession magni-

---

(1) *Voyez* Saint-Pierre-des-Arcis.

fique & finguliere ; il fit ranger en lignes toutes les jeunes filles & tous les garçons du Fauxbourg Saint - Germain. Ils étoient vêtus de blanc , & portoient chacun un cierge ardent à la main , & avoient les pieds nuds. Les garçons étoient diftingués par des couronnes de fleurs. Les Capucins, les Auguftins & les Pénitens blancs les fuivoient par derriere. Puis venoient les Prêtres de Saint-Sulpice , les Religieux de Saint-Germain avec des reliques , & la mufique enfuite. On y voyoit les fept chaffes de Saint-Germain portée par des hommes *nuds en chemife.*

Le Roi affifta en habit de Pénitens à cette proceffion , & la trouva fi belle , qu'à fon dîner il ne put s'empêcher de dire, que de long-tems il n'en avoit vue *de mieux ordonnée, ni de plus dévote que celle-là.*

Le 14 Février 1589, jour du Mardi gras, au lieu de s'occuper de bals & de mafcarades , le peuple de Paris faifoit des proceffions. On en vit une compofée de fix cents écoliers, dont les plus âgés n'avoient pas plus de douze ans ; ils chantoient tous fort dévotement , tenant à la main un cierge allumé, & tous ces petits écoliers étoient *nuds en chemife.*

Les ligueurs perfuadés que ces cérémonies devoient calmer le Ciel , & procurer la paix à l'Etat, ne ceffoient de les renouveller chaque jour ; ils étoient fi jaloux de fe promener en proceffion dans les rues, qu'ils faifoient fouvent lever leur Curé la nuit, pour les conduire. Le Curé de Saint-Euftache voulut dans ce cas leur faire quelques remontrances fur l'incontinence de leurs dévotions; mais ils s'irriterent contre lui, & le traiterent d'hérétique.

On ne voyoit dans ce tems-là, que des proceffions dans les rues de Paris : les plus in-décentes étoient, fuivant l'opinion des li-gueurs, les plus belles & les plus dévotes ; en en fit plufieurs, compofées d'hommes, de femmes & d'Eccléfiaftiques nuds, ou pref-qu'entierement nuds. Le témoignage d'un écrivain, ligueur ne doit pas être fufpect en cette occafion ; c'eft lui qui rapporte avec ad-miration le détail de ces pieufes farces (1).

« Le 30 Janvier 1589, dit-il, il fe fit » en la Ville plufieurs proceffions, aux-» quelles il y a grande quantité d'enfans, » tant fils que filles, hommes & femmes » qui font *tous nuds en chemifes,* telle-» ment *qu'on ne vit jamais fi belle chofe,* » *Dieu merci.*

» Il y a telles Paroiffes, où il fe voit » plus de cinq ou fix cents perfonnes *toutes* » *nues....*

» Le lendemain fe firent pareilles pro-» ceffions, lefquelles s'augmentoient de

---

(1) C'eft l'Auteur du *Journal des chofes advenues* à *Paris, depuis le* 23 *Décembre* 1588, *jufqu'au* dernier jour d'Avril 1589.

» jour en jour en dévotion , *Dieu merci* »;
c'eft-à-dire en indécences ; car ceux, qui
par pudeur, avoient gardé leurs chemifes
aux proceffions, les quitterent enfin par
dévotion.

» Ledit jour (3 Février, 1589), fe
» firent, comme aux précédens jours, de
» fort belles proceffions, où il y en avoit
» grande quantité de *tous nuds*, portant de
» très-belles croix; quelques-uns de ceux
» qui étoient à ladite proceffion *nuds*,
» avoient attaché à leurs cierges des croix
» de Jérufalem. Les autres, les armoiries
» des Ducs *de Guife* ». Ceux qui avoient
gardé leurs chemifes, avoient par-deffus *de
grands chapelets de patenôtes.*

Le 14 Février 1589, il fe fit une belle
proceffion dans la Paroiffe de Saint-Nicolas-
des-Champs; il y avoit plus de mille perfonnes, continue le même Auteur, « tant
» fils, filles, hommes que femmes *tous*
» *nuds*; & même tous les Religieux de
» Saint-Martin-des-Champs, qui étoient
» tous nuds pieds, & les Prêtres de ladite
» Eglife de *Saint-Nicolas*, auffi pieds
» nuds, *& quelques-uns tous nuds*,
» comme étoit le Curé, nommé Me *Fran-*
» *çois Pigenat* (1), duquel on fait plus
» d'état, que d'aucun autre, qui étoit *tout*

_____

(1) Un des fix Prédicateurs gagés par la Ligue, &
l'un des plus furieux du Confeil des quarante.

» *nud*, & n'avois qu'une *guilbe* de toile
» blanche fur lui ».

Le 24 Février, « tout du long du jour ,
» l'on ne cefla de voir aufli les proceffions,
» & efquelles, il y avoit beaucoup de
» perfonnes, tant enfans que femmes &
» hommes *qui étoient tous nuds*, & lef-
» quels portoient & repréfentoient tous les
» engins & inftrumens defquels notre Sei-
» gneur avoit été affligé en fa paffion , & en-
» tr'autres, les enfans des Jéfuites, joints
» ceux qui vont à la leçon, *lefquels étoient*
» *tous nuds*, & étoient plus de trois cents ;
» deux defquels portoient une groffe croix
» de bois neuf, pefant plus de cinquante,
» même foixante livres, & y avoit trois
» chœurs de mufique ».

L'enthoufiafme des proceffions étoit porté
à un tel point, que la rigueur de la faifon
n'épouvantoit point les Parifiens qui vouloient fe promener tout nuds dans la Ville.
Il s'y commettoit même beaucoup de défordre, & fur-tout dans les proceffions noc-
turnes, où les jeunes gens des deux fexes
fe trouvoient confondus, & favorifés dans
leurs defirs, par l'obfcurité de la nuit. Et
quoique ces proceffions fe fiffent en Carême, elles occafionnoient fouvent de fcenes
de carnaval : *Tout étoit Carême-prenant,*
dit l'Etoile, *c'eft affez dire, qu'on en vit*
des fruits.

CHAPITRE XXI.

SAINT-PIERRE-DES-ARCIS.

Prédicateurs du tems de la Ligue.

MAURICE *Poncet*, Prédicateur du regne de Henri III, célebre par sa franchise & son fanatisme, étoit Curé de cette Paroisse, & y fut enterré.

Lorsqu'Henri III fit publier l'Edit de pacification entre le Roi, les Huguenots & les Catholiques mécontens, Poncet, en prêchant dans l'Eglise de Saint-Sulpice, fit un dialogue très-plaisant, dans lequel il prétendoit prouver que l'*Edit*, *& ceux qui l'avoient fait*, *ne valoient rien*, & que la guerre étoit plus profitable au Royaume que la paix.

Après la mort des Mignons, *Quelus & Maugiron* & Schomberg, à qui Henri III avoit fait faire de superbes funérailles, le Prédicateur *Poncet* disoit en chaire, qu'il falloit traîner à la voierie *Maugiron*, qui expira en reniant Dieu & ses compagnons.

Lorsque Henri III eut institué la Confrérie des Battus ou Pénitens, Poncet, qui prêchoit le Carême à Notre-Dame, dit que

c'étoit la Confrérie des hypocrites & des
athéiftes. « J'ai été averti, continue-t-il,
» de bon lieu, qu'hier au foir, Vendredi,
» jour de la proceffion, la broche tour-
» noit pour le fouper de ces bons Pénitens,
» & qu'après avoir mangé le gras chapon,
» ils eurent pour collation de nuit, le petit
» tendron qu'on leur tenoit prêt : ah !
» malheureux hypocrite, vous vous mo-
» quez donc de Dieu fous le mafque, &
» portez pour contenance un fouet à votre
» ceinture ; ce n'eft pas-là, de par Dieu,
» où il faudroit le porter, c'eft fur votre dos
» & vos épaules, & vous en étriller très-
» bien, il n'y a pas un de vous qu'il l'ait bien
» gagné ».

Le Roi le traita de vieux fou, & le fit
conduire à Melun, en fon coche, par
le Chevalier du Guet, dans le Monaftere
des Saints - Pères, dont il étoit Religieux.
Le Duc d'Epernon, avant fon départ, lui
dit : *Monfieur notre Maître, on dit que
vous faites bien rire les gens à votre Sermon, cela n'eft guerre beau.* Poncet répliqua hardiment, *il ne vient de gens à
mon Sermon pour rire, s'ils ne font méchans ou athéiftes, & auffi n'en ai-je
jamais tant fait rire en ma vie, que vous
en avez fait pleurer.*

Au bout de quelques mois, le Roi le
rappella de Melun, & lui enjoignit de
ne plus prêcher féditieufement.

Il mourut le 23 Novembre 1586, « grande-

» ment eſtimé, dit le Journal de Henri III,
» parce que dans ſes Sermons, il n'épargnoit
» perſonne, & étoit de bonne vie ».

CHAPITRE XXII.

Prédicateurs de Paris pendant la Ligue.

IL ne ſuffiſoit pas aux Chefs des ligueurs, d'avoir uſurpé l'autorité Royale ; pour établir leur puiſſance ſur des fondemens plus ſolides, il leur falloit encore rendre le Souverain légitime odieux aux peuples ; cette ſéduction, d'autant plus criminelle que le prétexte en étoit ſacré, fut l'ouvrage des Prédicateurs ; ils ne craignirent point de profaner leur Saint Miniſtere, en l'employant à ſervir l'ambition des uſurpateurs, & de prêcher dans une Chaire conſacrée à la parole d'un Dieu de paix, la révolte & les maſſacres.

Quelque temps avant la journée des barricades, la Sorbonne (1) avoit déjà manifeſté ſa haine contre le Roi de France, par

---

(1) *La Sorbonne, c'eſt à-dire trente ou quarante Pédans, Maîtres ès-Arts, crottés, qui, après grâces, traitent des Sceptres & des Couronnes, comme s'exprime l'Etoile.*

la décifion arrêtée qu'on pouvoit ôter le Gouvernement aux Princes dont on n'était pas content, tout comme on ôtoit l'adminiſtration à un tuteur fuſpect.

L'infolence de quelques Docteurs qui avoient ofé prêcher contre la Cour & le Gouvernement, & cette décifion de la Sorbonne, indiſpoſerent violemment le Roi contre cette Société; il manda au Louvre, le 30 Décembre 1587, la Faculté de Théologie, en réprimanda fortement tous les Membres, & finit par leur pardonner, en leur recommandant d'être plus circonſpects à l'avenir. Cette recommandation fut inutile, l'infolence des Prédicateurs croiſſoit avec l'autorité des ligueurs, & bientôt ils ne garderent aucune retenue comme on va le voir.

Les plus fameux de ces Prédicateurs étoient, *Jean Hamilton*, Curé de Saint-Côme; *Jean Boucher*, Curé de Saint-Benoît; *Guillaume Roſe*, Evêque de Senlis; *Chriſthophe Aubri*, Curé de Saint-André-des-Arcs; frere *Bernard de Montgaillard*, dit *le petit Feuillant*; *François Pigenat*, Docteur de Sorbonne, Curé de Saint-Nicolas-des-Champs; *Jean Linceſtre*, Curé de Saint-Gervais; *Jacques Commollet*, Jéſuite; *Guillaume Lucain*, Docteur; *Jacques Cueilly*, Curé de Saint-Germain-l'Auxerrois; *Feuardent*, Cordelier; *Jean Guarinus*, Cordelier; *Jacques Pelletier*, Curé de Saint-Jacques-de-la-Boucherie, & autres, auxquels on diſtribuoit, comme dit

M. Vitri, dans son manifeste, les dou-
blons d'Espagne, pour les encourager à crier
de plus en plus dans les Chaires, & y se-
mer des invectives contre Henri IV.

Jean Hamilton étoit Ecossois. Après
que l'Université l'eut nommé à la Cure de
Saint-Côme, il se montra le plus déterminé Ligueur. Dans la fameuse revue des
troupes de la ligue, qui passa devant le
Légat, ce Curé faisoit l'office de Sergent.
Ce fut lui qui à la tête d'une foule de fac-
tieux, entra chez le sieur *Tardif*, Conseiller
au Châtelet. Ce Magistrat étoit malade, &
venoit d'être saigné. Jean Hamilton le
tira du lit, & le mena lui-même au Châtelet,
où il fut pendu sur le champ à côté du Président *Brisson*, & du Conseiller *l'Archer*,
qui venoient de subir le même sort. Lorsque
les Parisiens eurent enfin ouvert les portes de
la Ville à Henri IV, & que ce Roi fut arrivé à
Notre - Dame aux cris de mille *vive le
Roi*, le Curé Hamilton, armé d'une per-
tuisane, couroit vers Saint - Yves pour y
joindre le Capitaine *Crucé*; mais l'un &
l'autre furent arrêtés. Ce Curé fut un de
ceux qu'Henri IV fit sortir de Paris.

Jean Boucher, Curé de Saint-Benoît, fut
Prieur de Sorbonne & Recteur de l'Université. Il avait déjà prêché contre Henri III,
avant qu'il sortît de Paris. Ce Roi le fit venir,
le traita de *méchant*, & finit par lui pardonner son insolence, à condition qu'il seroit plus
sage à l'avenir. Voici comment, quelque

temps après , ce Curé parloit en chaire de
ce Monarque.

« Ce teigneux est toujours coëffé à la
» turque, d'un turban, lequel on ne lui a
» jamais vu ôter , même en communiant,
» pour faire honneur à Jésus - Christ ; &
» quand ce malheureux hypocrite faisoit
» semblant d'aller contre les Reistres , il
» avoit un habit d'Allemand fourré , &
» des crochers d'argent , qui signifioient
» la bonne intelligence & accord qui étoient
» entre lui & ces diables noirs empisto-
» lés : bref, c'est un Turc par la tête, un
» Allemand par le corps , une harpie par
» les mains , un Anglois par la jarretiere ,
» un Polonois par les pieds, & un vrai diable
» en l'ame ».

Il composa neuf sermons , qu'il prêcha
dans l'Eglise de Saint-Méri , pour prouver
que la conversion de Henri IV étoit nulle ,
que la messe qu'on avoit chantée devant lui
étoit une farce ; il demanda à Dieu dans
un de ces sermons, d'*éteindre la race des
Bourbons, & qu'il n'en fut plus parlé*. Un
autre fois il exhorta ses Auditeurs de plutôt
mourir que de recevoir la paix de Henri IV.
Ce furieux Curé fut chassé de Paris. Retiré
en Flandres , il composa le livre affreux de
l'*Apologie pour Jean Chastel*; dans lequel il abuse continuellement de l'Ecriture
Sainte, pour excuser cet affassin d'Henri IV.

Guillaume Rose, Evêque de Senlis, étoit
à la tête des Ligueurs , qui passerent en re-

vue devant le Légat *Gajetan* , & il faifoit
les fonctions de premier Capitaine. Pendant
qu'il étoit au Collége de Navarre , il prêcha
contre Henri III. Ce Roi lui reprocha fon
inconféquence ; Rofe demanda pardon, &
reconnut fa faute. Henri III , non-feulement
lui pardonna, mais auffi le gratifia de quatre cents écus *afin d'acheter*, lui dit-il , *du*
fucre & du miel pour vous aider à paſſer
le carême & adoucir vos trop aigres pa-
roles. Dans la même année , le Roi lui écrivit
une lettre pleine de bonté , dans laquelle il
demande au Prédicateur fon amitié , & le
nomme à l'Evêché de Senlis.

Tant de bienfaits n'appaiferent point ce
fougueux Prédicateur ; il ne ceffa de prêcher & de cabaler contre Henri III & Henri
IV ; il avoit fouvent des attaques de folies ,
ce qui contribua un peu à faire excufer fa
fureur : il difoit un jour en chaire , » croyez-
» moi, & vous croyez un fou, c'eft-à-dire
» vous favez que je paſſe pour ce qu'on me
» connoît, pour un fou ; c'eft pourquoi fui-
» vez mon confeil, puifqu'on dit commu-
» nément que les fous prophétifent (1) ».

Henri IV s'étant rendu maître de Paris, *Rofe*
fut du nombre des Ligueurs bannis de cette

---

(1) Ce furieux Prélat n'étoit pas infenfible à
l'amour, il pouffa fi loin le badinage avec la fille
d'Etienne Neuilly, premier Préfident de la Cour
des Aides, qu'il lui fit un enfant.

Ville ; quelque temps après , le Roi , dont
la clémence étoit fans borne , pardonna à
cet odieux Prélat, qui ne fe rendit point
digne de cette faveur ; il fe glorifioit publiquement d'avoir figné un des premiers
le ferment de la ligue, & ajoutoit qu'il le
feroit encore fi l'occafion s'en préfentoit; il
avoit encore approuvé par des notes margi-
nales un livre compofé contre Henri IV,
par un furieux Ligueur nommé d'*Orléans*.
Cette conduite ingrate & criminelle fut condamnée par Arrèt du 5 Septembre 1598; il
fut obligé de payer une amende de cent écus
d'or, & de ne point prêcher de quelque temps.
Dans cette affaire, il comparut au Parlement
avec fes habits pontificaux ; on lui ordonna
de les quitter ; il refufa fierement d'obéir ;
on le conduifit dans la Grand'Chambre, où
fon Arrèt fut prononcé , & un Huiffier le
dépouilla ignominieufement de fes habits.

Chriftophe Aubri , Curé de Saint-André-des-Arcs , étoit du Confeil des Quarante. *Pierre Barriere* le confulta pour favoir s'il pouvoit, fans bleffer fa confcience,
affaffiner Henri IV. Apres fa converfion , le
Curé *Aubri* , traita ce fcrupule de baga-
telle.

Il furetoit chez tous les particuliers , afin
de trouver des Proteftans à maffacrer. Le
moindre foupçon qu'il avoit , valoit une
preuve. Il fit affaffiner à coups de poignard ,
& puis jetter dans la riviere un Maître d'E-
cole nommé *Mercier.* La Préfidente *Séguier*

lui remontra que cet homme étoit Catholique, & qu'elle l'avoit vu, lui-même Curé, donner la communion à ce malheureux. *Je m'en souviens bien*, répondit-il, *mais pour cela il ne laisse pas que d'être Huguenot.* La femme de ce Maître d'Ecole voulut se plaindre de cette cruauté; le Curé lui dit, que si elle en parloit davantage, on la jetteroit dans l'eau.

Ce fut d'après le certificat d'Aubri & d'un autre Docteur de Sorbonne, que deux sœurs, nommées *Foucaudes*, furent brûlées à Paris comme Huguenotes; elles endurerent le martyre avec beaucoup de constance; la seconde alloit être étranglée lorsque le peuple, que les sermons des Ligueurs avoient rendus furieux, coupa la corde, & la jetta toute vive dans les flammes.

Au mois d'Octobre 1590, ce Curé disait dans un sermon, en parlant du Pape Sixte V. » Dieu nous a délivré d'un méchant Pape » & politique. S'il eût vécu plus long- » temps, on eût été bien étonné d'ouir » prêcher dans Paris contre le Pape, & il » l'eût fallu ».

Bernard de Percin de Montgaillard, appellé communément *le Petit Feuillant*, étoit né en Querci, d'une ancienne & noble maison. Peu de temps après que Henri III eut établit les Feuillans à Paris, le Frere *Bernard* se distingua des autres Religieux de sa Communauté. Ce Roi, pour récompenser ses talens, le nomma son Prédicateur,

& ce *Petit Feuillant*, par reconnoiſſance, ne ceſſa de vomir en chaire mille invectives contre ſon Souverain & ſon Bienfaiteur. Pendant que les Pariſiens, réduits à la plus affreuſe famine, mangeoient les chiens, les rats, & qu'on vit même une mere manger ſes enfans (1); le *Petit Feuillant*, ainſi que les autres Prédicateurs, ne ceſſoient d'exorter le peuple à prendre patience, & pour les déterminer à ne jamais abandonner le parti de la Ligue, ils promettoient que les ames de ceux qui mourroient dans cette affliction, iroient droit en paradis.

Après la mort des Guiſes, à Blois, *le Petit Feuillant* s'adreſſant à leur mere la Ducheſſe *de Nemours*, s'écria au milieu de ſon ſermon : *ô Saint & glorieux martyr de Dieu, bénit ſoit le ventre qui t'a porté & les mammelles qui t'ont allaité.*

Ce *Petit Feuillant* ſe diſtingua ſurtout à la fameuſe revue des troupes de la Ligue, où ſe trouvoient tous les Moines & Curés de Paris ; & quoiqu'il fût boiteux, il jouoit là un des principaux rôles. M. de

---

(1) Le Mercredi 25 Juillet 1590, en allant à Saint-Euſtache, on entendit parler d'une dame riche de près de trente mille écus, qui, ne pouvant avec ſon argent trouver de quoi vivre, & ayant vu mourir ſes deux enfans de faim, les fit cacher & ſaler par ſa ſervante, qui partagea avec la mere la chair de ſes enfans cette dame mourut bientôt, & ſa ſervante racontoit elle-même cette horrible aventure.
Thou

Thou affure qu'on le voyoit jouant de l'ef-
padon, tantôt à la tête, & tantôt à l'arriere-
garde de cette armée monacale, & qu'il agif-
foit avec tant de zele & d'activité qu'on ne
s'appercevoit point de fon boitement. Trois
ans après, le 10 Février 1593, on fit une
pareille revue ou proceffion avant la tenue
des états ; le Petit Feuillant s'y fignala de
la même maniere : voici comme on en parle
dans la Satyre Ménippée. »... Un Feuillant
» boiteux qui, armé tout à crud, fe faifoit
» faire place avec une épée à deux mains,
» & une hache d'arme pendue à fa ceinture,
» fon bréviaire pendu par derriere, & le
» faifoit bon voir fur un pied, faifant le
» moulinet devant les Dames «.

François Pigenat, Curé de Saint-Nicolas-des-Champs. Cette Cure avoit été ré-
fignée à un Théologien de Navarre, nommé
le Geay; parce qu'il n'étoit point Ligueur, on
ne voulut point le recevoir, & fans autre formalité l'on mit à fa place *Pigenat*, un des
fix Prédicateurs gagés par la Ligue. Il fut
du Confeil des Quarante, figna, en qualité
de Docteur de Sorbonne, le décret de la dégradation de Henri III. Le 2 Janvier 1594,
il dit en prêchant à Notre-Dame, qu'il n'é-
toit pas en la puiffance de Dieu de convertir
le Roi Henri IV, que le Pape ne le pouvoit
abfoudre, ni le réhabiliter en fon Royaume,
& que s'il le faifoit, le Pape feroit hérétique, & excommunié.

Jacques Pelletier, Curé de Saint-Jacques de la Boucherie, fut du Confeil des Quarante. Dans une affemblée de Ligueurs, voyant que l'on renvoyoit à un autre jour la délibération d'une affaire, il fe mit à crier, *Meffieurs, c'eft affez connivé, il ne faut pas efpérer jamais avoir raifon de la Cour du Parlement en Juftice. C'eft trop endurer, il faut jouer des couteaux.* Quelqu'un alors lui parla à l'oreille, après quoi il fe leva, & dit, *Meffieurs, je fuis averti qu'il y a des traîtres en cette compagnie, il faut les chaffer & les jetter en la riviere.*

Les Royaliftes ayant propofé aux Ligueurs une conférence entre les deux parties, pour chercher les voies les plus propres à fauver la Religion & l'Etat, le Curé de Saint-Jacques, à qui cette conférence ne convenoit pas, dit en chaire qu'elle étoit le plus grand malheur qui pût arriver à la Religion; *d'autant que ceux qui la demandoient étoient des loups cachés fous la peau de brebis, qui ne cherchoient qu'à tromper, furprendre & égorger le bercail de J. C.*

Quelques jours après fon entrée à Paris, Henri IV fit avertir tous les principaux Ligueurs de fortir de cette ville. Le Curé de Saint-Jacques de la Boucherie, après avoir reçu un pareil avertiffement, dit la meffe dans l'Eglife de l'Ave-Maria. Quand il eut fini, il exhorta tous les affiftans à rendre grace à Dieu de ce que la réduction de Paris avoit été faite sans effusion de sang , & de la clémence du Roi qui avoit pardonné à un grand nombre d'ennemis qui méritoient bien d'être punis.

Dans la recherche qu'on fit des complices de l'assassinat du Président *Brisson* , ce Curé se trouva extrêmement chargé ; il fut condamné par contumace à être rompu vif avec treize autres coupables du même crime. Le 11 Mars 1595 , ils furent tous exécutés en effigie.

Jean Lincestre ou *Wincestre.* Il obtint la Cure de Saint-Gervais au préjudice du légitime possesseur, qui n'étoit point Ligueur ; il étoit Ecossois de naissance, & devint un des plus furieux partisans de la Ligue.

Le 29 Décembre 1588 , ce Curé *Lincestre* prêcha dans l'Eglise de Saint-Barthelemi , déclama vivement contre Henri III , disant que, » ce *vilain Hérode* (1) n'étoit » plus Roi, eu égard au parjure, déloyau- » tés & tueries par lui commises envers les » Catholiques ».

Les auditeurs échauffés par les discours de ce Curé séditieux, sortirent de l'Eglise, arrachèrent du portail les armoiries du Roi, les festons de lierre qui les entouroient, les brisèrent, les foulèrent aux pieds, & les traînèrent dans le ruisseau.

Le premier Janvier 1589 , *Lincestre* prêcha dans la même Eglise de Saint-Barthe-

_____

(1) Les Prédicateurs avoient ainsi fait l'anagrame du nom *Henri de Valois.*

D ij

lemy. Après avoir déclamé vigoureusement contre le Roi, il fit lever la main à tous les affistans, & exigea qu'ils juraffent tous d'employer jufqu'au dernier denier de leur bourfe, jufqu'à la derniere goutte de leur fang, pour venger la mort des deux Princes Lorrains maffacrés par le *tyran* dans le château de Blois. Il exigea un ferment particulier du premier Préfident de *Harlay*, qui étoit devant lui affis dans l'œuvre. *Levez la main*, dit-il, *M. le Préfident, levez-la bien haut, encore plus haut, afin que le peuple la voye.* Ce Préfident fut contraint d'obéir à ce furieux pour éviter le fcandale & la colere du peuple.

Le jour des Cendres de la même année, il dit dans fon Sermon qu'il ne prêcheroit point l'Evangile parce que chacun le favoit, mais qu'il prêcheroit *la vie, les geftes & faits abominables du perfide tyran, Henri de Valois.* Alors il vomit mille injures contre le Roi, difant qu'il invoquoit les Diables. Pour le prouver, il montra au peuple des efpeces de caffolettes, qu'il appelloit des chandeliers, où l'on voyoit deux fatyres en ronde boffe, fupportant des vafes en forme de febile (1), & il affuroit aux

-----

(1) Ces cafolettes fe voyent gravées dans le dernier volume des Monumens de la Monarchie Françoife, par le Pere Montfaucon, & dans la piece intitulée *les Sorceleries d'Henri de Valois*, recueillie dans l'édition en neuf volumes des Journeaux de Henri III. & de Henri IV.

auditeurs que ces fatyres étoient les démons du Roi , & que ce » misérable les adoroit » pour ses Dieux , & s'en servoit pour ses » invocations ».

Le Vendredi-Saint , un des Ligueurs vint trouver le Curé *Lincestre* , & lui communiqua le scrupule qu'il avoit de faire ses pâques , tant qu'il conservoit dans le cœur de la haine contre Henri III , & le desir de s'en venger. Le Curé se moqua de son scrupule , & lui dit qu'il se faisoit conscience de rien , puisque tous les Curés de Paris , & lui tout le premier , consacroient tous les jours à la messe le corps de Notre Seigneur , & ne cessoient de maudire Henri III. Il ajouta qu'il ne se feroit pas même scrupule pendant qu'à l'autel il tiendroit d'une main le corps de la Divinité , de l'autre de poignarder ce Roi.

Lincestre soutint avec d'autres Prédicateurs , qu'il n'étoit point en la puissance de Dieu , que Henri IV se convertit , & que le Pape ne pouvoit pas l'absoudre.

Lorsque Henri IV fut entré dans Paris , *Lincestre* , voyant que la Ligue ne pouvoit plus lui fournir de l'argent , changea bientôt de langage , & se rangea du parti du Roi. Henri IV eut la bonté de pardonner à ce furieux , & même de lui accorder une pension.

Jacques Commolet , Jésuite , crioit en chaire dans l'Eglise de Saint-Barthelemy , le jour de Noël 1593 : » *Il nous faut un*

Aod, il nous faut un Aod (1), *fut-il Moine, fut-il Soldat, fut-il Goujat, fut-il Berger, n'importe de rien; mais il nous faut un Aod, il ne faut plus que ce coup pour mettre nos affaires au point que nous desirons.* Dans le même sermon, cet apôtre du carnage mit au rang des bienheureux du Ciel, *Jacques Clément*, Moine, affassin du Roi (2).

Ce Jéfuite qui avoit prêché fi vivement contre Henri IV, lorfque la Ligue fut ruinée, vint implorer la clémence de ce bon Roi, & obtint fon pardon.

Jacques Cœuilly, Curé de Saint-Germain-l'Auxerrois, fe fervoit, en déclamant contre le Roi, d'expreffions fi groffieres & fi triviales, qu'il mérita dans la Bibliotheque de Madame de Montpenfier, ce titre:

Sermons de M. de Cœuilly, Curé de Saint-Germain-l'Auxerrois, recueillis par les crocheteurs.

On rapporte, que pendant la Ligue, il débitoit dans fes fermons plus d'injures que de

____

(1) Jeune, homme de la tribu de Benjamin qui affassina fort adroitement *Eglon*, Roi des Moabites.

(2) Ce Jéfuite accompagnoit ces paroles féditieufes de grimaces épouvantables, ce qui a donné lieu dans la Bibliotheque de Madame de Montpenfier, au titre fuivant : *les Grimaces racourcies du Pere Commelet, mifes en tablature par deux dévotes d'Amiens.*

paſſages de l'Ecriture Sainte; auſſi eſt-il mis avec pluſieurs autres Prédicateurs, au nombre de ceux qui étudioient *la Bible des Harangeres.*

Ainſi, par fanatiſme, ou par intérêt, les Prédicateurs de ce tems déshonoroient la Religion, en la rendant complice des meurtres & des aſſaſſinats commis par les Ligueurs, en ſoulevant le peuple contre ſon légitime Souverain, & en répandant les ſemences du régicide qui ſe manifeſterent ſi ſouvent ſous le regne de Henri IV.

CHAPITRE XXIII.

FRESNE.

Profanation des Ligueurs.

En 1589 le château de *Freſne* appartenoit à *François d'O*, qui fut depuis Surintendant des Finances, & Gouverneur de Paris. Ce Seigneur étoit à la fois riche & Royaliſte : deux raiſons puiſſantes pour être traité rigoureuſement par les Ligueurs. Un des chefs de ces révoltés, le *Chevalier d'Aumale*, qui ſous le prétexte de protéger la Religion Catholique, voloit, maſ-

D iv

facroit & affichoit par-tout l'irréligion & le libertinage, s'empara du château de Fresne, fit tuer huit Soldats en fa préfence, pilla toute la maifon, dont les meubles étoient très-riches, puis entra dans la Chapelle, qui étoit décorée de beaux ornemens & de tableaux curieux; il enleva ou brifa tout ce qu'elle contenoit. Ce brigandage fut fuivi d'un autre genre de profanation; le Chevalier & ceux de fa troupe, fouillerent cette Chapelle par leurs immondices.

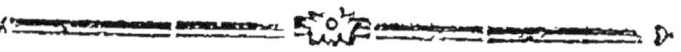

CHAPITRE XXIV.

VILLENEUVE S. GEORGES.

Profanation des Ligueurs.

Joli Village fitué fur les bords de la Seine, à quatre lieues de Paris.

Le 7 Juillet 1589, quelques troupes de la Ligue entrerent par force dans ce lieu, y commirent mille excès; ces militaires indifciplinés, qui fe difoient armés pour la défenfe de la Religion, violerent fes préceptes d'une maniere bien licencieufe, & quoiqu'ils défendiffent les Catholiques, ils montroient fouvent l'impiété la plus révoltante ; ils firent gras ce jour-là, qui étoit Vendredi, c'étoit peu de chofes, s'ils n'avoient pas voulu couvrir cette faute par une cérémonie facrilége & irifoire. Ils contraignirent les Prétres, le poignard fur la gorge, de baptifer les veaux, moutons, cochons, &c. & de leur donner les noms de *carpes*, *brochets*, *barbeaux* ; on fe plaignit de ces violences au Duc de Mayenne, il répondit : *Il faut patienter, j'ai befoin de toutes mes pieces pour vaincre le tyran* (1).

L'Auteur d'une piece intitulée, *Confeil d'un François aux Parifiens*, témoigne encore le même fait. « Ils (les Ligueurs) ont
» contraint les Prétres des Paroiffes, en
» leur mettant le poignard fur la gorge, de
» baptifer des veaux, moutons, agneaux,
» cochons, levreaux, chevreaux, poules &
» chapons, & de leur bailler les noms de
» brochets, carpes, barbeaux, truites,
» foles, turbots, harengs, &c. cela ne s'eft
» pas fait en un feul lieu, ni par une feule
» troupe, ni une feule fois, vous ne le pou-
» vez ignorer ».

---

(1) C'étoit l'épithete la plus modérée, que les Ligueurs donnoient alors à Henri III.

CHAPITRE XXV.

Entrée d'Henri IV à Paris.

DEPUIS long-tems, les vrais citoyens gémissoient sous la tyrannie des Ligueurs & de leurs factions, & désiroient ardemment voir sur le trône des François leur légitime Souverain. Le Comte *de Brissac*, Gouverneur de Paris, le Président *le Maistre*, les Conseillers *Mollé*, *d'Amours*, *du Vair*, & autres Membres du Parlement, les sieurs *l'Huillier*, Prévôt des Marchands, *de Beaurepaire*, *l'Anglois*, *Neret*, Echevins, &c. tenoient des assemblées particulieres & traitoient secrétement avec Henri IV des moyens de faciliter son entrée dans Paris. Le Comte de Brissac avoit eu la prévoyance de faire sortir de cette ville une partie de la garnison Espagnole, & l'argent, plus que l'éloquence, avoit été prodigué pour persuader certains esprits, & envelopper dans le parti du Roi des personnes nécessaires. Malgré les précautions prises pour maintenir le secret de cette expédition, la veille de son exécution, *les Seize* en reçurent quelques avis, qu'ils communiquerent aux Espagnols qui étoient alors dans Paris. Cette nouvelle causa dans cette ville une rumeur, qui obligea le Comte de Briſſac de faire armer ſes gens, de poſer par-tout des ſentinelles, enfin de faire les préparatifs que la circonſtance rendoit néceſſaires; la vigilance de ce Gouverneur, le bon ordre qu'il feignit d'établir pour la garde de la ville, tranquilliſerent les Ligueurs allarmés, & ſur les dix heures du ſoir chacun ſe retira.

Les Royaliſtes qui étoient dans Paris ne dormirent point cette nuit. Chacun fut à ſon poſte, attendre l'arrivée des troupes du Roi. Les ſoldats Eſpagnols qui faiſoient la ronde ſur les murailles, ſe retirerent vers les deux heures après minuit.

L'*Anglois*, Echevin, Avocat, avec une petite troupe de Royaliſtes, traverſa la garde Eſpagnole qui vouloit s'oppoſer à ſon paſ- ſage, & parvint à ſe ſaiſir de la porte St- Denis, pour y faire entrer le ſieur de *Vi- try*, qui à la tête de la Gendarmerie du Roi s'empara de cette porte, du rempart & des Eſpagnols qui y étoient en garde, & s'a- vança enſuite dans la rue Saint-Denis.

Denis Neret, Marchand & Bourgeois de Paris, accompagné de ſes enfans & de ſes amis ſe rendit maître de la porte Saint-Ho- noré.

Saint-Luc, Beau-frere du Comte de Briſ- ſac, entra le premier dans Paris avec ſa troupe par cette porte, & en confia la garde à *Favas*, habile Capitaine; puis il s'a- vança dans la ville pour poſer des gardes

néceffaires & fit fuir devant lui un Chevalier du Guet, qui vouloit s'oppofer à fa
marche.

Louis de Montmorenci entra dans Paris par le quai de l'Ecole, à la tête de deux
cents Suiffes, paffa devant un corps-de-
garde de Lanfquenets, qui ignorant ce qui
fe paffoit dans les autres parties de la ville,
voulurent réfifter au Capitaine ; ils furent,
au nombre de trente, taillés en pièces, ou
jettés dans la riviere.

Le bruit de ce combat avoit répandu l'allarme dans le voifinage, plufieurs perfonnes accoururent, & voyant les troupes du
Roi dans la ville, crurent qu'Henri IV étoit
déjà au Louvre, & le firent croire à beaucoup d'autres.

Louis de Montmorenci, n'ayant plus d'obftacle à vaincre, fut avec fes Suiffes, s'emparer du Palais & des avenues des ponts.

Les troupes d'Henri IV s'étant affurées
des paffages dangereux & des principales
places de Paris, ce Roi y entra lui-même,
à fept heures du matin par la porte Saint-
Honoré, par la même porte qu'Henri III,
fon prédéceffeur étoit forti de Paris. L'*Huillier*, Prévôt des Marchands, vint offrir au
Roi les clefs de cette porte ; M. le Comte
de *Briffac* lui préfenta une belle écharpe ;
ce Prince l'accepta, lui donna en échange
l'écharpe blanche qu'il portoit, avec le titre
de Maréchal de France. Etant avancé dans
la rue Saint-Honoré, Henri IV, étonné de

fe voir au milieu d'un peuple fi nombreux, demanda au Maréchal de Matignon s'il avoit donné bon ordre à la porte. Il renouvella les défenfes à tous fes foldats, de ne commettre aucun dommage, ni de faire aucune infulte aux habitans, & voyant un foldat prendre par force le pain d'un Boulanger, il accourut lui-même pour le punir de cette violence.

En paffant devant les Innocens où il s'arrêta avec fa troupe, un Ligueur, de fa fenêtre fixa long-temps le Roi fans le faluer, fans découvrir fa tête, & s'appercevant que fon action faifoit murmurer, il ferma fa fenêtre & fe retira : on en parla au Roi qui n'en fit que rire.

Enfin les cris de *vive le Roi* l'accompagnoient dans fa marche. Raffuré par ces témoignages de la joie publique, comme il étoit tout armé, il ôta fon cafque pour mieux fe faire voir, & donner une marque de fa confiance ; alors les acclamations redoublerent : *je vois*, dit-il, *que ce pauvre peuple a été tyrannifé.* La foule & les cris de joie augmentoient au tour de lui à mefure qu'il s'avançoit. Arrivé à la porte de Notre-Dame, & ayant mis pied à terre, les paffages fe trouverent obftrués par l'affluence du monde ; les Capitaines des Gardes voulurent faire retirer la foule des curieux : *gardez-vous en bien*, dit Henri IV, *j'aime mieux avoir plus de peine &*

qu'il me voyent à leur aise, car ils sont
affamés de voir un Roi.

En l'absence de l'Evêque, le Roi fut reçu
à la porte de l'Eglise par un Archidiacre,
avec les cérémonies ordinaires : il se plaça
dans le chœur, où il entendit la messe pendant laquelle la musique exécuta le *Te*
Deum.

» Ainsi, dit l'*Etoile*, cette grande ville
» qui pendant près de cinq ans, avoit fait
» une cruelle guerre à son Roi, par un
» changement qui approche du miracle,
» n'a aujourd'hui que des louanges & des
» démonstrations de joie, & d'actions de
» grace pour sa Majesté, en sorte qu'en
» moins de deux heures, elle est devenue
» aussi tranquille, que si elle n'eût jamais
» été dans le trouble ».

Le bruit des cloches, des trompettes,
des tambours, les cris de *vive le Roi* apprirent bientôt aux Ligueurs que Henri IV
étoit dans Paris. *Hamilton*, Curé de Saint-
Côme, s'arma promptement d'une pertui-
sane, & courut vers Saint-Yves, pour y joindre le Capitaine *Crucé*; mais ces deux furieux Ligueurs furent arrêtés en chemin,
l'un par le Conseiller *du Vair*, l'autre par le
Comte de *Brissac*, qui leur remirent à
chacun des billets, par lesquels le Roi pardonnoit aux fauteurs de la Ligue, & les
maintenoit ainsi que tout les habitans dans
leurs charges, priviléges & dignités.

Un autre Capitaine de la Ligue, nommé
Charles d'Ufur, Epicier, dit *Jambe de
Bois*, accompagné de quelques Ligueurs
alloit de porte en porte, faire commandement de prendre les armes ; mais comme il
couroit pour joindre le Capitaine *Crucé*, fa
jambe de bois fe rompit, il tomba, & fon
moufquet fe brifa ; ceux qui l'accompagnoient voyant cette difgrace, l'abandonnerent & fe réfugierent dans leurs maifons.

D'autres Ligueurs de ce même quartier,
fe difpoferent à faire des barricades auprès des Mathurins ; mais les Miniftres de
cette Maifon les ayant menacés de les faire
prendre, ils abandonnerent leur deffein.

Les Ligueurs firent ces mouvemens, dans
le quartier de l'Univerfité, pendant qu'Henri
IV étoit à Notre-Dame.

Ce Roi forti de l'Eglife accompagné d'une
foule plus confidérable encore, & des cris
multipliés de *vive le Roi*, arrivé au Louvre, il délivra le Capitaine *Saint-Quentin*, qui étoit condamné à être pendu le
même jour, parce que les Efpagnols le
foupçonnoient d'avoir été favorable au parti
des Royaliftes. Ce prifonnier vin fe jetter
aux pieds d'Henri IV, en le remerciant de
lui avoir fauvé la vie, & ce Roi le retint à
fon fervice.

Dès le matin, Henri IV avoit envoyé le
Comte de Saint-Pol, pour annoncer aux
Efpagnols que fa Majefté étant maître de
leurs vies & de leurs biens, ils ne vouloient

cependant ni l'un ni l'autre, qu'ils pouvoient tout emporter; mais qu'ils fortiffent
promptement de Paris, fans délais ni excufe. Le Duc de *Feria* qui ne s'attendoit
pas à être traité fi doucement, ne put s'empêcher de s'écrier deux ou trois fois : ah
grand Roi ! grand Roi !

Lorfque Madame de Montpenfier apprit
que le Roi étoit dans Paris, elle fe livra
au plus violent défefpoir ; elle demandoit s'il n'y avoit point quelqu'un qui pût la
tuer d'un coup de poignard ; fa fureur étant
un peu modérée, elle maudiffoit M. de
Briffac, l'appellant méchant, traître, &
difant : *je favois bien qu'il étoit poltron ;*
mais jufqu'à ce jour j'ignorois qu'il fût
traître. Dans la même matinée, Henri IV
envoya fouhaiter le bon jour à cette Dame,
& à Madame de Nemours, & les affura
qu'il ne leur feroit fait aucun tort, & qu'il
les prenoit fous fa protection. Ces deux
Dames, principales auteurs de la Ligue,
refterent confondues de tant de générofités,
& firent remercier humblement fa Majefté,
& *dirent un grand merci bien bas.*

Après diné, Henri IV fut fe placer à
une fenêtre de la rue Saint-Denis, pour
voir fortir les troupes Efpagnoles. Le Duc de
Feria qui étoit à leur tête, falua le Roi à
l'Efpagnol, c'eft-à-dire, *gravement & mai-*
grement, dit l'Etoile, *de quoi le Roi fe*
moqua, & lui ôtant à moitié fon cha-

peau, *le contrefaisoit après fort plai-*
samment.

Les Ambassadeurs & toutes les troupes
Etrangeres, saluerent très-respectueusement
le Roi, qui dit aux Ambassadeurs : *Mes-*
sieurs, recommandez-moi à vos maîtres ;
mais ne revenez plus. Ils sortirent au nombre de trois mille, marchant de quatre en
quatre, & furent reconduits jusqu'au Bour-
get, par les sieurs Sallignac & Saint-Luc.

La femme d'un Espagnol en passant avec
les troupes, demanda à voir Henri IV, en
disant tout haut, que *la France étoit heu-*
reuse d'avoir un si grand Roi, si bon, si
doux & si clément, lequel leur avoit par-
donné à tous, & que si les Espagnols
eussent tenu le Roi comme il les tenoit, ils
n'en auroient pas si bien usé à son égard.
Lorsque cette femme eut apperçu le Roi,
elle lui cria : *je prie Dieu, bon Roi, qu'il*
te donne toute prospérité. Pour moi étant
dans mon pays, ou quelque part que je
sois, je te bénirai toujours & célebrerai
ta grandeur, ta bonté & ta clémence.

Les Napolitains, en quittant Paris, ne
purent s'empêcher de dire : *vous avez au-*
jourd'hui un bon Roi, au lieu d'un Prince
très-méchant que vous aviez.

Dans le quartier du Temple, les Ligueurs
firent encore quelques mouvemens. Pendant que les troupes Etrangeres sortoient de
Paris, un des plus mutins *des Seize*, tint
dans sa maison une assemblée d'environ cir-

quante ou foixante Ligueurs. Après en être
forti, plufieurs d'entre eux difoient, que
l'on n'en étoit pas où l'on penfoit. Ces paroles furent rapportées au Roi, qui ne s'en
mit point en peine. Dans cette journée, il ne
put s'occuper d'aucune affaire, & dit à quelqu'un qui lui communiquoit deux avis im-
portans : *Il faut que je vous confeffe que
je fuis fi enivré d'aife, de me voir où je
fuis, que je ne fais ce que vous me dites,
ni ce que je vous dois dire.*

Les jours qui fuivirent cette heureufe
journée, furent marqués par quelques projets de révoltes, quelques menaces d'affaffiner Henri IV, qui cependant ne ceffoit de
manifefter fa clémence, fa bonté & fon ref-
peét pour la religion, en pardonnant à fes
plus furieux ennemis, en vifitant lui-même
les prifons, les hôpitaux, en faifant l'aumône
aux uns, & donnant la liberté aux autres.
Il vint exprès de Saint-Germain, à Paris, quelques jours après fon entrée, pour
affifter à l'abfoute faite à Notre-Dame, le
mercredi faint. Pendant qu'il étoit dans l'E-
glife, on lui montra en face de lui un Ligueur qui fe rongeoit les doigts de dépit,
le Roi fe mit à rire, & ne voulut point
qu'on le fît retirer. Comme ce Prince for-
toit de l'Eglife, une pauvre femme lui
cria, *Sire, Dieu vous doint bonne vie &
longue*, le Roi la remercia par un figne de
tête ; alors cette femme redoubla, *bon Roi*,
dit-elle, *Dieu vous gouverne & affifte*

toujours par son Saint-Esprit, à ce que vos ennemis soient dissipés & confondus. Amen, répondit le Roi tout haut, Dieu me fasse miséricorde & à vous aussi.

CHAPITRE XXVI.

Dévotes.

MADAME, sœur d'Henri IV, conserva toujours la Religion dans laquelle on l'avoit élevée ; étant à Paris, elle tenoit souvent dans son logis des prêches, où étoient reçus la plupart des Protestants ; ces prêches causoient bien des murmures parmi les fanatiques du parti opposé. Au mois d'Août 1597, cinquante ou soixante femmes dévotes s'assemblerent, & couroient par la ville, en criant que ces prêches occasionnoient tous les maux qui désoloient Paris. Elles allerent chez M. le Procureur-Général, puis s'en vinrent au Palais, au parquet des gens du Roi ; ceux-ci les renvoyerent à l'Evêque de Paris, de là elles se transporterent chez M. le premier Président qui les reçut, écouta leurs plaintes tranquillement, & leur répondit : » Mesdames, envoyez-moi vos maris, » & je leur commanderai de vous tenir » renfermées dans leur maison, afin que

» vous ne couriez plus les rues comme
» vous faites ».

CHAPITRE XXVII.

MEULAN.

Guérifons fingulieres.

Pendant que Henri IV s'occupoit à ré-
duire les Ligueurs, le Duc d'Angoulême,
fils naturel de Charles IX, qui fuivoit l'armée du Roi, attaqué depuis quelques jours
de la fievre, fentit redoubler fon mal, &
fut obligé de refter à Meulant. On commençoit à défefpérer de fa vie ; fon Médecin avoit prononcé, *non vacat periculo*, &
comme les malades entendent tout, & que
celui-ci favoit le latin, il fut averti de fon
état, & demanda auffi-tôt à fe confeffer.
Lorfqu'il fut confeffé, les Médecins décla-
rerent aux Domeftiques de ce Prince, qu'il
n'y avoit qu'un feul moyen pour fauver leur
maître, c'étoit de le faire rire.

Alors pour opérer cette guérifon, le Se-
crétaire du Duc d'Angoulême, fon Inten-
dant, deux perfonnages âgés chacun de
foixante ans, & fon Capitaine des Gardes,

vieux militaire d'un extérieur très-grave, se préfenterent tous trois devant le lit de leur Maître, entierement vêtus de blanc; le Capitaine des Gardes qui étoit au milieu, frappoit alternativement fur la joue de fes deux voifins, qui avoient chacun fur la tête un bonnet rouge avec des plumes de coq, & qui tâchoient l'un après l'autre, de lui abattre un chapeau de forme ridicule. A la vue de cette fcene burlefque, le Duc malade, éclata de rire, faigna du nez abondamment, & éprouva une fi grande révolution, qu'au bout de deux heures il fe fentit foulagé. La fievre qui le tourmentoit depuis vingt-deux jours, diminua fenfiblement, & fix jours après, il fut en état de fe faire tranfporter en litiere à la campagne, où il acheva de guérir.

Cette aventure rappelle celle du Cardinal, qui étant fur le point de mourir, apperçut fon finge qui fe couvroit la tête de fon chapeau de Cardinal. Le rire que lui caufa cette fingerie, produifit dans fes organes un effort qui opéra fa guérifon.

Le 2 Février 1786, une guérifon à-peuprès auffi finguliere, a été opérée à Châteaudun, fur la perfonne du Révérend Pere Victor Bernard, Ex-Gardien du Couvent des Récollets.

Ce Religieux étoit ce jour là; regardé comme mort, cependant fon Médecin ne pouvant croire que le principe de la vie fût entierement éteint, frotta les tempes du ma-

lade avec des eaux de fenteur , lui fit avaler
un peu de vin d'Efpagne. Auffi-tôt, au grand
étonnement des fpeceateurs , le Religieux
fit quelques mouvemens , & articula quelques fons ; mais il reftoit toujours dans une
efpèce de fommeil létargique.

L'après-midi du même jour , le Médecin
fit entrer dans l'infirmerie où étoit le malade , deux perfonnes qui favoient jouer du
violon , & qui exécuterent différens airs. Un
habitant de la ville & un Révérend Pere Ré-
collet du Couvent , âgé de 72 ans , fe mirent à danfer au fon des inftrumens devant
le lit. Le chien du Médecin danfoit de fon
côté. Cette mufique , & la vue de ce fingulier ballet réveillerent le moribond , & le
firent rire ; depuis ce moment , fa fanté s'eft
rétablie , & peu de temps après , il a été en
état d'annoncer lui-méme au public fon entiere guérifon.

CHAPITRE XXVIII.

NONNANCOURT.

Le Prétendant échappe à des Assassins.

LE Comte de *Stair*, Ambassadeur d'Angleterre, ayant appris que *le Prétendant* devoit partir de Chaillot, où il étoit caché pour se rendre en Bretagne & s'embarquer en Ecosse, afin de se mettre à la tête de son parti, demanda au Régent de faire arrêter ce Prince, qui devoit passer à *Château-Thierri*.

Le Régent, voulant à la fois fomenter les troubles d'Ecosse, & faire montre de zele pour le Roi George, donna en présence de l'Ambassadeur des ordres à *Contades*, Major des Gardes, d'aller à Château-Thierri, & de prendre le Prétendant à son passage. Contades, homme intelligent, devinant les intentions du Prince, partit le 3 Novembre 1715, bien résolu de ne pas trouver ce qu'il cherchoit.

Stair, se méfiant dès promesses du Régent, résolut de délivrer le Roi Georges de ses inquiétudes par un coup de scélérat. Il

chargea *Douglas*, Colonel Irlandois, au
service de France, d'aller s'embusquer à
Nonnancourt avec trois assassins. Ils de-
manderent en y arrivant, avec tant de chaleur, si l'on avoit pas vu passer une chaise
de poste, qu'ils en devinrent suspects à la
nommée l'*Hopital*, Maîtresse de poste,
femme d'esprit & de résolution, & qui étoit
instruite de la situation du Prétendant.

L'empressement de ces Couriers, recon-
nus pour Anglois, lui fit soupçonner qu'ils
avoient de mauvais desseins. En effet, on
sut depuis, que les trois Satellites de Douglas étoient des scélérats déterminés, qui
avant de partir de Londres, avoient fait
leur marché pour leur famille, au cas
qu'ils fussent pris & exécutés.

La Maîtresse de la poste leur assura qu'il
n'étoit point passé de chaise, & qu'il étoit
impossible qu'il en passât sans relayer.

Douglas, après être resté long-temps &
inutilement sur la porte, sortit avec un de
ses gens pour aller en avant sur le chemin de
Bretagne, & laissa les deux autres dans la
maison. La l'*Hopital*, dès cet instant, fit
sortir par une porte de derriere, un Postillon, pour aller sur la route de Paris au-devant de la chaise, & la détourner chez une
de ses amies.

Pendant qu'un des gens de Douglas s'é-
toit jetté sur un lit, l'autre faisoit sentinelle
à la porte. Elle engagea un Postillon affidé,
à le faire boire & à l'enivrer. Alors elle en-
ferma

ferma celui qui dormoit & envoya avertir
la juftice & la maréchauffée. Les deux Anglois furent arrêtés ; ils voulurent fe récla-
mer de leur Ambaffadeur ; mais on leur répondit , qu'on ne pouvoit les relâcher que
lorfqu'ils auroient clairement juftifié qu'ils
appartenoient à cet Ambaffadeur.

Pendant ce temps-là , le Prétendant arriva , & fut conduit dans la maifon indi-
quée par la l'*Hopital* , où elle vint elle-
même lui apprendre ce qui venoit de fe paffer. Ce Prince pénétré de reconnoiffance ,
ne lui diffimula point quel étoit fon état , &
demeura caché à *Nonnancourt* , en attendant qu'on prît des mefures contre les affaffins qui n'étoient pas encore arrêtés.

Douglas inftruit de ce qui venoit d'arriver , s'en revint au plus vîte à Paris.

Peu de jours après , le Prétendant partit ,
déguifé en Eccléfiaftique , dans une chaife
que lui procura fa libératrice.

Le Prince lui donna une lettre pour la
Reine d'Angleterre fa mere , qui étoit à St-
Germain-en-Laye.

Cette Princeffe fit à cette généreufe femme,
préfent de fon portrait ; *le Prétendant* lui
envoya auffi le fien : la fituation de la mere
& celle du fils , ne ieur permettoient pas
d'autres marques de reconnoiffance.

La bonne l'*Hopital* , contente du fervice
qu'elle avoit rendu , ne demanda rien au
Régent de ce qu'elle avoit dépenfé , & refta
encore vingt-cinq ans maîtreffe de la pofte.

E

CHAPITRE XXIX.

SAINT-GERMAIN-EN-LAYE

Trahifon d'un Religieux.

Au mois de Janvier 1438, le château de Saint-Germain-en-Laye fut pris par les Anglois. Un Religieux de Saint-Genevieve, nommé *Carbonnet*, & Prieur de Nanterre, livra ce château par trahifon aux ennemis de la France. La proximité de fon Prieuré le mettoit à la portée d'aller fouvent à St-Germain ; il fit connoiffance avec le Capitaine du château, qu'il vifitoit fouvent. Comme fon état de Religieux éloignoit toute méfiance, il entroit au château à toute heure, le parcouroit à fon aife, & obfervoit l'endroit où l'on plaçoit les clefs.

Ce Religieux après avoir pris toutes fes mefures, fut à Rouen, qui appartenoit alors aux Anglois, s'adreffa au Comte de Warvic, & lui dit, que s'il vouloit lui donner trois cents falus d'or, il lui livreroit le château de Saint-Germain ; la propofition fut acceptée, & le château fut livré.

La trahifon ne refla pas long-temps inconnue ; au bout de douze à quinze jours, le traître Religieux fut pris, chargé de fers, & condamné à une prifon perpétuelle, & à ne vivre que de pain & d'eau.

CHAPITRE XXX.

SAINT-GERMAIN-EN-LAYE

Aventure d'une Piffeufe.

Louis XIII n'aimoit point les femmes à la maniere de fon pere ; foit par tempéra-ment, foit par principe de religion, il n'é-toit point exigeant auprès des Dames. On affure qu'il n'en vint jamais à la conclufion avec Mefdemoifelles d'*Hautefort* & de *la Faÿette*, quoiqu'il les aimât avec paffion. C'eft ce qui faifoit dire de ce Roi, qu'il n'étoit amoureux que depuis la ceinture, jufqu'en haut.

Lorfque la cabale de M. de Saint-Si-mon, de l'Evêque de Limoges, &c. voulut introduire Mademoifelle de la Fayette à la place de Madame de Hautefort, le Roi prit goût à ce changement ; il aimoit beau-coup à entretenir cette Demoifelle, qui chantoit, danfoit, jouoit aux petits jeux

E ij

avec une complaifance infinie ; elle étoit férieufe quand il falloit l'ètre, & rioit aufli de tout fon cœur. Elle rit un jour avec tant d'abandon, qu'il s'enfuivit un petit événement affez commun aux grandes rieufes.

Un foir étant à Saint-Germain, chez la Reine avec toute la Cour, le Roi s'amufoit à fon ordinaire, à la faire chanter & jouer ; elle fe mit à rire de fi bon cœur, qu'elle piffa fous elle, & fi abondamment qu'elle fut long-temps fans ofer changer de place. Enfin il fallut fe lever, le Roi étoit forti, & la Reine ne badinoit pas. A peine fut-elle déplacée, qu'on apperçut une grande mare d'eau. Les ennemis de la piffeufe, rirent, fes partifans étoient fâchés. La Reine dit tout haut, que c'étoit *la Fayette* qui avoit piffé. Mademoifelle de *Vieuxpont* foutenoit le contraire, en face de la Reine, en difant que c'étoit du jus de citrons, & qu'elle en avoit dans fa poche qui s'étoient écrafés. Alors la Reine, pour la convaincre, commanda à *la Porte*, fon Porte-Manteau, de fentir cette eau. La Porte obéit & après avoir flairé il affura la Reine que ce n'étoit point de l'eau de citron. Toutes les Demoifelles de cette Princeffe foutenoient la caufe de Mademoifelle la Fayette, parce qu'alors elle étoit en faveur. La Reine piquée de fe voir contredite, ordonna fur-le-champ qu'on vifitât ces Demoifelles afin de connoître la piffeufe ; à cet ordre elle s'en fuirent toutes dans leurs chambres.

CHAPITRE XXXI.

COLLÉGE DU CARDINAL-LE-MOINE

Professeurs Sodomistes.

LE premier Février 1586, *Nicolas Dadon*, natif de Saint-Front en Valois, premier Régent des classes du Collége du Cardinal le Moine, & quelque temps avant, Recteur de l'Université de Paris, ayant la réputation de savant, fut condamné à être pendu & brûlé pour crime de sodomie, envers un enfant qui lui étoit confié.

E iij

CHAPITRE XXXII.

COLLÉGE DE LOUIS-LE-GRAND

Ingratitude des Jésuites.

GUILLAUME *Duprat*, Evêque de Clermont, fils du Chancelier Duprat, fut un grand protecteur des Jésuites ; il les retira du Collége des Lombards , où ils étoient très-étroitement logés , & les plaça en son propre Hôtel, situé rue de la Harpe , ensuite il leur légua des sommes considérables, avec lesquelles ces Peres acheterent en 1563 l'Hôtel de *la Tour de Langres* , situé dans la rue Saint-Jacques. Ils y bâtirent leur Collége qu'ils nommerent *de Clermont* , par reconnoissance pour leur bienfaiteur , Evêque de Clermont ; mais sous Louis XIV, ces Moines devenus courtisans , & ayant acquis assez de crédit pour être impunément ingrats , ils sacrifierent la reconnoissance à la flaterie , & substituerent au nom de leur bienfaiteur, celui de *Louis le Grand.*

Avant ce changement , on lisoit au-dessus de la porte de ce Collége, les noms des fondateurs , & celui de *Jésus* ; ils firent enle-

(103)

ver cette inscription, pour y placer la nouvelle dénomination. On ne leur pardonna
point cette lâcheté ; il courut à ce sujet,
deux vers latins, où les béats Peres font un
peu maltraités, les voici ;

Substulit hinc Jesum, posuit insignia Regis
Impia gens, alium non novit illa deum.

C'est-à-dire, « cette race impie qui a fait en-
» lever de cette porte le nom de Jésus, pour y
» placer les armes & le nom de Louis XIV, ne
» connoît d'autre Dieu que ce Monarque ».

CHAPITRE XXXIII.

CORBEIL.

Querelle entre deux jeunes Princes.

PENDANT la guerre de la fronde, Louis
XIV vint à Corbeil, & voulut que *Mon-*
sieur couchât dans sa chambre qui étoit fort
petite. Le plus âgé de ces deux Princes n'a-
voit pas plus de dix-huit ans. Le lendemain
matin, le Roi cracha, sans le vouloir, sur
le lit de son frere. *Monsieur*, aussi-tôt,
crache exprès sur le lit du Roi. Le Roi, piqué de la vivacité de son frere, lui crache
E iv

au visage. *Monsieur* saute sur le lit du Roi, & pisse dessus. Le Roi saute sur le lit de *Monsieur*, & pisse dessus. Enfin ne pouvant plus l'un & l'autre, ni cracher ni pisser, ils tirerent réciproquement leurs couvertures, puis ils en vinrent aux coups. » Pen- » dant ce démélé, dit *la Porte*, qui ra- » conte cette aventure, je faisois ce que » je pouvois pour arrêter le Roi ; n'en pou- » vant venir à bout, je fis avertir M. de » Villeroi, qui vint mettre le holà. *Mon-* » *sieur* s'étoit plutôt fâché que le Roi, » mais le Roi fut bien plus difficile à ap- » paiser que *Monsieur* ».

Cette anecdote singuliere, en rappelle une autre qui ne l'est pas moins sur ces mêmes Princes.

Comme le Roi alloit diner avec la Reine, *Monsieur* entra, & voyant un poëlon de bouillie, il en prit sur une assiette, puis l'alla montrer au Roi, qui lui ordonna de n'en point manger. *Monsieur* dit qu'il en mangeroit ; *gage que non*, répliqua le Roi. La dispute s'émeut, le Roi voulut lui arracher l'assiette, & ses efforts firent rejaillir quelques gouttes de bouillie sur *Monsieur*, » qui a la tête fort belle, dit Mademoi » selle de Montpensier dans ses Mémoires, » & qui aime extrêmement sa chevelure. » Cela le dépita ; il ne fut pas maître du » premier mouvement. Il jetta l'assiette au » nez du Roi ».

CHAPITRE XXXIV.

MELUN.

Attentat sur la personne de Louis XIV.

PENDANT les guerres de la Fronde, la Cour séjourna quelque tems à Melun, pour divertir Louis XIV, qui étoit fort jeune alors. On fit construire sur les bords de la Seine, un petit fort, dans lequel le Roi alloit tous les jours prendre de l'exercice, & faire la collation.

Le Cardinal Mazarin, objet de ces troubles, étoit aussi à Melun. Le jour de Saint-Jean 1652, il invita le jeune Monarque à dîner avec lui, & ils resterent ensemble jusqu'au soir. Pendant cette entrevue, il se passa des choses bien criminelles; il fut commis sur la personne du Roi, un attentat contre lequel sa jeunesse & son inexpérience, ne pouvoient le prémunir. Voici de quelle maniere la Porte, dans ses Mémoires, raconte ce fait : « Le Roi ayant dîné chez » son Eminence, & étant demeuré avec lui » jusques vers les sept heures du soir, il » m'envoya dire qu'il se vouloit baigner :

E v

(106)

» fon bain étoit prêt, il arriva tout triste, &
» j'en connu le fujet, fans qu'il fût nécef-
» faire qu'il me le dît : la chofe étoit fi ter-
» rible qu'elle me mit dans la plus grande
» peine, où j'aie jamais été, & je demeurai
» cinq jours à balancer, fi je la dirois à la
» Reine; mais confidérant qu'il y alloit de
» mon honneur & de ma confcience de ne pas
» prévenir par un avertiffement de fembla-
» bles accidens, je la lui dis enfin, dont
» elle fut d'abord fatisfaite, & me dit que
» je ne lui avois jamais rendu un fi grand fer-
» vice; mais je ne lui nommai pas l'auteur de
» la chofe, n'en ayant pas de certitude;
» cela fut caufe de ma perte, &c. ».

La franchife de la Porte, caufa fa difgrace. Voici comme il rapporte cette même
aventure dans une lettre qu'il adreffa à la
Reine pour fe juftifier.

« Le Roi dînant chez le Cardinal, me
» commanda de lui faire apprêter fon bain
» fur les fix heures dans la riviere.... Le
» Roi, en y arrivant, me parut plus trifte &
» plus chagrin qu'à l'ordinaire, & comme
» nous le déshabillions, l'attentat manuel
» qu'on venoit de commettre fur fa perfonne,
» parut fi vifiblement que Bontemps le pere,
» & Moreau, le virent comme moi; mais ils
» furent meilleurs courtifans que moi; mon
» zèle & ma fidélité me firent paffer par-
» deffus toutes les confidérations qui me de-
» voient faire taire.... Votre Majefté fe
» fouviendra, s'il lui plaît, que je lui ai dit

» que le Roi parut fort trifte & fort cha-
» grin, ce qui étoit une marque affurée qu'il
» n'avoit pas confenti à ce qui s'étoit paffé,
» & qu'il n'en aimoit pas l'auteur. Je ne
» voudrois, pas Madame, en accufer qui que
» ce foit, parce que je craindrois de me
» tromper, &c. ».

Je ne chercherai pas non plus à déterminer
fur ce fujet, l'opinion des lecteurs, il fuf-
fira de dire que le Cardinal Mazarin fut
caufe de la difgrâce de la Porte, ainfi qu'il
le dit lui-même dans la même lettre.... « Il
« (le Cardinal) me fit paffer dans l'efprit
» de Votre Majefté, pour l'auteur du mal
» que je n'avois pas fait; mais que j'avois
» vu, & que je vous avois dit ».

La Porte raconte ailleurs, que Louis XIV,
pendant fa jeuneffe, n'aimoit pas le Cardinal
Mazarin. Un jour ce Miniftre, voulant affifter à fon coucher, arriva pendant qu'il
étoit à la garderobe. Le Roi étant averti de
cette vifite, ne fe dérangea point de fa
chaife, & ne s'en leva que lorfque le Cardinal, laffé d'attendre, fut forti de l'endroit
où il étoit; il entendit le bruit que faifoient
avec les épées & les éperons ceux qui accompagnoient ce Miniftre; *il fait grand
bruit où il paffe*, dit le Roi, *je crois qu'il y
a plus de cinquante perfonnes à fa fuite.*

Une autre fois, le Roi étant à Compiegne,
vit paffer fur la terraffe du château, le Cardinal Mazarin avec beaucoup de fuite; il

ne put s'empêcher de dire affez haut : *voilà le Grand Turc qui paffe.*

CHAPITRE XXXV.

Prévôts de Paris.

LES Prévôts de Paris n'étoient jamais choifis parmi les perfonnes natives de cette Capitale, on préféroit toujours un étranger. Cette fage coutume ceffa d'avoir lieu en 1418 : *Gilles Clameci*, natif de Paris, fut élu Prévôt, ce qui parut fort étrange à tous les Citoyens.

En 1446, mourut à Paris, *Ambroife Lore*, Baron de Juille, Prévôt de cette Ville, fort regretté des habitans, parce qu'il maintenoit avec chaleur le droit du peuple. Son équité & fon exactitude à remplir les devoirs de fa charge, ne l'empêchoient pas d'avoir quelques défauts ; il avoit une femme qui réuniffoit toutes les qualités : elle étoit d'une famille très-ancienne, & , ce qui vaut beaucoup mieux, elle avoit des talens, de bonnes mœurs & de la beauté ; tant de moyens de plaire, ne purent fixer ce Prévôt de Paris, qui n'étoit rien moins que fidele à la foi conjugale; il avoit toujours pour fon ufage, trois ou qua-

tre filles qu'il tenoit en communauté. En conféquence de ce goût, il accordoit fpéciale-
ment fa protection aux femmes publiques,
dont le nombre étoit alors confidérable dans
Paris. Elles s'en prévaloient beaucoup, &
on ajoute que les habitans qui avoient à fe
plaindre d'elles, ne pouvoient en avoir juftice. Et le bon Prévôt de Paris donnoit fur-
tout raifon à la plus belle. Cet homme-là n'é-
toit pas de fon fiecle.

CHAPITRE XXXVI.

CHEVALIER DU GUET.

Police de Paris.

LA charge de Chevalier du Guet étoit
anciennement établie pour empécher dans
Paris les défordres de la nuit. En 1418, un
Chevalier du Guet, nommé *Gaulthier
Rallart* avoit adopté la coutume finguliere,
lorfqu'il parcouroit les rues de Paris, de
faire marcher devant lui *quatre ou cinq
Méneſtriers, jouant de haulx inſtrumens.* Le peuple murmuroit de cette
étrange maniere de faire le guet dans la
Ville ; il difoit que le bruit des inſtrumens

avertiſſoit les malfaiteurs , & que le Chevalier du Guet ſembloit leur dire , *fuyez-vous-en, car je viens.*

Lorſqu'Henri IV eut promis aux Huguenots d'établir leurs prêches à Charenton , les Catholiques en furent très-mécontens. Il ne ſe paſſoit point de Dimanche ou de Fête , ſans quelques ſéditions ou inſultes de part & d'autre. Le Roi , pour faire ceſſer cette guerre continuelle , & maintenir l'ordre qu'il avoit établi , ordonna qu'il ſeroit dreſſé à la porte Saint-Antoine une potence , pour y attacher le premier , tant d'une Religion que de l'autre , qui oſeroit troubler le repos public.

Cette ordonnance cauſa entre le Lieutenant-Civil & le Lieutenant-Criminel une violente diſcuſſion. Chacun des deux diſoit avoir le droit de faire dreſſer cette potence. Cette conteſtation auroit plus long-tems retardé les effets de l'ordonnance du Roi, ſi le Chevalier du Guet n'eût accordé les deux Parties d'une maniere fort raiſonnable. Il proposa aux deux Magiſtrats de faire planter deux potences , *l'une , dit-il , ſera pour le Lieutenant-Civil, l'autre , pour le Lieutenant-Criminel.*

CHAPITRE XXXVII.

Ancienne Police de Paris.

CETTE Ville étoit autrefois infectée d'une très-grande quantité de mauvais sujets qu'on appelloit des *Bráves* par ironie, parce qu'ils étoient accoutumés de se joindre au-moins cinq ou six, pour attaquer un seul homme. Ils faisoient métier de servir pour de l'argent, les haines & vengeances particulieres, on marchandoit avec eux pour faire battre, assassiner, &c. son ennemi.

Un amant du siecle de Louis XIV, à la fois abandonné & créancier de sa maîtresse, voulut faire valoir ses droits auprès d'elle. La belle qui croyoit qu'en amour, l'argent prêté étoit donné, refusoit de s'acquitter. Cette belle (c'étoit une Chanoinesse), blessée vivement des reproches de son impor-tun Créancier, résolut de s'en venger; ce ne fut pas assez de prendre un nouvel amant. Elle projetta & disposa une autre vengeance.

L'amant à qui on ne vouloit rendre ni tendresse ni argent, s'appelloit le Chevalier de *Saint-Geriers.* Un soir qu'il passoit près du logis de son ancienne maîtresse; il

fut arrêté par cinq ou fix *Braves*, armés.
Le chef de la bande faifit, fans autre façon, le Chevalier par le nez, & fe met
en devoir de le lui couper avec un couteau

Les cris du Chevalier empêcherent que
l'exécution fût complette; fon nez ne fut
pas entierement coupé, il tenoit encore par
un tendon.

Comme on ne coupe pas le nez d'un honnête-homme impunément, cette affaire eut
des fuites fâcheufes pour bien des perfonnes
diftinguées, complices du délit; le Brave
fut pendu; mais ceux qui avoient com-
mandé le crime, ne le furent pas; ils étoient
riches, & avoient beaucoup d'amis. Le nez
coupé fut recoufu; mais non pas affez
proprement, pour qu'il n'en parût rien,
ce qui chagrina beaucoup le Chevalier
pendant qu'il vécut.

CHAPITRE XXXVIII.

FOIRE SAINT-GERMAIN.

Ancienne Police.

L E Mercredi 4 Février (1579), Henri III revenant de Chartres, alla descendre à la Foire Saint-Germain; il fit emprisonner quelques écoliers qui s'y promenoient avec de longues fraises de papier, & qui, pour tourner en ridicule ce Roi & ses mignons si bien *frisés & godronnés*, crioient en pleine Foire, *à la fraise, on connoît le veau.*

Henri III ne fut pas le seul Roi qui prit plaisir à se promener à la Foire Saint-Germain; Henri IV & plusieurs autres Princes, ne manquoient jamais de s'y rendre; c'étoit le rendez-vous des Courtisans & des personnes de tous états; la licence & la débauche qui y régnoient occasionnerent souvent bien des désordres.

Pendant la ligue, la Foire Saint-Germain avoit été fort négligée. Lorsqu'on en fit l'ouverture au 7 Février 1595, on la trouva dans le plus mauvais état; on y fit alors

des réparations , & l'affluence du beau monde
fut aussi grande que du tems de Henri III :
le Duc de Guise & Vitri, dit *l'Etoile*,
y coururent les rues avec dix mille in-
solences.

En 1597, le Duc de Nemours & le
Comte d'Auvergne s'amuserent à cette Foire,
en y commettant une infinité d'indécences.
Un Avocat y perdit son chapeau, & fut
bien battu par les gens du Comte d'Auvergne.

La même année , Henri IV vint s'y promener avec Gabrielle d'Etrées , & leur enfant naturel appellé *César*. Le Roi marchan-
da une bague de huit cents écus pour en faire
présent à cette maîtresse ; mais la trouvant
trop chere, il n'en voulut point; il acheta seu-
ment pour le jeune Prince *César* , un dra-
geoir en argent , sur lequel étoit gravé les
douze signes du Zodiaque.

En 1605 , il se commit à cette Foire ,
des excès qu'on ne verroit point renouveller aujourd'hui : les laquais, les pages , les
soldats aux Gardes & les écoliers s'y battirent à plusieurs reprises , en petites batailles rangées, sans qu'il fût possible de
mettre ordre à leur fureur ; un laquais coupa
les deux oreilles à un écolier, & les lui
mit ensuite dans sa poche, les écoliers mu-
tinés s'attrouperent, poursuivirent tous les
laquais qu'ils rencontroient, en tuerent &
blesserent beaucoup.

Les soldats aux Gardes étoient du parti

des écoliers : un de ces Militaires ayant reçu, en fortant de la Foire, plufieurs coups de bâton de la part des laquais, fe défendit avec tant de vigueur, qu'il en tua deux, & les jetta morts dans les foſſés de Saint-Germain.

L'année fuivante, les mêmes défordres fe renouvellerent. Un Marchand, en revenant de la Foire, fut trouvé aſſaſſiné d'un coup de couteau qu'on lui laiſſa dans la gorge.

Henri IV, en 1607, fit prolonger la Foire de Saint-Germain, afin d'avoir le loifir de s'y promener. Le dernier jour, il y perdit fept cents écus à trois dez contre M. de Villars, puis il acheta pour la Comteſſe de Moret, fa maîtreſſe, un chapelet de trois cents écus.

CHAPITRE XXXIX.

THUILLERIES.

Dame fouettée par un Laquais.

La paix qu'Henri IV procura à la France, ramena dans la Capitale, l'abondance & le luxe (1), le nombre des carrosses ou coches, qui jusqu'alors se montoit à cinq ou six, s'augmentoit prodigieusement, & chaque année, le nombre des domestiques, pour la représentation, suivit les progrès du luxe. Ces êtres, portés au mal par leur oisiveté, & par l'exemple des débauches de leurs maîtres, copioient leurs vices, sans, comme eux, les couvrir de ce vernis séducteur, qui les embellit, ou les fait supporter. Insolens de la protection de leurs Maîtres, ils oublioient la bassesse de leurs états, & insultoient ou maltraitoient chaque jour des citoyens utiles & respectables. Ils s'attroupoient, & souvent

---

(1) L'Etoile parle de la femme d'un Procureur, qui dans ce temps-là, paya 100 francs pour la seule façon d'une robe.

à la Foire, on les vit attaquer, battre, tuer des écoliers, des clercs du Palais. L'ufage où ils étoient, de porter l'épée, rendoit leurs infolences plus dangereufes. Plufieurs meurtres commis par des laquais, & notamment celui de M. *de Tilladet*, furent caufe qu'on leur défendit le port des armes; mais en diminuant leur moyen de nuire, on ne changea point leurs inclinations, & chaque jour offroit de nouvelles preuves de leurs méchancetés.

Sous Louis XIV, le jardin des Thuilleries étoit le feul fréquenté par les courtifans & les gens de qualité. Aux heures de la promenade, on voyoit aux portes de ce jardin, jufqu'à quatre ou cinq milles laquais qui en attendant, fe racontoient les fredaines de leurs maîtres & maîtreffes, juroient, crioient & faifoient niches aux paffans. Un de ces laquais, pour montrer plus de bravoure que fes camarades, leur dit que s'ils vouloient feulement lui payer une bouteille de vin, il gageroit de lever la jupe, & fouetter la premiere qui fortiroit du jardin. La gajeure fut acceptée fur le champ, chacun attendoit avec impatience le plaifir d'un pareil fpectacle. Bientôt ils apperçurent deux dames s'avancer. Le laquais voit que l'inftant eft arrivé de remplir fa promeffe, faifit une de ces femmes, fans la connoître, la trouffe, la fouette, & les ris de fes camarades éclatent; mais ces dames, outrées d'une telle brutalité, crient au fecours, & arrêtent elle-

même le laquais. Plufieurs perfonnes accourent & reconnoiffent dans ces dames in-
fultées, Mademoifelle d'*Armagnac* & la
Marquife de *Villequier.* Le drôle fut mené
en prifon ; plufieurs Juges opinerent pour le
faire pendre ; cependant il fut condamné au
carcan & aux galères, où il apprit ce qu'il
en coûtoit, pour trouffer publiquement des
Princeffes & des Marquifes.

CHAPITRE XL.

Plaifirs des Seigneurs de la vieille Cour.

En allant à Annet, le Comte de Rochefort paffoit avec un de fes amis au bas de
Chaillot, devant l'emplacement du Couvent de Sainte Marie, où étoit alors la
maifon du Maréchal de Baffompierre ; ils fe
fentent tout-à-coup frappés de coups de pierre,
ils fe tournent & apperçoivent au-deffus
d'une terraffe des perfonnes qui fe cachent,
& croyant d'abord que ces pierres font lan-
cées par quelques femmes qui veulent s'a-
mufer, ils pourfuivent leur route. Mais
les pierres continuant de voler autour d'eux,
& fur eux, & piqués des injures qu'on leur
adreffe, ils fe retournent, & voyent fur

la même terrasse des hommes qui ne se cachent plus, & qui les bravent par de nouvelles insultes. Rochefort & son compagnon s'avancent alors vers les agresseurs, lâ-
chent un coup de pistolet & alloient leur en
tirer un second, lorsqu'on vint les avertir
que c'étoit le Duc d'O*** qui étoit là avec sa
cour. A ce nom, nos deux voyageurs pi-
quent des deux, & fuyent le plus promptement qu'ils peuvent; à peine sont-ils sur
la montagne des bons Hommes, qu'ils apperçoivent cinq ou six cavaliers qui les pour-
suivent vivement, & qui les atteignirent
bientôt : voyant qu'il ne leur restoit que
le moyen de se défendre, ils tournent bride,
& mettent le pistolet à la main. A l'instant,
un des poursuivans reconnut son ami dans le
compagnon de Rochefort : « puisque c'est
» vous, la paix est faite », dit-il, en courant l'embrasser.

On se fit des excuses de part & d'autre,
& les deux voyageurs furent obligés de re-
noncer à leur voyage, & de revenir dans
l'endroit d'où on les avoit attaqués.

Ils arrivent, & trouvent M. le Duc d'O***
faisant la débauche avec plusieurs Seigneurs ; sans s'embarrasser si Rochefort
avoit été au rang de ses ennemis, ce Prince
obligea lui & son compagnon de voyage
à se mettre à table, & après qu'on eut bu
jusqu'à l'excès, il voulut se donner un *plaisir de Prince*; ce qui signifioit dans ce tems-là,
faire une chose bien extravaguante,

Un Colonel du Régiment de Languedoc, nommé *Wallon*, étoit de la partie ; cet homme étoit d'une groſſeur prodigieuſe ; le Prince penſa que ce ſeroit une choſe délicieuſe de manger une omelette ſur le gros ventre de ce Colonel ; il dit ſa fantaiſie, chacun y applaudit, & le gros Wallon s'y prêtant de bonne grace, il ſe coucha tout du long, & mit en évidence l'énorme relief de ſon ventre.

L'omelette fut placée ſur le ventre nud du Colonel qui ne ſentit point qu'elle étoit brûlante par excès de débauche, ou qui ne voulut point s'en plaindre par excès de complaiſance.

Ce ragoût ſingulier fut trouvé délicieux ; après qu'il fut mangé, on partit pour Paris, & afin de varier les plaiſirs, on deſcendit chez une fameuſe courtiſanne, nommée la *Neveu* (1). Rochefort & ſon ami, malgré leurs affaires, furent forcés d'y accompagner le Prince.

La maîtreſſe du logis voyant que la partie n'étoit pas égale, ſe procura bientôt des actrices qui manquoient à la fête. On fit des folies, du tapage, on fit enrager tout le

_____

(1) Boileau a célébré cette courtiſane, dans ſa Satyre IV par ces vers :

Et combien la *Neveu*, devant ſon mariage,
A de fois au public, vendu ſón pucelage.

monde.

monde. Enfin, pour faire fa paix avec *la Neveu*, le Prince lui promit un petit divertiffement. Il envoie auffi-tôt chercher un Commiffaire, fous prétexte qu'on faifoit du bruit dans la maifon. Ce Commiffaire arrive avec une efcorte, & trouve la Neveu couchée dans le même lit, entre le Prince & *Wallon*; le furplus de la compagnie s'étoit caché dans une chambre voifine.

Le Commiffaire, qui ne connoiffoit point les deux hommes couchés, leur ordonna de fortir fur le champ du lit ; ils fe mocquerent de fon ordonnance; alors il commanda aux gens qui l'efcortoient de les faire lever par force. Pendant qu'on les faififfoit, ceux qui étoient cachés dans la chambre voifine, fortirent; ils faluerent le Prince de la maniere la plus refpectueufe, garderent le chapeau à la main, & fe mirent en devoir de l'habiller.

Le Commiffaire, d'abord étonné des honneurs qu'on rendoit à cet homme, fut faifi d'effroi, quant il reconnut le Prince aux marques de fa dignité; il fe profterne auffi-tôt aux pieds de fon Alteffe, & implore fa bonté : « Calmez - vous, lui répondit le » Prince, vous en ferez quitte à bon mar-» ché ». Alors il fait venir toutes les filles de la maifon, les fait ranger en ligne, de maniere qu'elles préfentent le derriere nud à la compagnie; le Commiffaire, & ceux de fa fuite, ne favoient pas encore à quelles peines ils étoient condamnés. On les obligea

F

de se mettre nuds en chemise, & devenir l'un après l'autre, une bougie à la
main, faire amende honorable aux posté-
rieurs de ces demoiselles. Ce qui fut rigoureusement exécuté avec toutes les formalités
ordinaires.

CHAPITRE XLI.

Plaisirs des Seigneurs de la vieille Cour.

Le Comte de Rochefort, le Comte de Har-
court, le Chevalier de Rieux, & autres Gentilshommes du tems du Ministere de Mazarin, après avoir fait une débauche excef-
sive, où le vin avoit joué un grand rôle,
projetterent d'aller sur le Pont-Neuf, voler
les passans; c'étoit un plaisir que le Duc
d'O*** avoit mis à la mode dans ce tems-
là. Le Chevalier de Rieux & le Comte de
Rochefort, à qui ce passe-tems ne plaisoit
pas beaucoup, pour ne point participer aux
plaisirs de leurs compagnons voleurs, s'en
séparerent, & monterent sur le cheval de
bronze. A la faveur du pied relevé de ce
cheval, de l'étrier & des rênes, ils grim-
pèrent dessus, & se placerent tous deux sur
le col du cheval. De-là, ils pouvoient juger des prouesses de leurs amis, qui dans

un inftant, dépouillerent cinq ou fix paffans de leurs manteaux.

Cependant quelques perfonnes volées ayant
été fe plaindre, les Archers arriverent bientôt
fur le Pont-Neuf. Comme la partie n'étoit
pas égale, les Gentilshommes voleurs abandonnerent bien vîte le champ d'honneur.
Ceux qui étoient montés fur le cheval de
Henri IV, voulurent les fuivre ; le Chevalier de Rieux, porte précipitamment
fon pied fur les rênes de bronze, elles
fe caffent, il tombe en bas, & la douleur de fa chûte lui fait pouffer des cris.
Les Archers accourent, au bruit, voyent
le Chevalier de Rieux étendu fur la place,
& le Comte de Rochefort perché fur le cheval, attendant triftement fon fort ; ils for-
cent l'un à fe relever, & l'autre à defcendre,
& les conduifent tous deux au Châtelet, où
ils furent mis dans les cachots ; de Rieux,
frere du Marquis de Sourdeac, avoit de
grandes protections ; il n'y refta pas auffi
long-rems que Rochefort, dont le Cardinal
Mazarin fut toujours l'ennemi ; ce fut avec
beaucoup de peine qu'il parvint, après
quatre mois de prifon, à obtenir fa liberté. Peu s'en fallut que cette aventure ne
le conduisît fur l'échafaud, & ne lui fît
fentir combien il étoit dangereux aux particuliers de s'amufer comme des Princes.

CHAPITRE XLII.

Lieux de Débauches.

LE *Duc de Foix*, le *Duc de la Ferté*, le fieur de *Camardon*, & autres Gentilshommes, étant dans un lieu de débauche, rendez-vous ordinaire des gens du bon ton, ce dernier propofa au Duc de la Ferté, comme une fingularité piquante, de faire venir coucher la Duchefle, fa femme, chez *Louife Darquin*, ou chez *Madelon Dupré*, courtifanes alors en réputation.

Quoique le Duc de la Ferté ne fût pas fort délicat fur l'honneur conjugal, il ne trouva pas la propofition acceptable. Le Duc de Foix dit férieufement que la Duchefle de la Ferté n'étoit pas femme à venir dans des lieux de débauches ; Camardon lui répliqua, « non-feulement la Duchefle de la Ferté y viendra quand je voudrai ; mais encore la Duchefle de Foix votre femme, fi vous voulez gager feulement cent piftoles ». La gageure fut acceptée.

Cinq à fix jours après, Camardon fut voir la Duchefle de Foix, qui étoit fa fœur, lui dit qu'il avoit fait une partie avec la Du-

cheſſe de la Ferté pour aller à la Foire
Saint-Germain, que ſi elle en vouloit être,
il les y méneroit toutes deux un matin; mais
qu'il n'en falloit rien dire à ſon mari; que la
Ducheſſe de la Ferté étoit convenue de n'en
point parler au ſien. La partie eſt liée ſans
autres informations. Camardon fut prendre
des deux dames en carroſſe; en chemin quelque choſe ſe dérange dans la voiture, les
dames épouvantées, crient d'arrêter, Camardon jure après le cocher. Tout cela n'é-
toit qu'une feinte, cependant Camardon
s'appaiſe, & propoſe à ces dames d'entrer
dans la maiſon d'une bourgeoiſe de ſa connoiſſance, qui ſe trouvoit par bonheur
tout proche, en attendant un autre carroſſe.
Ces deux Ducheſſes, n'ayant point d'autre
parti à prendre, & ne trouvant point d'in-
convénient à l'accepter, monterent dans un
appartement fort propre, où elles furent reçues par une femme, avec beaucoup de ci-
vilité. Sur le champ Camardon écrit aux
deux maris de ces dames, de venir promte-
ment le trouver chez *Madelon Dupré*, où
ils les attendoient avec des femmes char-
mantes. Les maris qui étoient de caractere à
ſe rendre à de pareilles invitations, arrivent. Camardon court au devant d'eux, « ce
» ſont deux jolies femmes, dont *Dupré* a
» fait la découverte depuis peu, dit-il,
» vous allez voir ». Les deux Ducs en-
trent avec empreſſement, & reſtent tout-à-
coup immobiles, en voyant les deux Du-

F iij

cheffes, leurs époufes, dans un lieu de
proftitution. Ces deux dames fort étonnées
de rencontrer leurs maris dans cette maifon, l'étoient encore davantage de la grande
furprife, & du mécontentement qu'ils avoient
marqués en les appercevant. Camardon jouif-
foit de leur étonnement. Mais lorfque ces
dames apprirent qu'elles étoient chez la *Dupré*, elles devinrent furieufes, & maltraitoient férieufement Camardon, qui les ap-
paifa, & les fit rire, en leur contant la gageure qu'il avoit faite avec leurs maris dans
un lieu femblable. Camardon avoit pourvu
à tout ; on fervit un fuperbe dîné, & ces
dames & ces Meffieurs fe mirent à table fans
façon. Ce ne fut pas tout, lorfque la bonne
chere eut égayé les efprits, les dames furent
curieufes de voir les femmes qui compo-
foient le férail de la *Dupré*. Cette derniere n'eut pas de peine à les fatisfaire, elle
fit paffer en revue devant la table toutes fes
filles, qui donnerent aux deux Ducheffes
un fpectacle fort fingulier, car les hommes
feignant de douter de la perfection de quelques charmes, obligeoient ces filles à mettre
les preuves en évidence. Les Ducheffes
grondoient & rioient beaucoup. Elles fe van-
terent dans la fuite d'avoir fort joyeufe-
ment paffé une journée au bordel.

CHAPITRE XLIII.

RUE SAINT-JEAN-DE-BEAUVAIS.

Jéfuites fouettés.

LES anciennes Ecoles de Droit fe tenoient autrefois dans cette rue. En l'année 1698, il s'y paſſa une ſcene, que la Police d'aujourd'hui n'approuveroit guere.

De jeunes étudians fortant un jour de cette Ecole, apperçurent dans la rue deux Jéſuites : *voilà deux diſciples de Saint-Ignace , qui nous ont bien fait fouetter pendant que nous étions au Collége ,* dit un des étudians ; cette obſervation réveilla la haine qu'ils portoient depuis long-tems à ces tyrans de leur jeuneſſe ; par une fatalité bien finguliere , il fe trouva dans la même rue, une charrette chargée de balais. A cette vue , les étudians en Droit s'imaginent que la Providence leur envoie des armes pour punir leurs ennemis ſuivant la Loi du Talion : *fouettons ceux qui nous ont tant fouettés,* rien ne parut plus juſte.

Le fils d'un Avocat-Général de la Cour des Aides, qui travailloit à remplir un jour cette charge importante, va le premier, faluer les Jéfuites, & leur propofer de mettre bien vite leurs culottes bas, pendant que fes camarades fe jettent fur la voiture aux Lahais. Les graves difciples de Loyola furent bien étonnés du compliment, & ne favoient comment fe tirer de cet argument *ad hominem*; mais la frayeur fuccéda à la furprife, lorfqu'ils virent fondre fur eux une douzaine de jeunes étourdis armés de verges. Les remontrances, les menaces, les cris ne fervirent qu'à donner plus d'activité à l'exécution; dans un inftant les deux Révérends Peres font empoignés, trouffés & fouettés d'une maniere vraiment énergique.

Les cris des fuftigés attirent beaucoup de curieux. Une jeune fille, touchée vivement de l'outrage qu'on faifoit aux poftérieurs des Révérends, crioit de fa fenêtre mille injures aux exécuteurs; mais voyant qu'on ne l'écoutoit guere, elle defcendit dans la rue pour mieux fe faire entendre. Les étudians, laffés des clameurs de la péronnelle, tournerent contr'elle les inftrumens de leur vengeance; elle fut trouffée, fouettée fur le champ fi bien, que par la fuite on lui donna le furnom de *la feffée* (1).

Dans ce temps-là, les Jéfuites ne fe laiffoient point fouetter impunément; l'affront

_____

(1) Cette aventure & ce furnom, furent caufe qu'un homme qui étoit fur le point d'époufer cette fille s'en dégoûta, & n'en voulut plus pour fa femme.

fait aux derrieres de deux Religieux, re-
jailliſſoit ſur toute la Société ; fouetter.un
Jéſuite , c'étoit les fouetter tous. Ils firent
des pourſuites vigoureuſes contre les coupables. M. le Lieutenant de Police d'*Ar-
genſon* fit des informations ; il ſe trouva que
les deux principaux agens de la cérémonie appartenoient à des familles qui occupoient les
premieres places de la Magiſtrature. Ils furent mis en priſon ; mais ils obtinrent bientôt leur liberté , parce que les Juges ne trouverent pas aſſez de preuves pour les condamner.

CHAPITRE XLIV.

Combat entre un Carme & un Docteur de Sorbonne.

UF ill e de la Confrairie de Notre-Dame
aux Billettes , âgée de vingt-un ans, *grande
larronneſſe , grande recéleuſe & fort dévote*, dit *Gui Patin*, fut le 12 Décembre
1659 , pendue en place de Grève. Après
avoir entendu prononcer ſon Arrêt de mort ,
elle demanda la ſatisfaction de ſe confeſſer
à un Carme Billettes qu'elle affectionnoit , &
qui , depuis long-temps , étoit le dépoſitaire

F v

de ses péchés. Le Carme demandé arriva, & s'apprêtoit à confesser cette jeune pénitente, lorsque le Docteur de Sorbonne, qui seul avoit le droit de confesser & d'absoudre les criminels condamnés, s'y opposa. Le Carme pensa qu'il étoit de son honneur de ne point céder au Sorboniste. Le Docteur irrité de voir un Carme lui disputer le droit de confesser cette jeune fille, lui répliqua vivement. D'argumens en argumens d'injures en injures, ils en vinrent aux coups de poings, les Archers qui étoient présens, séparerent comme ils purent les deux Combattans. Ils en furent quittes l'un & l'autre pour quelques meurtrissures. Le Carme vaincu fut mis à la porte, & le Docteur tout glorieux de sa victoire, se dépêcha d'administrer à la jeune condamnée le Sacrement de Pénitence.

CHAPITRE XLV.

CARMES DE LA PLACE MAUBERT.

Douze Carmes mis au For-l'Evêque.

Les Carmes ont toujours joui d'une grande réputation de régularité; cependant le relâchement s'eſt quelquefois introduit chez eux; je n'en citerai qu'un ſeul exemple.

Pendant le Carême de l'année 1658, la plupart des Moines du Couvent de la Place Maubert, ſe moquant des ſages remontrances de leurs Supérieurs, & des Préceptes de l'Egliſe, s'amuſoient dans ce tems d'abſtinence à célébrer la nuit une orgie des plus complettes. Le Supérieur eut connoiſſance de cette fête, & crut qu'elle lui offroit un moyen de ſe venger de ces Moines libertins & indociles. Il informe la Juſtice de ce qui ſe paſſe dans ſon Couvent. En conſéquence, à deux heures après minuit, dans l'inſtant que les Carmes ſe livroient à un plaiſir d'autant plus vif qu'il étoit défendu, deux Exempts avec leur eſcorte, vinrent, de par le Roi, troubler la fête, ſe ſaiſirent de ces joyeux Pères, puis, les conduiſirent, au nombre de douze, en carroſſe au For-l'Evêque. On trouva dans leurs chambres vingt-deux bonnes perdrix, des pâtés, des jambons, & force bouteilles de bon vin. C'étoit avec cette dévotion, qu'ils devoient supporter l'abstinence du Carême.

CHAPITRE XLVI.

Capucin fouetté.

UN mois après la réduction de Paris, un Capucin du grand Couvent, ayant voulu en plein Chapitre proposer de reconnoître Henri IV pour Roi de France, ces Moines, indignés de cette proposition, se saisirent de lui, le fouetterent si vigoureusement, que long-tems après il en porta les marques ; puis ils le dépouillerent de son habit de Capucin, & le chasserent de la Communauté (1).

Ce malheureux fouetté, défroqué & vêtu d'une maniere singuliere, vint au Louvre, demander au Roi justice de la violence &

---

(1) Les Capucins & les Jésuites, qui se croyoient exempts de la Jurisdiction Royale, furent les seuls, dit M. de Thou, qui voulurent attendre que le Pape se fût expliqué sur la conversion de Henri IV.

du mauvais traitement que les Peres Capucins avoient exercés contre lui. Mais ce
pauvre diable n'étoit pas au bout de ses malheurs; son costume bizarre le fit remarquer
& observer de près; on le reconnut pour
être un Capucin déguisé, on le mena sur le
champ au For-l'Evêque, où il fut fouillé;
mais on ne trouva sur lui rien de suspect. Il
raconta son aventure, demanda à être visité;
il fut reconnu pour innocent & pour bien
fouetté; mais Henri IV, par ménagement,
ne voulut pas sévir contre les Peres délinquans, disant qu'il ne falloit point fâcher
l'Eglise.

CHAPITRE XLVII.

ABLON.

Moines Apostats.

Ce Village, situé sur la riviere de Seine,
à trois lieues de Paris, avoit été assigné
aux Huguenots sous le regne de Henri IV,
pour l'exercice de leur Religion, avant qu'ils
eussent leur Temple à Charenton.

Pendant le court espace de tems que ce
Village fut consacré à l'exercice de la Religion réformée, on vit plusieurs habitans

de Paris, qui allerent à Ablon, abjurer la Catholicité, & embrasser le Calvinisme : de ce nombre furent plusieurs Ecclésiastiques, & même des Moines.

Le 26 Janvier 1603, un Carme de Paris abandonna son Couvent, son froc & sa Religion, & fut à Ablon, faire profession de la Religion réformée.

Le 13 Juillet suivant, un Cordelier du grand Couvent de Paris, nommé *Boucher*, se dépouilla du cordon & de l'habit de Saint-François, & vint à Ablon, pour professer le Calvinisme. Il étoit si ignorant, que le Ministre *Couet* fut obligé de parler pour lui, lors de son abjuration ; il étoit non-seulement ignorant ; mais encore inconstant & débauché. L'impossibilité de satisfaire ses goûts dans son nouvel état, aussi librement qu'il l'avoit pensé, ses remords, ou bien la légereté de son caractere, ne lui permirent pas de vivre long-tems dans le Calvinisme. Le 15 Septembre suivant, il quitta Ablon & les Ministres, & vint se jetter dans les bras de ses Freres les Cordeliers, qui lui firent faire une abjuration publique de ses erreurs, une amende honorable la torche au poing, & puis le fustigerent fort dévotement. Mais, par malheur, cette correction séraphique ne fut pas aussi fructueuse qu'on devoit l'attendre pour les autres Disciples de Saint-François.

Le 7 Décembre de la même année, un Capucin, Gentilhomme de naissance, se rendit à *Ablon*, & embrassa le Calvinisme. Le 22 Février 1604, un jeune Cordelier de Paris, qui jouissoit de la réputation de sa-vant & de bel esprit (1), & qu'on nommoit *Baptiste Bugnet*, sous prétexte d'aller prê-cher à la campagne, demanda à son Supé-rieur une attestation de bonne conduite, & muni de cette piece, il quitta son froc, son Couvent, & vint à Ablon se présenter pour être admis parmi les Sectateurs de Calvin. L'histoire ne rapporte point si les remords le ramenerent dans son Couvent de Paris. Il est certain que l'appréhension de la disci-pline fraternelle eût pu le détourner de cette pensée.

Baptiste Bugnet ne fut pas le dernier Cordelier de Paris, qui apostasia dans le même temps. L'année suivante, le 29 Juillet 1605, un Cordelier du même Couvent, nommé *Bertrand d'Avignon*, renonça fur-tivement à l'Ordre, à l'habit de Saint-François, & vint encore à Ablon, embrasser le Calvinisme.

Ce ne sont pas les seuls Moines qui ont quitté le froc, pour abjurer le Catholicisme,

---

(1) Il étoit Auteur d'un petit Livre intitulé : *An-tipéristase*, imprimé à Paris, *in-16*, chez A. Du-breuil. Il l'avoit composé avant son abjuration; on y trouve de l'esprit & de la gaieté; il n'y mit pas son nom, parce que sans doute il pensa qu'un Traité de Galanterie convenoit mal à la profes-sion de Cordelier.

la lifte feroit longue de ceux qui, en différens lieux, ont abandonné leur Monaftere & leur Religion. Le fils d'un des plus furieux af-faffins de la Saint-Barthelemi, nommé *Croifet*, étoit de ce nombre; il fe mit Cor-delier, puis en 1595, il jetta le froc aux orties, & fe retira à Bourg-en-Breffe, où il devint Miniftre de Proteftans, dont fon pere avoit été le bourreau (1).

CHAPITRE XLVIII.

JACOBINS.

Galanterie Epifcopale.

CLAUDE Dormy, dont on voit le tombeau & la figure à genoux, dans l'Eglife des Ja-cobins, avoit été Moine de Clugni, Prieur de Saint-Martin-des-Champs, & en 1600

---

(1) *Croifet* le pere, pendant le maffacre de la Saint-Barthelemi, tua de fa main quatre cents per-fonnes, entre lefquelles étoit le Confeiller Brouil-lard. Ce maffacreur fe retira enfuite dans un hermi-tage, non pour y faire pénitence; mais pour fatis-faire plus à fon aife fes inclinations meurtrieres, en volant & en égorgeant ceux qui avoient le mal-heur de paffer auprès; enfin il fut pris & fut pendu.

il fut nommé Evêque de Boulogne. Au mois
de Juillet 1604, on le foupçonna d'avoir fait
quelques charmes & forcelleries contre la vie
du Roi. On s'apperçut qu'il rendoit de fréquentes vifites à une demoifelle, nommée
Montpellier, & que, dans ces vifites, il
mettoit beaucoup de myftère ; il n'en falloit
pas davantage pour accréditer les foupçons.
Afin de prévenir fes mauvais deffeins, il fut
arrêté & conduit à la Baftille. La dame chez
laquelle il fe rendoit fi fouvent, fut prife
dans le même tems, & renfermée dans la
même prifon. On fit enfuite une exacte per-
quifition dans la maifon de la Dame, & dans
celle de l'Evèque. On parcourut tous leurs
papiers, & on trouva plufieurs Lettres qui
prouvoient inconteftablement que dans le
fait de l'Evêque, il n'y avoit rien de bien
forcier ; que lui & la Dame ne connoiffoient
d'autre magie que cette douce impulfion,
qui rapproche un fexe de l'autre ; & qu'au
lieu de s'occuper à ôter la vie à leur Souverain, ils travailloient conftamment l'un
& l'autre à lui donner des fujets.

Quand on eut bien connu le motif de leurs
fecrettes intelligences, ils furent mis en liberté.

CHAPITRE XLIX.

GRANDS AUGUSTINS.

Assemblée du Clergé, combat à coups de poings.

En 1605, il se tint au Couvent des Grands Augustins, une Assemblée du Clergé, à laquelle présida *François*, Cardinal de *Joyeuse*, Archevéque de Rouen. Elle étoit composée de neuf Archevêques, de dix-huit Evêques, & de trente-deux Abbés du second Ordre. Jérôme de Villars, Archevêque & Comte de Vienne, fit la harangue au Roi. Un Historien de ce temps, a dit, que dans cette assemblée : « se firent de belles pro-
» positions, peu ou point de résolutions ; de
» faste prou ; de profit peu ; de dépense beau-
» coup. Le vin & la bonne chere qui y prési-
» doient, causerent entre les Présidens & Pré-
» lats de ladite Assemblée, de grands débats
» & altercations sur le fait de leurs préséan-
» ces, principalement entre MM. les Arche-
» vêques de Sens & de Lyon, l'un viel, & l'au-
» tre jeune ». Le premier étoit *Renaud de la Beaune*, Archevêque de Sens, Grand Au-

mônier de France, alors âgé d'environ quatre-
vingt ans. Le second étoit *Claude de Bel-
lievre*, beaucoup plus jeune, & Archevêque
feulement depuis une année. La préféance fut
décidée en faveur de ce dernier, & le jeune
l'emporta fur le vieux. Mais cette querelle
minutieufe ne fe termina point fans beaucoup
de chaleur de part & d'autre; dans cette
vénérable Affemblée, on ne fe contenta pas
de raifons, d'injures; les Prélats qui la com-
pofoient, en vinrent aux mains, & fe battirent à coups de poings. Combat digne de
fa caufe. L'Auteur cité, affure que les
coups de poings *tomberent fur ceux-même
qui n'en pouvoient mais.*

CHAPITRE L.

EGLISE DU SAINT-ESPRIT.

Combat entre deux Prêtres.

LE 21 Octobre 1596, un Prêtre venant
de dire la Meffe dans l'Eglife du Saint-Ef-
prit, avoit oublié fur l'Autel la coëffe d'un
enfant nouveau né, qu'il s'étoit chargé de
bénir. Il revint à l'Autel, il y trouva un
autre Prêtre difant la Meffe, qui refufa de

lui rendre cette coëffe. Ce refus occasionna
entre les deux Prêtres une querelle d'autant
plus indécente, que la Messe commencée
fut interrompue, & qu'au lieu de prieres
& d'actes de Religion, les assistans entendirent des injures & des cris, & virent le
spectacle scandaleux de deux Prêtres, vêtus
en habit sacerdotaux, se tirailler, & se
frapper au pied de l'Autel. Le célébrant se
trouvant le plus fort, garda la coëffe, & con-
tinua le saint sacrifice de la Messe ; puis il
accusa son adversaire d'être sorcier, & le
fit constituer prisonnier à l'Evèché.

Le prétendu sorcier employa des amis, &
sortit bientôt de prison. Brûlant de se van-
ger du Prêtre qui l'avoit battu, qui lui
avoit gardé sa coëffe, & qui l'avoit fait
emprisonner, il examina de près sa conduite,
& ne tarda pas à apprendre que dans une
maison située sur les fossés entre les portes
Saint-Martin & Saint-Denis, son ennemi
entretenoit, & alloit souvent visiter une fille
débauchée ; il guetta le moment où la fille &
le galant en soutane y étoient ensemble ; il
avertit promptement un Commissaire qui les
surprit & les fit mener en prison. L'historien
qui a conservé ce fait, semble s'indigner du
luxe insultant qu'étaloit cette créature entretenue par un Prêtre. *La garce*, dit-il, *avoit
un cotillon verd, bandé de trois bandes
de velours.* Que diroit-il donc aujourd'hui
des impures qui jouent le même rôle ?

CHAPITRE LI.

CHASTENAI-LES-BAGNEUX.

Tyrannie des Chanoines de Notre-Dame de Paris.

PENDANT le regne de la féodalité, une diftance immenfe féparoit l'homme de fon femblable; le fouverain pouvoir des Seigneurs, l'efclavage abfolu & l'entiere dépendance des *Serfs*, maintenoient en France d'un côté, une honteufe dégradation, de l'autre, une tyrannie exceffive. Les uns facrifioient à leurs paffions, à leurs caprices, les droits de la nature, les travaux, la vie même de ceux qui leur étoient foumis. Les autres rabaiffés à l'état des animaux domeftiques, étoient vendus avec le fonds qu'ils cultivoient, n'avoient aucune exiftence civile, & leurs corps appartenoient fans reftriction à leur maître, qui pouvoient en difpofer à leur fantaifie (1).

(1) Les Seigneurs avoient droit de vie & de mort fur les *ferfs attachés à la glebe. Ils peuvent,* dit Beaumanoir, *les tenir en prifon toutes fois qu'il leur plaît, foit à tort, foit à droit, ils n'en font tenus à répondre fors à Dieu.*

Cette diftinction barbare entre les fujets d'un même Roi, cette exceffive difproportion entre l'état du Seigneur & celui du ferf, quoique oppofées à la raifon, à la liberté, à la dignité de l'homme, à la charité évangélique, à cet efprit d'égalité, de confraternité, fi recommandé par la Religion Chrétienne, loin d'être prohibées par les Eccléfiaftiques, étoient autorifées par leur exemple. Les Chapitres, les Monafteres, les Abbés, &c. poffédoient des troupeaux d'hommes, de femmes & d'enfans, les vendoient, les troquoient, les maltraitoient à leur gré (1).

Blanche de Caftille, mere de Saint-Louis, & régente du Royaume pendant le voyage de fon fils dans la Terre Sainte, indignée de voir l'oppreffion dans laquelle les Eccléfiaftiques tenoient la plupart des peuples, fit, pour les en délivrer, un coup d'éclat qui prouve fon courage, & les mœurs des Prêtres de ce tems-là.

Cette Princeffe fut avertie que les Chanoines du Chapitre de Notre-Dame de Paris,

---

(1) Les Prêtres & les Moines avoient tellement fafciné l'efprit du peuple, alors ftupide & ignorant, que plufieurs particuliers venoient par dévotion' *fe donner aux Saints & Saintes*, & vouer entre les mains des Eccléfiaftiques, leur liberté, leurs travaux & leurs corps. Ces Prêtres fe faifoient des titres de l'imbécillité de ces dévôts, & exigeoient chaque année le fruit de leurs travaux avec une rigueur inflexible, le tout au nom des *Saints & Saintes*.

tenoient enfermés dans leur prisons des hommes-serfs du village de *Châtenai*, pour n'avoir pu payer la taille attachée à leur condition, & qu'une foule de ces malheureux, gênés dans la même prison, manquoient de tout, & mouroient insensiblement de faim & de misere,

Blanche, touchée de compassion pour ces infortunés, envoya dire aux Chanoines, qu'à sa considération ils voulussent bien relâcher ces prisonniers. La chronique latine marque en propres termes, que la Reine *pria les Chanoines de les faire sortir de prison*, les assurant qu'elle s'informeroit de tout, & feroit justice.

Les Chanoines répondirent à la Reine *que personne n'avoit rien à voir sur leurs sujets, qu'ils pouvoient les faire mourir si bon leur sembloit.* Ces Prêtres joignirent à cette réponse insolente, une action bien audacieuse & bien cruelle. Pour braver la Reine, qui vouloit sauver ces infortunés, & pour les punir de la protection que cette Princesse leur accordoit, ils envoyerent au village de Châtenai, prendre les femmes & les enfans des malheureux prisonniers, les firent entrer dans la même prison, trop étroite pour les contenir tous. Là, pressé l'un contre l'autre, assaillis par la faim, la soif, la chaleur, & s'empoisonnant réciproquement de leurs propres exhalaisons, ils languissoient, mouroient dans les tourmens & le désespoir. La Reine informée de ce nouveau trait d'inhumanité , ne put contenir plus long-tems son indignation ; elle se transporta elle-même à la porte de la prison , & voyant que la crainte des censures de l'Eglise , fort communes alors , arrêtoit ceux qui l'accompagnoient , elle donna elle-même l'exemple , & d'un bâton qu'elle te-noit , frappa le premier coup sur la porte. Ce coup détruisit le prestige religieux qui rete-noit les bras de ses serviteurs, ils seconderent tout de suite sa juste colere , & la porte fut bientôt renversée.

On vit alors sortir une foule d'hommes, de femmes & d'enfans, avec des visages pâles & défigurés. Ces malheureux se jetterent tous aux pieds de leur auguste bienfaitrice, & la supplierent de vouloir bien les prendre sous sa protection , sans laquelle ils crai-gnoient de voir renouveller encore le sup-plice dont elle venoit de les délivrer. La Reine consentit à leurs demandes , & pour couronner cette bonne œuvre , elle fit sai-sir les biens du Chapitre, jusqu'à ce qu'il eût rendu hommage à l'autorité Royale , & ces malheureux furent affranchis pour une cer-taine somme annuelle.

CHAPITRE

CHAPITRE LII.

NOTRE-DAME DE PARIS.

Fêtes des Soudiacres.

LES peuples payens , accoutumés aux fêtes joyeuses des Saturnales , ne purent en abandonner l'usage, lorsqu'ils eurent embrassé le Christianisme. Aux anciennes cérémonies , ils se contenterent d'en substituer de plus analogues à leur nouvelle religion ; mais dont le fonds étoit le même (1).

Dans les saturnales , les esclaves prenoient à table la place de leurs maîtres , leurs re-

---

(1) Ce qui confirme cette opinion , c'est qu'*Hérodien*, témoigne que de son tems , c'est-à-dire, dans le troisieme siecle du Christianisme , les calendes de Janvier , étoient solemnisées à Rome , avec les cérémonies & les réjouissances des saturnales. Ces fêtes s'établirent avec beaucoup de succès chez les Chrétiens Grecs ; dans le dixieme siecle , elles furent introduites à Constantinople par le Patriarche. Toutes les Nations de l'Europe en furent bientôt infectées. La raison ne fait point de progrès si rapides.

G

prochoient les défauts ou les vices qu'ils
avoient remarqué en eux, & s'occupoient
à chanter, à boire & à faire des folies. Dans
les fêtes que les Chrétiens mirent à la
place des Saturnales, les jeunes Clercs &
les Ministres fubalternes des Eglifes Ca-
thédrales, prenoient dans le chœur la place
des Chanoines & des dignitaires, fe revêtif-
foient de titres & d'habits des Supérieurs,
officioient publiquement avec folemnité, &
mêloient à ces cérémonies religieuses, des
folies & des indécences incroyables.

La *fête des Foux*, la *fête de l'Ane*,
celles des *Innocens*, de l'*Abbé des Cornards*, des *Soudiacres*, &c., furent les différens noms donnés à ces fêtes, fuivant les
différens tems & lieux où elles étoient célébrées (1).

A Paris, dans l'Eglife de Notre-Dame,
c'étoit un ancien ufage de célébrer la fête
des *Soudiacres* ou des *Diacres fouls*,
ivres : cette fête qui étoit aussi appelée la
fête des Foux, commençoit au jour de
Noël, & fe continuoit jufqu'à celui des
Rois. C'étoit fur-tout au premier jour de

_____

(1) A Evreux, on célébroit la fête de l'*Abbé des
Cornards*; à Rouen, la fête de l'*Ane*; à Dijon,
celle de *la Mere Folle*. Le *Prince des Sots*, des
Enfans fans Souci; le *Roi de la Bafoche*; l'*Abbé
des Foux*; l'*Abbé de la Malgouverne*, &c. étoient
les principaux perfonnages de pareilles farces exécu-
tées dans différentes Villes de France.

l'an que la cérémonie avoit le plus d'éclat.

On s'occupoit d'abord à élire, parmi les Soudiacres de la Cathédrale, un Evêque, un Archevêque, même un Pape des Foux, l'élu étoit sacré, & cette cérémonie consistoit en des boufonneries ridicules. On portoit devant lui la mître, la crosse & la croix Archiépiscopale, ensuite on lui faisoit donner solemnellement sa bénédiction au peuple.

L'heure de la célébration arrivée, le Clergé alloit honorablement chercher l'*Evêque des Foux*, le conduisoit à l'Eglise, & son entrée étoit annoncée au bruit des cloches, puis on faisoit placer le Prélat factice dans le Siége Episcopal, & l'on commençoit la grand'-Messe.

Tous les Ecclésiastiques qui assistoient à cette Messe, avoient le visage barbouillé de noir, ou couvert d'un masque hideux & ridicule; ils étoient vêtus en baladins ou en femmes, dansoient au milieu du chœur, & y chantoient des chansons obscènes.

Les Diacres & les Soudiacres, venoient sur l'Autel manger des boudins & des saucisses devant le Prêtre célébrant. Il y jouoient aux cartes & aux dez, & pour lui faire de nouvelles niches, ils mettoient dans l'encensoir quelques morceaux de vieux souliers, & lui en faisoient respirer la fumée.

Quant la Messe étoit dite, ces Soudiacres, livrés aux excès de la folie & de l'ivresse, profanoient l'Eglise d'une manière plus criminelle encore ; ils y couroient, danſoient, ſautoient comme des inſenſés, s'excitoient aux plus grandes extravagances, proféroient des blaſphêmes & chantoient les chanſons les plus diſſolues. Les uns ſe dépouilloient entierement de leurs habits, & d'autres ſe livroient aux indécences les plus honteuſes.

Ils ſe faiſoient enſuite traîner par la Ville dans des tombereaux pleins d'ordures, d'où ils prenoient plaiſir à jetter de cette ordure à la populace, qui s'empreſſoit autour d'eux. Ils s'arrêtoient de diſtance en diſtance, pour monter ſur des théâtres dreſſés exprès pour leurs folies. Là, ils renouvelloient leurs indécences en face du public. Les plus libertins d'entre les ſéculiers, ſe mêloient parmi le Clergé, & ſous des habits de Moines ou de Religieuſes, faiſoient des mouvemens laſcifs, prenoient des poſtures de la débauche la plus effrénée, & accompagnoient ce libertinage de chanſons ordurieres & impies.

L'Egliſe en corps, bien loin d'approuver ces infâmes pratiques, s'éleva ſouvent contre elles, & pluſieurs Conciles les condamnerent ; mais la routine, la débauche & l'ignorance des Prêtres qui compoſoient le Clergé des Egliſes particulieres, réſiſterent toujours à ces condamnations.

Le Cardinal *Pierre*, Légat en France, défendit le premier, ſous peine d'excommunication, de célébrer la fête des *Soudiacres*, dans l'Egliſe de Paris. *Eudes de*

Sully, Evêque de cette Capitale, rendit quelque tems après, en 1198 & 1199, deux Ordonnances contre ces fêtes; *Pierre Cambius* & *Odon*, ses successeurs au Siége Episcopal de Paris, renouvellerent ces défenses; mais fort inutilement, car on célébroit encore ces fêtes en 1444, puisqu'on trouve une lettre écrite cette année-là, par la Faculté de Théologie, à tous les Prélats & Chapitres, pour les exhorter à abolir cet usage déshonorant pour la Religion. Le Concile de Sens, tenu l'an 1460, parle encore de ces fêtes, comme d'un abus qu'il falloit détruire : tant les préjugés & les habitudes populaires sont difficiles à déraciner !

CHAPITRE XLIII.

NOTRE-DAME.

Reconnoissance.

BEAUCHATEAU le Pere, Comédien (1), étant un jour allé entendre la Messe à Notre-Dame (2), apperçut auprès d'un pilier, une femme qui se désoloit. Il avoit l'ame sensible & bienfaisante; il s'approcha d'elle, lui demanda la cause de ses larmes. Cette femme lui répondit avec fierté, qu'elle n'avoit pas besoin de consolateur, & qu'elle ne demandoit rien à personne. Beauchateau, qui savoit que le malheur donne à l'ame de

---

(1) Son fils, François de Beauchateau, eut plus que lui de célébrité. Dès l'âge de huit ans, il fut mis au rang des Poëtes de son tems. La Reine, mere de Louis XIV, le Cardinal Mazarin & le Chancelier Séguier, se faisoient un plaisir d'exercer l'esprit de cet enfant. A douze ans, il donna un Recueil de ses Poësies; quelque tems après il fut en Angleterre: on croit que de-là il fit un voyage en Perse. Depuis ce tems, on n'a pu découvrir ce qu'il étoit devenu.

(2) Alors, tous les jours on alloit à la Messe.

l'élévation, ne se rebuta point ; à force de
prieres & de paroles respectueuses, il parvint à lui faire raconter qu'un malheureux
procès l'avoit réduite au point de manquer
de tout, & que ne pouvant ni se résoudre
à mendier, ni à retourner dans la chambre
qu'elle avoit louée, parce qu'il lui étoit
impossible de payer le terme qu'elle devoit
à l'hôte, elle étoit décidée à se laisser mourir de faim dans l'Eglise.

Beauchâteau, touché de ce récit, supplia
cette malheureuse de venir chez lui, lui promit que rien ne lui manqueroit, & que son
épouse s'empresseroit à la consoler. Cette
dame se rendit à des offres si généreuses, &
crut devoir, par reconnoissance, instruire son
bienfaiteur des particularités de sa famille.

En présence de Beauchâteau, & de son
épouse, cette dame raconta qu'elle appartenoit à de très-honnêtes gens ; mais que
sa mère, devenue veuve, avoit dissipé son
bien & celui de ses enfans ; qu'alors elle
fut obligée de demeurer avec un frère qui
subsistoit par le moyen d'un Bénéfice.

Elle ajouta qu'elle avoit eu une sœur qui
étoit morte dans un Couvent, après y avoir
vécu dans la plus grande austérité pour ex-
pier la foiblesse de s'être laissé abuser par
l'amour, & par un Président de qui elle
avoit eu une fille ; mais que, malgré des
recherches multipliées, elle n'étoit jamais
parvenue à faire aucune découverte sur le
sort de cet enfant.

Beauchateau fut moins étonné de ce récit que sa femme ; elle l'avoit écoutée avec
une attention inquiete ; à la fin, ses doutes
étant éclaircis, elle ne put retenir son
émotion ni ses larmes, & se précipita dans
les bras de cette dame, en disant : *ma
chere tante ! ma cheré tante ! c'est moi
qui suis cette fille inconnue ; c'est moi
qui suis votre niece.* Quelle joie pour cette
malheureuse, de trouver dans la femme
de son bienfaiteur, une niece qu'elle croyoit
perdue ! Beauchateau qui n'avoit cru faire
du bien qu'à une étrangere, étoit enchanté
d'obliger la tante de sa femme, & de lui
avoir sauvé la vie.

Cette aventure seroit fort ordinaire dans un
Roman, mais elle devient plus surprenante,
étant véritable, & attestée par un homme
bien digne de foi : c'est *Claude de Sainte-
Marthe*, dans ses Lettres sur divers sujets
de piété & de morale, où parmi des pensées
Religieuses, on rencontre des faits particuliers, qui doivent plaire à toutes sortes de
Lecteurs.

CHAPITRE LIV.

Aventuriers célebres.

Sur des objets un peu extraordinaires, les hommes ont toujours mieux aimé se laisser séduire que chercher à s'éclairer : c'est un plaisir pour l'imagination, d'être agréablement trompé ; c'est une peine pour l'esprit, de travailler à la recherche de la vérité. Il ne suffit pas de vouloir, mais il faut savoir la trouver ; le nombre de ceux qui le veulent est petit, le nombre de ceux qui le peuvent est bien moindre encore. Aussi chaque imposture nouvelle, brillante ou flatteuse, a toujours trouvé, au moins pour quelque tems, beaucoup plus de partisans que d'antagonistes.

> L'homme est de glace aux vérités,
> Il est de feu pour le mensonge.

Chaque pays a eu ses imposteurs : la France a trop souvent, pour des hommes de cette espece, prodigué son or & son admiration. La liste en seroit longue ; ceux dont je parle ici, ont par leur conduite & leurs fables, une ressemblance dont on peut faire aujourd'hui une application fort heureuse.

Un homme qui produisoit des merveilles,

G v

lifoit dans l'avenir, guériffoit gratuite-
ment les malades, & laiffoit par-tout des
traces de fa générofité, parut à Lyon en
1501 ; il poffédoit le fecret de la pierre philofophale ; il poffédoit auffi le fecret de s'attirer la confiance & l'admiration générale.

Il vint à Paris ; les grands Seigneurs,
qui, dans ce tems-là favoient à peine écrire
leur nom, rendirent hommage à fes rares
talens.

Encouragé par ces fuccès, l'Alchimifte
fe préfenta devant Louis XII, & fit préfent à ce Roi d'une épée & d'un bouclier qui
avoient des vertus occultes, merveilleufes,
& fur-tout très-falutaires pour le guerrier
qui devoit s'en armer.

Pour le récompenfer de ce préfent, dont
la valeur étoit chimérique, Louis XII lui en
fit un autre d'un prix plus réel ; il lui donna
une fomme confidérable en or, que le Philofophe ne reçut que pour enfuite la diftri-
buer aux pauvres, en difant que fa pauvreté
étoit bien préférable aux richeffes. Ce dernier trait donna un nouvel éclat à fa réputation.

Sous le regne d'Henri IV, un autre aventurier fut peut être auffi célébre, auffi adroit;
mais moins heureux.

François Fava, né aux environs de
Gènes, commença fa brillante carrière par
profeffer la Médecine. Il penfa qu'en unif-
fant à fon fort une femme jolie, elle pourroit
contribuer à fes fuccès. Il époufa en con-

féquence, *Catherine Oliva*. En changeant d'état, il voulut auffi changer de nom : il prit celui de *Cefar Fioti*. Après ces changemens, il en fit d'autres encore ; il changea de coftume & de pays.

Il arriva à Naples, vêtu en Abbé, s'introduifit chez un Banquier, où, en lui vantant fes fecrets dans la Médecine, il apprit à contrefaire fon écriture, & découvrit fes correfpondances à Venife.

De Naples, il fut à Padoue jouer le rôle d'Evêque chez un Evêque même ; & par le récit d'un Roman bien trifte, il gagna fa confiance, & efcroqua fon argent, & des lettres pour Venife.

A Venife, il fut tour-à-tour Médecin, Evêque, & Marchand de diamans ; fous ces trois qualités, il tripla fes friponneries, puis il partit prudemment, & vint à Paris au commencement de l'année 1608, chargé de bijoux, de plufieurs boëtes de diamans, de perles, de chaînes d'or, & de fommes confidérables.

Pendant qu'en France il faifoit le rôle d'Empirique, en Italie, fes friponneries furent connues ; les intéreffés envoyerent de Venife à Paris, des mémoires détaillés fur les objets volés, avec le fignalement du voleur.

Fava ne s'en doutoit pas, lorfqu'il fut chez un Jouaillier du Pont-au-Change, pour lui vendre des bijoux & des diamans. Il y fut reconnu, arrêté, & mis en prifon ; il effaya

de fe fauver, de fe tuer, & ne réuffit qu'à
s'empoifonner par le moyen d'une pâte que
fa femme *Oliva* lui fit parvenir, dont il
mourut la veille de fa condamnation.

Quelques mois après, il parut un autre
aventurier qui venoit également d'Italie; c'eft
de ce pays qu'ils viennent ordinairement (1):
l'application qu'on peut faire aujourd'hui des
circonftances de fa vie eft frappante.

Un homme fe difant *enfant de la nature*,
batard d'un Souverain qui ne peut point avoir
d'enfans légitimes, vint à Paris guérir des
malades avec des fecrets nouveaux, & travailler au grand œuvre de l'Alchimie. Par
fes preftiges & fes promeffes, il s'étoit fait
un grand nombre de fectateurs; mais en cherchant *la pierre philofophale*, il cherchoit,
& trouvoit dans la bourfe de fes crédules
partifans l'or qu'il ne pouvoit produire dans
fes fourneaux. Enfin, le tems éclaira fa conduite, & diffipa le nuage brillant dont il
enveloppoit fon impofture : les illufions,
les promeffes flatteufes difparurent; il ne
refta que les efcroqueries d'un aventurier.

Son vrai nom étoit *Lancefque*, & fa
Patrie, Rome; il fe difoit batard du Pape,
& en conféquence, il portoit le nom de
Barthelemi Borghefe. A Rome, il avoit

_____

(1) L'Italie nous a fourni des Miniftres, des
efcrocs bien funeftes à la France: les Médicis, les
Concini, les Mazarins en font la preuve.

déjà été puni de ſes impoſtures ; il le fut pour la derniere fois à Paris , par un Arrêt du 11 Septembre 1608 , qui le condamna à faire amende honorable devant la maiſon du Nonce du Pape , & à être pendu & brûlé en place de Greve. Son ſecrétaire , nommé *Larena* , fut préſent à ſon exécution , & puis envoyé aux galeres.

CHAPITRE LV.

PACI,

PROCHE BRIE-COMTE-ROBERT,

Sorciers.

LA *Brie* a long-tems été peuplée de Sorciers, d'enchanteurs, ou de gens qui croyoient l'être. C'étoit dans les environs de *Verberies* & de *la Ferté-Milon* , que ſe tenoient les ſabbats ou aſſemblées de Sorciers. (Voyez *Sabbats*), & au hameau de *Paci* , proche Brie-Comte-Robert, que des bergers faiſoient mourir par ſortilége , tous les beſtiaux du Fermier de cette Seigneurie. Des ſacriléges, des profanations dont le récit, dit-on , feroit horreur, compoſoient le ſort que ces bergers magiciens employoient pour donner la mort aux animaux ; ils mettoient cette composition dans un pot de terre, & l'enterroient sous le seuil de la porte des étables, ou écuries, ou dans les endroits que fréquentoient le plus souvent les bestiaux. Tant que le sort restoit en place, & tant que celui qui l'avoit placé vivoit, la mortalité ne cessoit pas.

Quelques-uns de ces bergers furent pris : on instruisit leur procès ; ils avouerent qu'ils avoient jetté des sorts sur les bestiaux du Fermier de la terre de Paci ; ils firent le récit exact de la composition de ces sorts ; mais aucun d'eux ne voulut déclarer l'endroit où ils étoient enterrés. Leur obstination, à garder le silence sur ce dernier article, rendit le Juge plus curieux d'en savoir la cause. Ils dirent que s'ils découvroient ce lieu, & qu'on levât le sort, celui qui l'avoit placé mourroit à l'instant.

Un de leurs complices, nommé *Etienne Hocque*, étoit à la chaîne dans la prison de la Tournelle. Pour savoir de lui où étoit placé le sort, on gagna un autre forçat nommé *Beatrix* : celui-ci, bien payé, fit un jour boire *Hocque*, & l'enivra. Les Buveurs aiment à faire des confidences. Hocque n'eut pas de peine à avouer à son camarade qu'il n'y avoit qu'un nommé *Bras-de-Fer*, berger, habitant aux environs de Sens, qui pût lever ce sort par les conjurations qu'il savoit pour cela. *Beatrix*, encouragé par cet aveu, détermina *Hocque* à écrire une lettre à son fils *Nicolas Hocque*, par laquelle il lui mandoit d'aller trouver *Bras-de-Fer* pour le prier de lever ce sort : par cette même lettre, il recommandoit à son fils de ne pas dire à *Bras-de-Fer* qu'il étoit en prison, & que c'étoit lui, *Hocque*, qui avoit placé ce sort.

Le lendemain, après la lettre écrite, *Hocque*, ayant recouvré sa raison, se repentit vivement de sa faute ; il se jetta sur *Beatrix*, & vouloit l'étrangler pour lui avoir arraché ce fatal secret.

Cependant le fils de *Hocque* reçut la lettre, & fit venir *Bras-de-Fer* à *Paci*. Celui-ci entra dans les écuries, & après avoir fait plusieurs figures, & les conjurations nécessaires, trouva le sort qui avoit été jetté sur les chevaux & sur les vaches : il le leva, & le jetta au feu en présence du Fermier & de ses domestiques.

A peine le sort fut-il consumé, que *Bras-de-Fer* parut chagrin, & témoigna du regret de ce qu'il venoit de faire. On lui demanda la cause de son inquiétude ; il répondit que l'esprit venoit de lui révéler que c'étoit *Hocque*, son ami, qui avoit posé ce sort, & qu'il étoit mort à six lieues de *Paci*, au moment que le sort avoit été levé. Par des informations prises à la prison de la Tournelle, par le sieur *Marié*, Commissaire au Châtelet, & à Paci, par le Juge de ce lieu, il fut prouvé qu'au même jour & à la même heure que *Bras-de-Fer* avoit levé le fort, *Hocque* étoit mort en un inftant dans des convulfions étranges.

Les Fermiers de Paci prierent *Bras-de-Fer* de lever auffi le fort qui avoit été jetté fur les moutons; mais il n'en voulut rien faire, parce qu'il venoit d'apprendre qu'il avoit été pofé par les enfans de *Hocque*, & qu'il ne vouloit pas faire périr les fils comme le pere. Sur ce refus, *Bras-de-Fer* fut arrêté avec les deux fils & la fille de *Hocque*, & deux autres bergers coupables. *Bras-de-Fer* & fes compiices furent pendus & brûlés, & les trois enfans de *Hocque* bannis pour neuf ans.

Deux autres de ces Sorciers, nommés *Biaule* & *Lavaux*, furent condamnés par le même Juge à être pendus & brûlés; la Sentence fut confirmée par Arrêt du 18. Décembre 1691.

Il eft conftant que ces Bergers ont exifté; qu'ils ont été accufés, pris, condamnés, & exécutés comme Sorciers; que la Sentence du Juge de *Paci* a été confirmée par Arrêt du Parlement de Paris; mais ou leur crime étoit entierement imaginaire, ou bien leur procédure étoit un tiffu de fauffetés. La faine raifon rejette l'exiftance de ces êtres qui peuvent, à leur fantaifie, changer l'ordre de la nature, & qui ne peuvent pas fe fouftraire aux fupplices. L'expérience ne prouve que trop combien des Juges. prévenus par les préjugés, peuvent abufer des apparences. On pourroit donc conclure que tous ces pré-

tendus Sorciers font autant d'innocens, &
que les Juges qui les ont condamnés font autant d'hommes iniques. Cependant cette
conclufion ne fatisfait point l'efprit : on ne
peut concevoir comment plufieurs hommes,
plufieurs Juges ayent conftamment repouffé
la vérité pour n'embraffer qu'un menfonge
merveilleux ; on aime mieux croire que les
maléfices ont réellement exifté ; qu'un mélange chymique produifoit naturellement
des maux réels que l'ignorance des coupables & des Juges attribuoient à une caufe
furnaturelle. Un Médecin de Bafle, nommé
Huvier, a compofé un livre *de Præfti-
giis*, dans lequel il rapporte à des caufes
naturelles, les maléfices, les fortiléges &
la magie.

CHAPITRE LVI.

*Aftrologues. Figures magiques en cire.
Martiniftes.*

L'ERREUR a commencé avec les hommes ;
elle a fur-tout dominé avec éclat dans les
climats chauds & fertiles, où l'imagination plus exaltée, plus féconde, a produit

ees fictions flatteufes ou terribles, qui ont
féduit ou épouvanté les peuples. L'art furnaturel de commander aux élémens, de maî-
trifer la nature, de prévoir l'avenir &c., a,
dans tous les tems, dans tous les pays, & dans
toutes les religions, exercé l'efprit des hommes. Les Egyptiens, les Grecs, les Romains
avoient leurs Aftrologues & leurs Magiciens.
Les Siecles, les Gouvernemens, & les Religions fe font renouvellés; mais les peuples
font reftés crédules & fuperftitieux. Les noms
& les attributs ont changé; mais l'erreur eft
reftée la même.

Dès les commencemens du Chriftianifme,
les illufions de l'art magique infecterent
cette Religion. Plufieurs Conciles condam-
nent les Sorciers, les pratiques extravagantes ou impies qu'ils exerçoient & la
confiance qu'on leur accordoit.

Pharamond paffoit pour fils d'un *In-
cube* (1); *Bazine*, mere de Clovis I, pour
une *Sorciere*. Frédegonde accufa Clovis,
fils de fon mari *Chilpéric* & d'*Audouère*, de
fortilége & de complicité avec des Sorciers.
L'opinion fut à peu près la même jufqu'au
règne de Charlemagne, qui faifant renaître

---

(1) On s'imaginoit dans des tems d'ignorance, que
les Incubes étoient des Démons ou Efprits malfaifans
qui fe jettoient fur les hommes, ou plutôt fur les
femmes pendant leur fommeil, & qu'ils s'effor-
çoient de les étouffer. Les fuffoquemens qu'on leur
attribuoit n'étoient autre chofe que l'effet d'un ac-
tident affez ordinaire qu'on appelle *cauchemar*.

les fciences, diffipa ces honteufes erreurs; mais l'ignorance reprenant fon empire, les peuples crurent plus que jamais aux Sorciers & à la magie. L'hiftoire fut tachée de récits abfurdes. On écrivit que *Berthe* étoit accouchée d'un oifon, que *Bertrade*, étoit Sorciere. Philippe-le-Hardi eut recours à une devinereffe. La démence de Charles VI, & le crédit de Valentine de Milan fur fon efprit, furent regardés comme des effets de fortilége. Ce fut comme Sorciere que fut brûlée la *Pucelle d'Orléans*.

Bientôt fous le nom d'*Aftrologie*, ces preftiges acquirent plus de confidération, & ceux qui les exerçoient jouirent de la réputation de favants. Les Rois avoient des Aftrologues en titre comme ils avoient des Médecins.

Sous le regne de Louis XI l'Aftrologie étoit fort en vogue. *Me. Arnoul* étoit l'*Aftrologien* de ce Roi. Le célebre *Angelo Crato*, dont il eft fait mention à la fuite des chroniques de Commines, qui fut Archevêque de Vienne, étoit un Aftrologue de grande réputation. Mais le triomphe de l'Aftrologie ou de la magie en France fut complet fous les regnes de Catherine de Médicis, & des Rois fes fils, même fous celui de Henri IV. Lorfqu'en 1587 on condamna *Dominique Miraille* (1),

---

(1) Suivant l'Arrêt, ils furent condamnés pour avoir été faifis » de livres de conjurations, carac-

Italien, & une Bourgeoife d'Eftampes fa
belle-mere, à ètre pendus, puis brûlés au
Parvis de Notre-Dame pour crime de magie; les Parifiens s'étonnerent de cette exécution « pour ce que, dit l'Etoile, cette
» forte de vermine étoit toujours demeu-
» rée libre, & fans être recherchée, prin-
» cipalement à la Cour, où font appellés
» Philofophes & Aftrologues ceux qui
» s'en mêlent; & même du tems de Charles
» IX, étoit parvenue à telle impunité, qu'il
» y en avoit (dans Paris) jufqu'à trente mille,
» comme confeffa leur chef en 1572.

On ne fera pas furpris de ces trente mille
Aftrologues, ou Sorciers qui étoient dans
Paris, fi l'on confidere que ces fortes de
gens étoient confultés, accueillis, & bien
récompenfés par les Rois, Reines ou grands
Seigneurs. Catherine de Médicis faifoit
elle-même profeffion de cette fcience fu-
perftitieufe. La colonne, qu'on a confervée
à la Halle aux Farines, lui fervoit d'ob-
fervatoire. Cette Princeffe portoit fur fon
eftomac une peau de vélin; d'autres di-
fent d'un enfant écorché, femée de figures,
de lettres & de caracteres de différentes couleurs, ainfi qu'un talifman que lui forma

---

» teres, plaques d'argent, lames de fer blanc;
» figures, papiers, harangues pour invoquer les
» Sybilles, fées & malins efprits, & autres inftru-
» mens fervant au fait de magie ».

l'Aftrologue *Regnier*, & que l'on trouvé gravé dans le tome II du Journal de Henri III. Avec ce talifman, elle croyoit pouvoir gouverner fouverainement, & connoître l'avenir : il étoit compofé de fang humain, de fang de bouc, & de plufieurs fortes de métaux fondus enfemble, fous quelques conftellations particulieres qui avoient rapport à la nativité de cette Princeffe.

Ainfi on pouffoit la fuperftition au point d'attribuer des vertus occultes & furnaturelles à des objets inanimés. On employa dans ce même tems, pour un objet plus criminel encore, des figures en cire qui repréfentoient des perfonnes dont on defiroit la mort. On croyoit que par des moyens magiques les coups portés à ces figures de cire, frapperoient mortellement les perfonnes dont elles avoient la reffemblance.

L'ufage de ces figures en cire n'étoit pas nouveau en France. Dans le procès d'*Anguérand de Marigni*, on accufa *Aleps de Mons* fa femme, & la dame de *Chanteleü* fa fœur de recourir aux voies de magie pour fauver ce Miniftre qui, lui-même avoit, dit-on, un démon familier, avec lequel il fafcinoit l'efprit du feu Roi. On prétendit avoir trouvé dans la maifon de la dame de Marigny des petites figures de cire, dont le pouvoir magique devoit *envouter le Roi*, *le Comte de Valois*, *plufieurs Barons & Miniftres*, c'eft-à-dire qu'en piquant ou torturant ces figures de cire, le Roi, le Comte de Valois, &c. devoient éprouver les douleurs & les suites funestes que ces mauvais traitemens auroient causé sur leurs personnes (1).

Lorsqu'en 1574 on exécuta en place de Grève les Gentilshommes *Coconnas* & *Lamole*, on trouva sur ce dernier une figure de cire, fabriquée par un Magicien nommé *Cosme Ruggieri*. Catherine de Médicis qui protégeoit ce Magicien, parce qu'il étoit de son pays, craignit que cette figure eût été faite pour attenter à la vie de Charles IX, & qu'en conséquence, le Parlement le condamnât à mort. Elle écrivit au Procureur Général pour s'informer de la vérité. *Lamole* avoit toujours soutenu que cette figure avoit été faite pour se faire aimer d'une grande Princesse : c'étoit la Reine *Marguerite*. Cependant le Magicien *Cosme Ruggieri* fut condamné aux galeres ; mais son Arrêt ne fut point exécuté ; au contraire il fut gratifié par le Roi de l'Abbaye de *Saint-Mahé* en Bretagne (2), & il reçut

_____

(1) Les grandes chroniques qui parlent de ce fait, appellent ces figures en cire, *vœux*, du même nom qu'on donne aux offrandes pendues dans les Eglises, *étoient iceux vœux (ces figures) en telles manière ouvrés, que si longuement eussent duré, lesdits Roi, Comtes n'eussent fait chacun jour que amménuiser, sécher, décliner, & en brief les eussent fait de male mort mourir.*

(2) Hommes, femmes, mariés, enfans, nés ou

encore de la Cour une penſion de trois
mille livres, au commencement du regne de
Louis XIII, par la protection de la Maréchale d'Ancre (1). Nicolas Paſquier,
dans ſes Lettres, fait un long récit de ſa
mort ; il aſſure qu'il mourut *très-méchant
homme, Athée & grand Magicien.* Il
ajoute qu'il fabriqua « une autre image de
» cire, ſur laquelle il jetta pluſieurs in-
» fuſions de charmes & de venins, pour
» faire mourir notre grand Henri ; mais
» il ne put atteindre à ſon ſort, & le
» Roi, par ſa douce clémence, lui par-
» donna ».

Lorſqu'après les barricades, Henri III
fut ſorti de Paris, les Prêtres Ligueurs
rayerent ſon nom des prieres de l'Egliſe,
en compoſerent de nouvelles pour les Princes
qui étoient chefs de la Ligue, & firent pluſieurs images de cire qu'ils placerent ſur les

---

à naître, obtenoient alors indiſtinctement des bé-
néfices. Un hiſtorien du tems dit qu'on en gra-
tifioit « Athées, hérétiques, gentilhommes, Ca-
» pitaines, Soldats, Maçons, Artiſans, & bien
» d'autres inſectes de l'humanité. Il n'étoit pas
» juſqu'à des petits coquins de Poëtes diſſolus,
» maquereaux de la pudicité, des femmes & filles,
» qui n'y euſſent bonne partie ».

(1) Cette Maréchale, qui, conjointement avec
ſon mari, & quelques autres favoris de la Reine
Marie de Médicis, avoit pillé les Finances du
Royaume, fut elle-même condamnée & brûlée en
place de Grêve comme Sorciere.

Autels des différentes Paroiffes de Paris, où l'on célébroit quarante Meffes pendant quarante heures. A chaque Meffe les Prêtres faifoient une piquure à l'image de cire, & à la quarantieme Meffe, ils piquoient l'image à l'endroit du cœur, en prononçant à chaque fois quelques paroles de magie, pour effayer de faire mourir le Roi.

C'étoit le comble de la déraifon & de la fureur, pour des Prêtres Catholiques, dans l'inftant qu'ils cherchoient à faire triompher leur Religion de celle des Proteftans, d'employer ces moyens fuperftitieux; c'étoit le comble de l'impiété de mêler les myfteres les plus facrés du Chriftianifme aux plus criminelles pratiques de la magie; c'étoit s'avouer ignorans & fcélérats, & c'étoit vouloir rendre la Divinité complice de meurtres & de fortiléges.

Treize ans après, fous le regne d'Henri IV, l'Hiftoire fait encore mention de figures magiques en cire. Le Duc de Biron, qui eut la tête tranchée à la Baftille, accufa dans fes interrogatoires, *Lafin* fon confident & fon délateur, d'être en commerce avec le Diable, d'avoir été enforcelé par lui, & de poffeder des figures de cire parlantes.

Marie de Médicis, même dans le tems de fon exil, gardoit toujours auprès d'elle un Magicien nommé *Fabroni*. Le Roi fon fils, ou plutôt le Cardinal de Richelieu, car Louis XIII ne régnoit pas, ne permit à cette Reine de revenir à la Cour, qu'à condition qu'elle lui livreroit *Fabroni*, qui avoit témérairement prédit la mort prochaine du Roi (1).

Il y avoit encore fous Louis XIV beaucoup d'Aftrologues ou tireurs d'horofcopes. Lorfque M. d'Argenfon fut Lieutenant de Police à Paris, il mit en œuvre toute fa vigilance pour purger cette Capitale de ces impofteurs.

On croiroit que les lumieres de la raifon, croiffant avec les connoiffances humaines, auroient enfin diffipé ces ténèbres; que les fciences exactes auroient pleinement remplacé les fciences chimériques; que leur vanité feroit démontrée à ceux qui cherchent à s'inftruire, & que les preftiges de la magie, ne pourroient tout au plus en impofer qu'à des ruftres ignorans ou fuperftitieux. Cependant on voit dans ce fiecle de raifon, où les fciences fe familiarifent pour ainfi dire avec tous les efprits, des Sectes d'Illuminés (2), qui, fous des noms

---

(1) Ce Cardinal, vindicatif & cruel, vouloit par intérêt, faire punir le Sorcier *Fabroni*, tandis qu'auffi par intérêt, il faifoit à Loudun, jouer des farces indécentes & incroyables par des Religieufes, qui, pour fatisfaire à fa vengeance, rempliffoient avec un merveilleux fuccès les rôles d'enforcelées.

(2) Dans le Siecle dernier, il fe manifefta en Efpagne une Secte *d'Illuminés* qui avoit déjà été vivement perfécutée par l'Inquifition. En 1623, la

H

plus polis, plus savans, renouvellent à peu près les mêmes erreurs.

Les noms de Sorcier ou de Magicien sont changés en celui de *Martiniste* (1) : au lieu

---

Roi très-Catholique la proscrivit de nouveau. Les Sectateurs se réfugierent alors en France : les villes de *Roye* & de *Montdidier* leur servirent de retraites. Pour juger de leurs opinions, voici le contenu d'un des placards qu'ils firent afficher à Paris. « Nous, » Députés du Collége Principal des Freres de la » Rose-Croix, faisant séjour visible & invisible en » cette Ville, par la grace du Très-Haut, vers le- » quel se tourne le cœur des justes, nous mon- » trons & enseignons, sans livres ni marques, » à parler toutes sortes de Langues des pays où » nous habitons, pour tirer les hommes, nos sem- » blables, d'erreur & de mort ».

(1) Du nom de *Martin Swedenborg*, savant Suédois, célèbre par les choses extraordinaires qu'on raconte de lui. Un mort lui avoit dit où devoit se trouver une quittance acquittée, dont la Comtesse de Marteville, veuve du mort, avoit be- soin. La quittance fut trouvée dans l'endroit indi- qué par *Swedenborg*. La Reine de Suède, pour l'éprouver, l'avoit chargé de demander au Prince Guillaume, son frere, mort depuis quelques tems, un secret qui n'étoit connu que d'elle & de ce Prince. *Swedenborg* lui demanda du tems pour chercher le Prince; & au terme fixé, il vint rendre compte de sa conversation avec l'ame du mort qui lui avoit révélé le secret. On assure que lorsqu'on parloit à la Reine de cette aventure, elle refusoit de ré- pondre, mais ajoutoit que le fait de la Comtesse de Marteville étoit vrai. Plusieurs Suédois ont cru à la vérité de ces faits, d'autres les ont traités de contes d'enfant.

du *Diable*, on dit *Efprit*, *Agens purs &*
intermédiaires, *Effence amalgamée*, ou
Puiffances fecondaires, &c. ces Sectateurs ont le même but que les Magiciens, de
fe rendre parfaitement heureux, de commu-
niquer avec les Génies, &c. mais les
moyens qu'ils employent, & l'efprit de leur
dogme, font tout oppofés. Les Magiciens ne
tendoient qu'à faire le mal, qu'à détruire; les
Martiniftes, qu'à approcher de la perfection
par la pureté des mœurs. Le bon & le mauvais principe femble faire la différence du
culte de ces deux Sectes (1).

Aux hommes oififs & d'une imagination
ardente & avide, il faut des rêves brillans,
de merveilleux menfonges ; la raifon eft
trop froide, fes bornes font trop circonf-
crites pour eux; ils aiment à être féduits,
& non pas convaincus.

---

(1) Les Livres intitulés *la Vérité*, en deux Volumes, le *Tableau naturel des Rapports qui exiftent*
entre Dieu, l'Homme & l'Univers, auffi en deux
Volumes, donnent une notion exacte des opinions
des Martiniftes.

CHAPITRE LVII.

Diableries & Sabbats des Sorciers.

LES repréfentations des Myfteres avoient fait naître en Europe le goût des Spectacles : on en vit paroître bientôt de plus gais & de moins religieux que ceux puifés dans l'ancien & le nouveau Teftament. Tels furent *les Farces*, *les Moralités* & *les Diableries*. Ce dernier genre de pieces de Théâtre fut long-tems à la mode en France : *Eloy d'Armenal* publia en 1507 un recueil *in-folio* de ces Diableries.

On en diftinguoit alors de deux fortes ; les petites & les grandes Diableries. Les petites étoient feulement compofées de deux Diables ; dans les grandes, où il falloit beaucoup plus de vacarme, on voyoit toujours quatre Diables, d'où eft venu le proverbe *faire le Diable à quatre.*

Les Acteurs, qui rempliffoient les rôles de Diables, étoient vêtus de peau noire ; avoient le vifage couvert de mafques affreux : ils tenoient en main de longues torches noires & ardentes, d'où ils faifoient jaillir des flammes & de la fumée ; ils jettoient auſſi du feu par la bouche , exécutoient des danſes infernales , & pouſſoient tour-à-tour des hurlemens horribles : ce qui amuſoit infiniment les ſpectateurs.

Ces ſpectacles paſſerent de la Capitale dans la Province, & y furent accueillis avec tranſport. Les repréſentations s'y faiſoient chez des particuliers ; de ſorte que le bas peuple n'y étoit point admis. Ceux qui com-poſoient cette claſſe de la ſociété , voulurent ſe donner eux-mêmes un plaiſir dont ils étoient fort curieux ; mais ne pouvant ſe procurer des habits de Théâtre , trop chers pour eux , ni un lieu aſſez vaſte dans leurs maiſons, ils imaginerent de jouer des *Dia-bleries* en pleine campagne , dans des bois, dans des clos ; bientôt ces ſingulieres récréa-tions devinrent plus ſolemnelles , & furent nommées *Sabbats.*

Voilà l'origine de ces aſſemblées myſ-térieuſes & profanes que les gens crédules ont regardées comme ſurnaturelles & dia-boliques , & que des gens plus raiſonnables ont crues abſolument fabuleuſes , parce qu'il ne les connoiſſent que par des récits faux & abſurdes : il leur étoit plus facile de les rejetter entierement , que de chercher à en démêler la vérité.

Les Sabbats n'étoient dans le principe que le jeu des *Diableries* ; mais dans la ſuite la groſſiereté & les vices des Acteurs & des Spectateurs y introduiſirent la licence, & changerent la forme & le but de ces céré-

monies. La décence en fut tout-à-fait bannie.
Pour éviter de justes poursuites, les Chefs
résolurent de cacher dans les ténébres de la
nuit leurs débauches honteuses.

La nuit donnant un air mystérieux à ces
assemblées, persuada aux gens superstitieux
qu'il s'y passoit des choses surnaturelles, &
que le Diable y présidoit.

Cette idée réveilla les accusations faites
contre les assemblées secretes des Anabaptistes, des Vaudois, &c. on attribua, sans
balancer, aux nouvelles sociétés, les blasphê-
mes, les profanations & les cérémonies criminelles qu'on avoit reprochés aux anciennes
Sectes.

Les Sabbats se célébroient dans différens
lieux de France; mais du tems de Catherine de Médicis, où les Astrologues &
les Magiciens étoient si nombreux & si
bien accueillis par cette Reine, les Sabbats
les plus renommés, se tenoient aux environs
de *la Ferté-Milon* & de *Verberies* : ceux
qui s'y rendoient étoient appellés *chevaucheurs de ramon*, ou *Chevaucheurs d'es-
couvettes*, l'une & l'autre dénominations
signifient gens qui vont à cheval sur un balai (1).

_____

(1) *Bodin*, dans sa *Démonographie*, assure que
les Sorciers vont au Sabbat par les airs, que les
uns sont montés sur des boucs, ou sur des chevaux
aîlés, d'autres se contentent de mettre un balai,
ou seulement un bâton entre les jambes, & que
plusieurs parcourent les airs, sans autre secours que
celui du Diable.

Pendant l'été , ils s'aſſembloient au milieu des bois , & en hiver dans des Fermes
écartées. Le renoncement à Dieu & à la
Religion , beaucoup de diſcrétion & une
entiere ſoumiſſion aux volontés des chefs,
étoient, dit-on , ce qu'on exigeoit des réci-
piendaires. L'aſſemblée commençoit avec la
nuit & finiſſoit au chant du coq. La ſalle,
deſtinée au Sabbat, étoit éclairée par une
ſeule lampe qui répandoit un jour lugubre,
& ne diſſipoit qu'une partie des ténèbres. Tout
ce qui pouvoit porter dans l'ame des ſenſa-
tions terribles & révoltantes , étoit mis en
uſage pour éprouver le courage & la diſcrétion des aſſociés , & les rendre inacceſ-
ſibles aux remords.

Le Diable , qui préſidoit au Sabbat, ſuivant les crédules Auteurs qui en ont parlé ,
y paroiſſoit aſſis ſur un trône élevé , vêtu
de la peau d'un grand bouc , ou de celle d'un
grand chien barbet , ou bien en figure
d'homme , couvert d'un grand manteau noir.
A ſa droite étoit une lampe enflammée , à ſa
gauche, l'homme ou la femme dépoſitaire
des poudres , ou graiſſes que l'on avoit coutume de diſtribuer à tous les aſſiſtans.

Suivant les crédules , ces poudres étoient
des poiſons compoſés par art diabolique,
pour opérer des maléfices , jetter des ſorts ſur
les beſtiaux ou ſur les hommes. L'ignorance
où l'on étoit alors en pharmacie , faiſoit
aiſément paſſer ces poiſons pour occultes &

furnaturels, & croire que les Démons feuls
en enfeignoient la compofition. Rien n'étoit
plus facile que d'en impofer à cet égard.

Les graiffes qu'on diftribuoit, étoient,
dit-on, propres à tranfporter le Sorcier qui
s'en frottoit, de fa demeure à l'endroit
du Sabbat. Mais il eft plus raifonnable de
croire que ces graiffes fervoient à donner
aux membres plus d'agilité & de foupleffe
pour les exercices qui fe faifoient dans les
affemblées (1), ou bien que l'odeur qu'elles
répandoient, fervoit aux chefs à reconnoître tous les initiés, & à les diftinguer de
quelques étrangers efpions qui auroient pu
s'introduire. Enfin, cette odeur pouvoit être
le figne d'admiffion & de reconnoiffance, &
fervir à l'exclufion de ceux qui ne l'exa-
leroient pas.

Après la diftribution des graiffes & poi-
fons, le Diable préfident ouvroit la féance
par un difcours. Les affiftans, rangés à fa
droite & à fa gauche, fur deux lignes pa-
ralleles, l'écoutoient dans un profond filence :
le difcours achevé, chacun confultoit l'ora-
teur, puis il fe faifoit plufieurs cérémonies myftérieufes, comme de baptifer des
crapauds qui fervoient de préparatifs, &
qu'on appelloit *Mirmilots*.

_____

(1) Les Athlètes, avant leurs exercices, étoient
dans l'ufage de s'oindre le corps.

On adoroit enfuite ce Diable, en le bai-
fant au derriere, lorfqu'il étoit en forme
de bouc, & au nombril, lorfqu'il avoit la
figure d'homme (1).

L'ivreffe enfuite banniffant toute décence, & portant la diffolution à fon dernier période, on exécutoit des danfes extravagantes & lafcives, & après cette ado-
ration, on fervoit un repas abondant en
viandes & en vins : chacun en préfence de
tous les affiftans, s'abandonnoit aux débauches les plus monftrueufes.

En rapprochant les nombreux témoignages
que nous offrent les Tribunaux fur l'hiftoire
des Sabbats, en la dépouillant de ce que
des hommes ignorans & crédules lui ont
prêté de merveilleux, on ne peut s'empêcher de regarder l'exiftence de ces affociations, non-feulement comme poffible, mais
encore comme véritable.

Ces affemblées étoient compofées de libertins un peu inftruits, de pauvres Bergers
crédules & de fcélérats ignorans. Le plus
petit nombre trompoit, & le plus grand
nombre étoit trompé.

La fuperftition rempliffoit alors prefque
toutes les têtes ; on ne favoit point douter ; tout ce qu'on ne pouvoit comprendre,

---

(1) Suivant *Antoine Turquemede*, Auteur Efpagnol, ce Diable recevoit le baifer un peu plus
bas,

H v

étoit merveilleux : l'on croyoit & l'on aimoit à croire tout ce qui en avoit les apparences. Il étoit facile aux chefs d'opérer des prestiges & d'étonner leurs subal-
ternes qui n'avoient ni les talens d'en découvrir les causes physiques, ni la pensée
de les approfondir & de s'en méfier.

La facilité de se venger, & de se faire
redouter de ses ennemis, de ses voisins,
par des poisons & autres maléfices; les
jouissances qu'on se procuroit dans les débauches pratiquées au Sabbat, étoient des
intérêts assez puissans, des attraits assez vifs
pour cimenter ces associations.

Ce qui porteroit à croire que les cérémonies célébrées aux Sabbats des Sorciers,
pourroient bien n'être pas aussi coupables
qu'on le raconte, c'est que la mémoire de
ces cérémonies existoit long-tems avant qu'il
fût question de Sabbat de Sorcier. On a
reproché aux *Anabaptistes*, aux *Tem-*
pliers, aux *Albigeois* & aux *Vaudois*,
les mêmes crimes, & à peu près les mêmes
pratiques. Dans l'Histoire d'Artois, par Dom
de Vienne, on voit que l'inquisition établie
dans cette Province, fit brûler plusieurs Vaudois. L'Inquisiteur, avant le supplice, les
prêcha en public : (c'étoit un moyen anciennement en usage pour instruire ou tromper
le peuple sur les causes de la condamnation).
Il avoua hardiment dans son discours,
que les Vaudois se servoient d'un onguent
que le Diable leur avoit donné; qu'ils en

oignoient une petite verge de bois, que quand
ils l'avoient prife entre leurs jambes, le
Diable les tranfportoient auffi-tôt en l'air
par-deffus les toits, villes & campagnes,
dans l'endroit où l'affemblée devoit fe tenir; que là il fe trouvoit un Diable en forme
de bouc, avec une queue de finge; qu'ils lui
faifoient hommage & l'adoroient; que plufieurs leur donnoient leurs ames, ou du
moins quelques parties de leurs corps; qu'ils
baifoient enfuite le bouc au derriere, tenant
entre les mains des chandelles allumées;
qu'après cet hommage, ils marchoient fur
la Croix, & crachoient deffus, en reniant
Jéfus-Chrift & la Trinité; qu'ils montroient
enfuite leur derriere au Ciel, comme pour
fe mocquer de Dieu; qu'après avoir bien
bu, bien mangé, ils habitoient charnelle-
ment enfemble; que le Diable lui-même
prenoit la forme d'un homme, pour jouir
d'une femme, & qu'ils commettoient des
péchés contre nature fi énormes, qu'il n'o-
foit les prononcer. Le Prédicateur ajouta que
l'onguent dont fe fervoient les Vaudois dans
ces cérémonies, étoit compofé de cette maniere : quand ils étoient à la Sainte Table,
ils prenoient l'Hoftie, la mettoient dans un
vafe avec des crapeaux jufqu'à ce qu'ils
l'euffent confumée; ils piloient enfuite ces
animaux avec des os de chrétiens pendus,
du fang d'enfans & des herbes.

Cet Inquifiteur étoit un grand fripon de
débiter de femblables abfurdités. Ces mal-

heureufes victimes de la fureur Monacale
avouerent, en allant au fupplice, que la
violence de la torture leur avoit arraché
des aveux contre la vérité, & qu'on les y
avoit déterminées par la promeffe du pardon.

Il eft probable que l'hiftoire fabuleufe des
pratiques extravagantes ou criminelles que
l'on a attribuées indiftinctement à toutes les
Sectes, dont les affemblées étoient fecrettes
pour éviter la perfécution, fut inventée par
le fanatifme des Inquifiteurs. Les peuples,
toujours crédules, toujours avides du merveilleux, adopterent, fans examen, ces récits monftrueux de myfteres & de crimes;
prétèrent les mêmes cérémonies aux différentes Sectes, & crurent que les Templiers,
les Vaudois, les Albigeois, les Sorciers,
même les Francs-Maçons, étoient, dans leurs
affemblées, préfidés par le Diable. La violence des tortures faifoit tout avouer aux
accufés, les Sermons des Moines faifoient
tout croire au peuple. De-là ces prétendues
poffeffions, ce zele meurtrier, ces fureurs
religieufes, ces erreurs accréditées, ces ju-
gemens iniques & déshonorants pour les
Tribunaux, & cette foule de victimes innocentes confumées dans les flammes.

CHAPITRE LVIII.

THÉATINS.

Prédicateurs qui font jouer des Marion-
nettes en Chaire.

Pour émouvoir des ignorans, des fuperftitieux, ce n'eft point des moyens fimples &
naturels, ce n'eft point le langage de la raifon qu'il faut employer ; des moyens factices
& groffiers font bien plus éloquens. Afin que
l'inftruction puiffe, à travers la matiere,
pénétrer jufqu'à l'intelligence de ces êtres
épais, il faut en ouvrir tous les paffages, &
tenir tous les fens fufpendus. Les yeux,
comme l'organe le plus exquis & le plus
familier à la ftupidité, doivent être auffi
les plus occupés. C'eft le befoin de frapper
les yeux, de repréfenter phyfiquement ce
qu'on a voulu faire comprendre, qui a fans
doute fait naître les figures, ou les fcenes
peintes ou fculptées, les fpectacles, les cérémonies, &c. de-là, on pourroit calculer
le plus ou moins d'intelligence d'un peuple,
d'après les moyens plus ou moins phyfiques

qu'on eſt en uſage d'employer pour le perſuader ou l'émouvoir.

Les Italiens, grands amateurs de démonſtrations & de pratiques minutieuſes, ont introduit des ſpectacles juſques dans les cérémonies religieuſes : les Myſteres furent joués en Italie avant d'être connus en France. Les proceſſions de Pénitens, de Flagellans prirent naiſſance en Italie : enfin ceux qui ont parcouru ce pays, ſavent combien les prédicateurs, ſoit dans les Egliſes, ſoit dans les places publiques, ſe rapprochent des Baladins (1).

Les Théatins, qui vinrent de Naples à Paris ſous la protection du Cardinal Mazarin, y apporterent les pratiques de leurs pays. Pendant l'Avent de l'année 1649, ces Peres ne ſe contenterent pas de prêcher ; mais afin d'émouvoir l'aſſemblée par les yeux & par les oreilles, ils faiſoient paroître des marionnettes qui repréſentoient quelques paſſages de l'Ecriture, *ce qui tenoit plus*, dit *un contemporain*, *de l'artifice de l'Italien*, *que de la dévotion du François* (2). Pluſieurs pieces ſatyriques contre

---

(1) A Naples, comme dans pluſieurs Villes d'Italie, on voit ſouvent dans les places publiques, d'un côté un Baladin, de l'autre un Prédicateur ſe diſputer le nombre des auditeurs, & tour-à-tour, l'un aux dépens de l'autre, attirer la foule par de nouvelles ſubtilités.

(2) *Voyez* la premiere note de la Piece intitulée : *Lettre à M. le Cardinal Burleſque.*

le Cardinal Mazarin atteſtent ce fait. Dans *le paſſeport & adieu de Mazarin*, on lit:

Adieu l'oncle aux Mazarinettes ;
Adieu pere aux Marionnettes ;
Adieu l'auteur des Théatins,

Plus bas dans la même piece:

Par les belles Mazarinettes,
Par toutes les Marionnettes,
Par la robe des Théatins, &c.

Enfin, dans une autre Piece ſatyrique, intitulée : *Lettre à M. le Cardinal Burleſque*, on trouve le même fait très-détaillé :

... Votre Troupe Théâtine,
Qui fait veu d'être un peu mutine,
Ne croyant point de ſûreté
En notre Ville & vicomté,
A fait Flandres (1), & dans des cachettes
A ſerré les Marionettes
Qu'elle faiſoit voir ci-devant
Dans les derniers jours de l'Avent.

Le ridicule que l'on jetta ſur les pauvres Théatins en cette occaſion, leur fit abandonner leur méchanique éloquence, & ils ceſſerent de faire jouer des Marionnettes, en prêchant

_____

(1) Eſt partie pour la Flandres.

C'eſt peut-être à ce Religieux charlata-
niſme qu'eſt dû l'uſage, commun à pluſieurs Prédicateurs, & ſur-tout aux Jaco-
cobins, de montrer le Vendredi Saint, en
prêchant la Paſſion, la figure du Crucifix,
& de choiſir l'inſtant favorable où l'Au-
ditoire eſt diſpoſé à ſentir plus vivement
cette ſubite apparition.

CHAPITRE LIX.

ÉTAMPES.

Premier Feu d'Artifice en France.

PENDANT *la Ligue* appellée *du bien
public*, & après la bataille de Montlhery,
donnée le 16 Juillet 1465, entre les Troupes
du Roi Louis XI, & celles des Seigneurs
mécontens, à la tête deſquelles étoit le Comte
de Charolois, Charles, Duc de Berri, frere
unique du Roi, &c. le Roi ſe retira à Corbeil, & les Seigneurs ligués, furent à Eſ-
tampes. Une choſe fort ſimple cauſa dans
cette derniere Ville une allarme très-vive
aux perſonnes illuſtres, mais ignorantes, qui
s'y trouvoient logées.

Le Duc de Berri & le Comte de Charolois, après leur ſouper, s'étoient placés
à une fenêtre; ils parloient enſemble,

& regardoient dans la rue le peuple & les
foldats qui s'y promenoient en foule. Tout-
à-coup on voit jaillir dans l'air un vif &
bruyant trait de feu qui vient, en ferpen-
tant, frapper contre la croifée occupée par
les deux Princes. A cette apparition fu-
bite & extraordinaire, ils reftent inter-
d ts : tout le monde, eft faifi d'effroi. Le
Comte de Charolois épouvanté, ordonne
au Seigneur de *Contay*, de faire fur le
champ armer tous les gens d'armes de fa
maifon, les Archers de fon Corps & autres :
le Duc de Berri fait pareillement prendre
les armes à tous les gens de fa garde ; dans
un inftant, on vit, devant la porte du logis
des Princes, deux ou trois cents foldats armés,
& un grand nombre d'Archers. On fit par-
tout des recherches pour découvrir d'où
pouvoit provenir une chofe fi merveilleufe,
fi allarmante, & qu'on regardoit comme
une invention diabolique, un véritable
maléfice dirigé contre les perfonnes du Comte
de Charolois & du Duc de Berri.

Après bien des perquifitions, on trouva
l'auteur d'un fi violent tumulte ; il étoit
Breton, & fe nommoit maître *Jean Boute-
Feu*, ou *Jean des Serpens* (1). Il vint

---

(1) Ces noms de *Boutefeu*, ou *des Serpens*,
furent fans doute donnés à cet homme à caufe des
fufées qu'il avoit inventées, qui font encore appel-
lées *ferpenteaux*.

fe jetter aux pieds des Princes; leur confeffa qu'il avoit à la vérité lancé des fufées
en l'air ; mais que fon intention étoit plutôt de les amufer que de leur nuire, &
pour prouver que ces feux d'artifice n'avoient
rien de criminel, *ce folâtre*, comme le
nomme Commines, en jetta trois ou quatre
devant les Princes, & par là, détruifit bien
des foupçons. Chacun fe mit à rire en voyant
qu'une auffi petite caufe avoit produit tant
d'allarmes : on alla fe défarmer, & puis fe
coucher.

Le favant M. Dreux du Radier s'eft trompé,
en difant que les premieres fufées furent
tirées en 1618 dans l'Ifle Louvier, lorfqu'on célébra à Paris la canonifation de
Sainte-Therefe (1). L'invention étoit déjà
connue : Baffompiere, dans fes Mémoires,
parle d'une fête donnée quelque tems avant
au Roi, par le Duc d'Epernon, qui fut
fuivie de *feux d'artifice*. Il y avoit même
fous le regne d'Henri II, des Maîtres Artifi-
ciers en titre d'office. *Froumenteau* dans
fon Livre intitulé le *Secret des Finances*,
met au rang des dépenfes qui furent faites
à la Cour, depuis le commencement du
regne d'Henri II, jufqu'au 30 Décembre
1580, *les feux artificiels*. Il paroît que
ces feux n'étoient pas alors fort difpendieux,

_____

(1) *Voyez* Récréations Hiftoriques, Tome II,
page 183.

puiſque dans l'eſpace de trente un ans , ils
ne coûterent que neuf mille livres tournois.

CHAPITRE LX.

PONTOISE.

*Moyen employé par le Roi S. Louis ,
pour voir librement la Reine ſon
Epouſe.*

BLANCHE de Caſtille, mere du Roi Saint-
Louis, célebre par ſa beauté, ſon courage & ſa politique, joignoit à ſes qualités de Souveraine, des défauts particuliers
qui ont un peu terni ſa gloire. Emportée ,
impérieuſe & jalouſe à l'excès de ſon pouvoir, elle fut injuſte, & même cruelle à
l'égard de Marguerite de Provence, femme
du Roi ſon fils ; & on auroit peine à croire
juſqu'à quel point elle tyranniſa cette Princeſſe, auſſi douce que vertueuſe.

Elle abuſoit de l'autorité qu'elle avoit con-
ſervée ſur le Roi ſon fils, pour lui défendre
de ſe trouver ſeul avec ſa femme, & pour

interdire à ces deux jeunes époux, des ca-
refles aufli naturelles que légitimes. Dans
les voyages comme à la Ville, la Reine
mere arrangeoit toujours les chofes de maniere que fon fils & fa belle-fille n'étoient
jamais logés enfemble.

Un jour que la Cour étoit à Pontoife, il
fe trouva que le Roi avoit fon appartement
placé au-deffus de celui de fa femme. Pour fe
procurer le plaifir d'aller voir cette Princeffe
à l'inçu de fa mere, il imagina un moyen
fingulier. Il étoit convenu avec les Huiffiers
de Salle, que lorfqu'il auroit envie de voir
fa femme, ou que fa femme auroit le même
defir, ou bien lorfque la Reine mere vien-
droit troubler leur plaifir, de battre les
chiens, afin que par leurs cris, les époux
fuffent avertis de fe réunir, ou d'éviter la
préfence de la Reine mere.

Cette rufe fut fans doute découverte par
la Reine Blanche. Elle entra un jour dans la
chambre de la Reine Marguerite : Saint-
Louis, qui s'y trouvoit alors, fe cacha
promptement derriere fa femme, de peur
que fa mere ne le vît, comme le raconte
Joinville ; mais elle l'apperçut bientôt, &
le tirant par la main, elle lui dit : *venez-
vous en ; car vous ne faites rien ici* ; puis
elle le conduifit hors de la chambre. Quand
la Reine Marguerite vit que fa belle-mere la
féparoit ainfi de fon mari, elle ne put contenir
fon indignation ; elle s'écria à haute voix ;

hélas! ne me laifferez-vous voir mon
Seigneur ni en la vie ni à la mort ; alors
fuffoquée par la douleur, elle tomba éva-
nouie. On la crut morte quelque tems : Join-
« ville raconte que le Roi retourna la voir
» fubitement, & *la fit revenir de pamé-*
» *fon* ».

CHAPITRE LXI.

Libelles contre les Miniftres.

JAMAIS les François n'ont fi hautement
réclamé contre la conduite des Miniftres,
qu'après la retraite de Sully (1). *Concino-*
Concini, qui s'étoit emparé de l'efprit de
Marie de Médicis, & d'une partie des Finances du Royaume, excita plutôt les clameurs des grands, que les murmures du
peuple : on cabala plus qu'on écrivit contre
lui. Il fut enfin facrifié, ainfi que fon époufe,

---

(1) Ce Miniftre, lui-même, ne fut pas à l'a-
bri des fatyres. Lorfqu'il eut acquis la Principauté
de *Boisbelle*, aujourd'hui *Henrichemont*, on compofa contre lui un Libelle, intitulé : *Priviléges*
Franchifes & libertés de la ville Capitale de Bois-
belle, pour convier tous Financiers, Laquais,
Bouffons, Macquereaux, Forgeurs & Courtiers
d'accès, partifans, Demandeurs de dédommage-
mens & autres gens d'affaires, d'y faire bâtir.

non au bonheur des fujets ni à la juftice, mais à la jaloufie, à l'ambition de quelques Courtifans qui chercherent moins à le punir de fes déprédations, qu'à le remplacer pour les continuer impunément.

De Luynes fuccéda à l'intriguant *Concini* : il devoit fa faveur à cet Italien, & à fon talent pour élever des Pie-grieches (1). Il trama long-tems la perte de fon bienfaiteur; & après fa mort, il n'eut pas plus de honte à fe faire donner fes richeffes, qu'il en avoit eu à le trahir.

Avec ces difpofitions, avec les talens d'un *Oifeleur*, il fut choifi pour diriger une adminiftration pénible, pour réparer le défordre des Finances. Auffi fon Miniftere fut-il encore plus onéreux aux François, que l'avoit été celui de *Concini*. Ses deux freres *Brantes* & *Cadenet* partageoient l'autorité fuprême (2), & en abufoient avec lui; c'eft ce qui eft exprimé par ce quatrain :

Les méchans autrefois regretterent Conchine,
Eftimant que fa mort feroit l'heur des François;
Mais aujourd'hui les bons déplorent fa ruine;
Car on eft moins foulé d'un tyran que de trois.

Luynes, comme beaucoup d'autres à fa place, fit tout ce qu'il falloit pour fe maintenir, & ne fit rien pour le bonheur des

(1) Il parvint à gagner les bonnes graces du jeune Roi, en dreffant des Pie-grieches à prendre des moineaux.
(2) On l'appelloit *le Roi Luynes*.

peuples. Un Roi enfant, une Reine douée de toutes les foibleffes de fon fexe, un Miniftre qui ne cherchoit pas même à cacher au peuple fon impéritie, fes vexations, fes violences, voilà les perfonnes qui tenoient le gouvernail de l'Etat; & voici le tableau fingulier de fa pitoyable fituation.

Le Roi trop fimple donne tout;
Monfieur de Luynes ruine tout,
Et fes deux freres rafflent tout.
Tous leurs parens emportent tout,
Et leurs Agens dégaftent tout.
Le Chancelier excufe tout;
Les intendans retranchent tout;
Le Garde des Sceaux fcelle tout;
Car il ne veut gafter le tout.
Rochefoucault juftifie tout;
Le pere Arnoux (1) déguife tout,
Et la Royne fe plaint de tout;
Monfieur le Prince f... par-tout (2),
Le Parlement vérifie tout;
Les pauvres François fouffrent tout;
Mais à la fin ils perdront tout;
Et fi Dieu ne pourvoit à tout,
Le grand Diable emportera tout.

La Nobleffe Françoife encenfoit baffe-

_____

(1) Confeffeur du Roi.
(2) Monfieur le Prince, ou le *grand Condé*, étois un Héros en amour comme en guerre.

ment l'idole du jour; le peuple gémiſſoit,
& les Auteurs écrivoient en vers ou en
proſe des ſatyres dont le recueil forme aujourd'hui un volume de près de cinq cents
pages. Il paroît par les vers ſuivans du même
Recueil, que Luynes ne fut pas aſſez inſen-
ſible aux nombreux Libelles faits contre lui,
pour en laiſſer les Auteurs impunis, ni aſſez ſincere pour dire des peuples : *puiſqu'on
les écorche, il faut au moins les laiſſer
crier.*

J'ai vu mettre en priſon ſans forme de Juſtice,
Les pauvres Imprimeurs & les Colporteurs ;
Leurs parties offenſées en ſont les rapporteurs (1).

Enfin de Luynes mourut, & l'on vit,
pour ainſi dire, pleuvoir ſur ſa tombe mille
épitaphes ſatyriques. En voici une des plus
expreſſives & des plus modérées.

Cy gîſt un Provençal, qui leurrant ſes oiſeaux,
Se rendit ſi ſavant en la Fauconnerie,
Qu'il prit en tout pays le gibier à monceaux.
Et de toute la France, il fit la vollerie (2).
Regarde ici, paſſant, le ſubjet eſt nouveau ;
Et cette nouveauté digne de ta ſcience ;
La France en peu de tems a ſervi de tombeau,
A qui fut en vivant le tombeau de la France.

(1) Dans la Piece intitulée : *Qu'as-tu vu de la
Cour.*
(2) On fait ici alluſion à ſon talent, pour élever
les oiſeaux appellés *Pie-grieches.*

Du

Du sang du pauvre peuple il enfla son trésor,
Et son ambition fit la paix & la guerre,
Et lorsque dans le monde, il n'a plus trouvé d'or,
Il l'est allé chercher au centre de la terre.

Nonobstant les discours de lui faits paravant,
De son ambition & de son arrogance,
L'on cognoit le dessein qu'il eut en son vivant,
Puisqu'enfin il est mort pour le bien de la France.

Après Luynes, succéda l'Evêque de Lu-
çon, qui fut depuis connu sous le nom fameux
de Cardinal de Richelieu. Luynes s'é-
teignit comme un météore, qui, en se dissi-
pant, laisse après lui la mauvaise odeur des
matieres fétides qui composoient sa substance:
Richelieu parut comme une comette, mena-
çante, enflammant l'horison, excitant des ora-
ges, brûlant, détruisant tout sur son passage,
laissant après elle des traces profondes de
sa force & de ses ravages : il ne connut jamais
les charmes de la douceur, les moyens con-
ciliateurs & tempérés, le pardon des injures,
ni aucunes des vertus paisibles de son état.
C'étoit un torrent qui minoit, qui entraînoit
tout ce qui s'opposoit au courant de ses volontés ; c'étoit un tonnerre qui renversoit,
pulvérisoit les grands & les petits, dont
l'existance gênoit son système d'administra-
tion, ou son amour propre : *quand une
fois,* disoit-il lui-même, *j'ai pris ma ré-*

I

*solution , je vais à mon but ; je renverfe
tout , je fauche tout , enfuite je couvre
tout de ma foutane rouge.*

Ce defpote qui fit tomber les têtes les
plus illuftres de la Monarchie, qui força
la mere du Roi , la veuve d'Henri le grand
d'abandonner la France, & de fuir de
Royaume en Royaume fa haine & fes per-
fécutions; ce Prêtre fanguinaire, environné
d'efpions & des Miniftres de fes fureurs, fit
trembler la plupart des Gens de Lettres,
qui , peut-être, fe feroient fortement élevés
contre fes cruautés. Il féduifit par la faveur ,
& fut mettre au rang de fes efclaves d'autres
Ecrivains qui fe proftituerent en faifant l'apologie de fes crimes ; ainfi, on n'ofa, contre
lui , publier aucunes vérités pendant fa vie.
Des exemples terribles de fa cruauté arrêterent toutes les plumes. Un bon mot du Maréchal de Baffompierre , contre ce Cardinal ,
fut puni par dix ans de prifon. Une fatyre ,
intitulée : *la Cordonnière de Loudun* , &
compofée long-tems avant que Richelieu fût
dans le Miniftere , conduifit , par les voies
les plus iniques, le malheureux Auteur fur
un bûcher, où il montra, au milieu des
flammes, la fermeté & le fang froid d'un
Stoïcien. Un Confeiller-d'Etat nommé *Lau-
bardemont* , un Capucin, le Père *Jofeph* ,
& autres fcélérats fubalternes, étoient chargés de donner un air juridique à l'injuftice
la plus criante , au meurtre le plus violent,
à la trame la plus perfide & la plus groffiere,

ment ourdie : les faits les plus atroces de l'hiftoire des hommes n'offrent rien de fi révoltant, & la langue n'a pas de mots affez forts pour exprimer tout l'odieux de cette affaire.

Après ce Cardinal, le Royaume fut gouverné, ou plutôt tyrannifé par un autre. *Mazarin*, plus fouple, plus fourbe, moins irrafcible, moins cruel; mais auffi ambitieux, & plus avare que Richelieu, commença comme avoit fait l'intriguant *Concini*, fon compatriote; il fut fe rendre maître de l'efprit de la Reine mere, Anne-d'Autriche, & en même-tems de la fouveraine autorité. L'abus qu'il fit de fon pouvoir, les impôts dont il accabloit les peuples, exciterent une révolte connue fous le nom de *La Guerre de la Fronde*. L'enêtement de la Reine caufa bien des maux ; elle facrifia, fans héfiter, la gloire de fon regne, la tranquillité de l'Etat, le bonheur & la vie des milliers de fujets pour conferver un feul homme, encore cet homme étoit étranger & Cardinal.

Si d'un côté les guerres civiles & tous les maux qui les accompagnent défoloient la France, d'un autre côté, des Ecrivains, zélés pour le bien public, exaloient abondamment contre le Miniftre coupable, toute l'indignation qu'il leur infpiroit. Foible remede à tant de défaftres ! mais qui confole pourtant bien des malheureux, & femble en quelque façon les venger de leurs oppreffeurs. Lorfque le Cardinal fut enfin obligé de fuir du côté de Cologne, on lui adreſſa, dans la piece, intitulée : *la Chaſſe à Mazarin*, les vers ſuivans :

Adieu Jongleur, trouſſe tes quilles,
C'eſt trop nous vendre tes coquilles ;
Ta farce n'eſt plus de ſaiſon,
Le François n'eſt plus un oiſon :
Tes jeux & tes forſanteries,
Tes machines, tes Comédies,
Ont aſſez long-tems amuſé (1).

Dans la même, on lit l'apoſtrophe ſuivante :

Sus, ſus François réveillez-vous :
Qu'eſt devenu votre couroux ?
Vous laiſſez ſauver à la courſe
Ce larron qui tient votre bourſe,
Et vous ne courrez pas après.

Enfin, on reprocha *au Mazarin* en vers & en proſe, non-ſeulement d'être auſſi avide de l'argent que du ſang des François, mais

_____

(1) Les Écrivains du tems s'accordent aſſez à traiter Mazarin de Farceur & de Comédien. Gui Patin, t I., Lettre XVII, peint ainſi ce Miniſtre : *grand Larron, fort ignorant en tout, & principalement au métier dont il ſe mêle ; mais au reſte grand hâbleur, grand ſpurie, grand Comédien, Bateleur de longue robe, tyran à rouge bonnet.* Dans la Lettre XIX, il ajoute : *ce Pantalon à longe robe, ce Co-*

encore d'être dans une trop grande intimité avec la Reine. La préférence que cette Prin-cesse avoit toujours donnée à ce Cardinal sur les Princes François, sur la Nation ; son zele pour ses intérêts, sa déférence aveugle à toutes ses opérations, l'approbation qu'elle sembloit accorder à ses vexations, à ses bri-gandages (1), suffisoient pour faire naître des soupçons désavantageux sur cette inti-mité. On écrivit plusieurs satyres, contre lesquelles le Cardinal sévit rigoureusement.

Un Imprimeur, nommé *Morlet*, fut surpris imprimant un libelle de ce genre:

L'Imprimeur fut mis au Châtelet, & le même jour, condamné à être pendu, & le Parlement confirma la Sentence. Lorsqu'il sortit de la cour du Palais pour être conduit au lieu du supplice, le peuple, qui n'aimoit

---

médien à rouge bonnet, *est cause de tout nos maux, & de la ruine de la France.* Ces épithetes pouvoient à la fois se rapporter au caractere fourbe & dissimulé du Cardinal, & à ce qu'il avoit fait venir en France des Comédiens Italiens que Louis XIV renvoya dans la suite.

(1) Il avoit pour valets, pour espions, pour bour-reaux, une foule de Gentilshommes, à qui il promet-toit beaucoup, & dont il ne payoit pas même les ga-ges : il partageoit avec les Armateurs les profits de leurs courses ; il traitoit en son nom, & à son profit, des munitions des armées, il imposoit, par Lettres de cachet, des sommes extraordinaires sur les géné-ralités : c'est par ces moyens bas & violens qu'il se fit une fortune de plus de 20 millions.

I iij

ni la Reine, ni le Cardinal, inſtruit de la cauſe de cette condamnation, ſe révolta. On commença à crier, puis à lancer des pierres contre les Gardes ; ils voulurent ſe défendre ; mais pluſieurs particuliers, armés de bâtons & d'épées, ſe jetterent ſur eux, & les frapperent ſi violemment, que les Archers & le Bourreau furent obligés de prendre la ſuite. De cette maniere, le malheureux Imprimeur fut ſauvé, ainſi qu'un de ſes complices qui étoit derriere la charette, & qui devoit être fouetté, & préſent à l'exécution de *Morlet* (1).

Jamais Miniſtre n'a, je crois, fait une plus forte épreuve de la lâcheté des gens de Cour que le Mazarin. Lorſqu'il revint à Paris, on vit une infinité de ces hommes, qu'on appelle *nobles*, venir baſſement ſe jetter aux pieds du Cardinal, qu'auparavant ils avoient mépriſé, pourſuivi, & dont ils connoiſſoient la fauſſeté, les brigandages & la tyrannie. *Laporte*, dans ſes Mémoires, dit : « Ceux
» qui avoient été ſes plus grands ennemis,
» furent les plus empreſſés à ſe produire, &
» à lui faire la révérence. Je vis une multi-
» tude de gens de qualité faire des baſſeſſes
» ſi honteuſes en cette rencontre, que je
» n'aurois pas voulu être ce qu'ils étoient,
» à condition d'en faire autant.... J'y vis,

(1) Voyez *Lettres de Gui Patin*, Tome V, Lettre CXV.

» parmi tant de gens de qualité qui s'étouf-
» foient, à qui se jetteroit à ses pieds le pre-
» mier : j'y vis, dis-je, un Religieux qui
» se prosterna devant lui avec tant d'humi-
» lité, que je crus qu'il ne s'en releveroit
» point ».

Une piece clandestine, intitulée : *les Soupirs d'un François sur la Paix Ita-lienne*, faite à l'occasion de la premiere ren-trée de Mazarin à Paris, le 18 Août 1649, renferme une strophe assez vigoureuse contre les Députés du Parlement, & les Chefs des Frondeurs :

> Dites-moi, lâches Députés,
> Falloit-il donc faire les braves
> Avec tant de solemnités,
> Pour enfin faire les esclaves ?
> Esclaves d'un faquin que vous aviez jugé
> Comme un perturbateur notoire ?
> Est-ce donc manque de mémoire,
> Que vous changez d'avis ? Est-ce qu'il a changé ?
> C'est toujours un perfide, & ne fut jamais autre ;
> Mais il cache son crime en faisant voir le vôtre.

Ce n'est que dans des écrits clandestins dans des Mémoires particuliers que les Ecri-vains du tems ont osé dire des vérités sur le Cardinal Mazarin : quel Auteur auroit voulu hazarder publiquement le portrait vé-ritable de ce Ministre, l'histoire sincere de ses opérations secrettes, de ses vexations, de

fes perfidies , &c ? ç'auroit été compromettre
la Cour & tous les grands Seigneurs ; ç'auroit
été faire la cenfure de ces êtres puiffans &
intéreffés , qui , fous le beau prétexte du
Bien public , combattoient pour leur propre
ambition ; ç'auroit été mettre le comble à
l'infamie de cette Nobleffe Françoife , que
de la repréfenter venir librement s'atteler au
char de triomphe d'un ennemi orgueilleux &
coupable. Il falloit au moins lui prêter quelques vertus pour excufer la baffeffe de tant
de gens de qualité. On n'ofa point dire qu'il
étoit efclave de fa parole , honnête-homme ,
zélé pour le bonheur des François ; mais on dit
qu'il étoit grand politique , c'eft-à-dire , profond dans l'art de diffimuler. Plufieurs Ecrivains, fans compter ces petits coquins de poëtes à gages , ces valets beaux efprits ou bou-
fons, qui flattoient les vices de leurs maîtres,
& leur demandoient l'aumone en vers : plufieurs Ecrivains , dis-je , appellerent Mazarin *grand homme.* On pourroit , avec le
même droit , nommer *grands hommes* , ces
fcélérats intriguans & parvenus , dont le
monde eft aujourd'hui infecté , parce qu'ils
ont affez de richeffes , d'aftuce , de politique,
pour éviter le jufte châtiment de leurs crimes,
& pour fe garantir de la potence.

CHAPITRE LXII.

CARMELITES.

Cérémonie troublée.

LES Carmelites que le Cardinal *Berrulle* avoit fait venir d'Espagne , prirent possession de leur Monastere situé rue d'Enfer , le 24 Août 1605. On projetta d'y faire entrer ces bonnes Religieuses avec grandes cérémonies. En conséquence, on les rangea en procession ; le Docteur *Duval*, qui leur servoit de Bedeau, avoit un bâton à la main , & conduisoit gravement cette marche solemnelle. Le Peuple de Paris, avide de tous spectacles nouveaux, y courut en foule, par dévotion ou par curiosité.

Pendant que ces Religieuses cheminoient lentement, & *en moult bel & bon ordre*, dit le Journaliste l'Etoile, pendant que le Docteur *Duval* paroissoit tout glorieux de se voir à la tête d'une si belle troupe , il arriva un malheur qui dérangea cette pompeuse cérémonie, & détruisit toute la vénération qu'elle inspiroit,

I v

Au lieu de cantiques facrés & de mufique religieufe, on entendit tout-à-coup deux violons qui commencerent à jouer l'air d'une danfe populaire, appellée *Bergamafque*. A ces fons profanes & innattendus, des fpectateurs peu dévôts éclaterent de rire ; les chaftes époufes du Seigneur, effarouchées, coururent en défordre, & fe refugierent dans leur nouvelle Eglife. Le Docteur qui les conduifoit, furieux de ce contre-temps, augmentoit, par fa colere, les ris du peuple : enfin, honteux d'être un objet de ridicule, il fuivit ces colombes effrayées. Malgré cet événement défaftreux, ce Docteur *Duval* n'oublia rien de ce qu'il devoit faire ; à peine fut-il arrivé à l'Eglife, qu'il fe mit à entonner le *Te Deum Laudamus* (1).

(1) L'Etoile, qui rapporte cette petite aventure, en jette tout le ridicule fur le Docteur *Duval* : il l'appelle en cette occafion *Loupgarou*, & dit qu'il en avoit alors toute la reffemblance. Ce Docteur de Sorbonne fignala fa fureur & fon ignorance à l'occafion d'une prétendue démoniaque, chez laquelle les Médecins de Paris, plus raifonnables alors que tous les Sorboniftes, ne trouverent rien de furnaturel : il n'y avoit en effet de diabolique dans cette affaire, que la fourberie de ceux qui conduifoient & exorcifoient cette fille malade & crédule: C'eft pourquoi le Parlement de Paris ordonna qu'elle feroit mife entre les mains du Lieutenant-Criminel, & que les exorcifmes feroient interrompus. Alors le Docteur *Duval* prêcha féditieufement à Saint-Benoît contre cet Arrêt du Parlement, difant qu'il

CHAPITRE LXIII.

SAINTE-GENEVIEVE.

Rufes pieufes.

Vers la fin du mois de Mai de l'an 1603, une longue féchereffe détermina les Parifiens à faire defcendre la Châffe de Sainte-Genevieve pour avoir de la pluie : on choifit fort à propos la veille du jour où la Lune, changeant de quartier, devoit produire un changement dans la température, afin que le miracle s'opérât plus fûrement. Cependant, ni la Châffe de la Patrone de Paris, ni la Lune ne furent propice aux vœux des Parifiens ; la pluie fi defirée n'arriva point, .le temps demeura fec & fans apparence d'eau.

---

privoit les infideles & les hérétiques du miracle que les exorcifmes faits par des Prêtres Catholiques operent ordinairement. Duval fut affigné à comparoître devant le Parlement : il avoua en préfence du Procureur Général, qu'il avoit mal à propos avancé cette propofition.

I vj

Dans le même tems, les Chanoines de Sainte-Genevieve , pour suppléer à ce miracle manqué, tâcherent d'en opérer un autre.

« On suborna, dit l'Historien l'Etoile (1), un pauvre diable condamné aux galeres, lequel étant enchaîné comme les autres, on lui ôta les fers des pieds, à la charge qu'il diroit par-tout, (comme il fit), qu'en invoquant Madame Sainte-Genevieve, ils lui étoient tombé des pieds ; mais la fourberie découverte par sa confession propre, tourna en risée , de ce qu'on vouloit faire un miracle d'une chose qui est toute ordinaire & naturelle , & à laquelle Madame Sainte-Genevieve n'avoit pensé ».

---

(1) Journal d'Henri IV, Tome III, p. 99.

CHAPITRE LXIV.

AUGUSTINS.

Privilége des Clercs du Palais.

LORSQUE la Reine *Marie de Médicis*, femme d'Henri IV, fit célébrer la cérémonie de son couronnement, les festins & les fêtes que l'on donna en cette occasion dans les salles du Palais, obligerent le Parlement de tenir ses séances au Couvent des Grands Augustins.

Concini, cet étranger orgueilleux de la faveur dont il jouissoit à la Cour, & de la fortune brillante que la Reine, sa protectrice, lui avoit procuré, entra, le 4 Mai 1610, pendant que le Parlement siégeoit aux Augustins, dans une des Chambres des Enquêtes, avec des éperons dorés à ses bottes, & le chapeau sur la tête. Ce costume étoit indécent ; il insultoit l'Assemblée, & blessoit sur-tout les Priviléges & immunités du Parlement. Les Clercs du Palais, piqués de l'arrogance d'un homme déjà méprisé, se jetterent sur le Courtisan doré, lui arracherent son chapeau, & le frapperent de plufieurs coups. Un page de la Reine, & dix domeftiques de *Concini*, voulurent le fecourir, & le défendre contre les Clercs; mais ils furent eux-mêmes maltraités, enfanglantés, & vivement repouffés. On parvint cependant à tirer de la mêlée, le malheureux *Concini* : & on le conduifit furtivement dans la chambre d'un Religieux Auguftin, qui le fit évader à la faveur de la nuit, & conduire en fon hôtel.

Le Courtifan outragé, alla le lendemain porter fa plainte au Roi. Le Parlement en fut inftruit, & députa vers Sa Majefié dix Confeillers qui lui repréfenterent l'immunité de leur demeure. Cette plainte irrita de nouveau les Clercs du Palais : animés fous mains par quelques perfonnes de qualité qui ne croyoient pas déplaire au Roi, ils s'attrouperent plufieurs fois, & coururent la Ville en cherchant *Concini*, & le menaçant de tirer raifon de l'injure qu'ils prétendoient avoir reçue.

Les Clercs du Palais eurent toute la gloire de cette aventure, & *Concini* toute la honte. Il paroît qu'Henri IV approuvoit tacitement l'humiliation qu'on avoit fait éprouver à ce fier Courtifan. Il ne lui accorda aucune efpece de fatisfaction; mais, pour le confoler, il fe contenta de lui dire : *l'épée que vous portez n'eft pas auffi affilée que la plume de ces Meffieurs.*

CHAPITRE LXV.

Attentats à la vie d'Henri IV.

Aucun Prince n'eut plus d'ennemis fecrets, & ne mérita moins d'en avoir que
notre Roi Henri IV. Il triompha par fa
propre valeur des ennemis que lui avoit fufcité l'ambition; mais il ne put jamais vaincre
entiérement ceux que lui avoit fufcité le fanatifme. Ses vertus paternelles, fa clémence
exceffive, contribuerent à amortir le feu
des féditions religieufes; mais ne l'étei-
gnirent point. Des hommes dévôts & per-
fides l'entretenoient dans le filence, en attendant l'inftant favorable de produire une
fatale explofion.

Nous allons tracer exactement les détails
des attentats nombreux, projettés ou exécutés fur la perfonne d'un Prince fi cher aux
François.

On peut mettre au rang des projets meurtriers contre la vie d'Henri IV, celui de
Catherine de Médicis, qui n'attira ce Prince
à la Cour de France, qui ne lui donna la
Princeffe, fa fille, en mariage, que pour le
comprendre dans le maffacre projetté de la

Saint-Barthelemy. Les fêtes de cette noce furent fuivies du carnage le plus affreux, le plus perfide ; la riviere & les rues de Paris étoient teintes de fang ; cette Ville ne contenoit guere d'habitans qui ne fuffent ou affaflins ou affaffinés. Henri, qu'on vouloit conduire de l'hymen à la mort, échappa aux meurtriers par fa préfence d'efprit, par une contenance ferme qui les intimida, & fit avorter leurs complots.

Ce que *Catherine Medicis*, & fes complices, ne purent exécuter en 1572, un jeune homme nommé *Pierre Barriere*, le tenta en 1593 : ce fanatique, féduit par les exhortations d'un Prêtre, d'un Capucin, & d'un Carme de la ville de Lyon, forma la réfolution d'affaffiner Henri IV. Il vint à Paris, & communiqua fon projet à *Aubri*, Curé de Saint-André-des-Arcs, à fon Vicaire, & au Jéfuite *Valade*, qui, tous, l'encouragerent à l'exécuter. De Paris, il fut à Melun, où étoit alors le Roi ; mais un Gentilhomme découvrit le deffein du fcélérat : il fut arrêté, & l'on trouva fur lui un couteau d'un pied de long, tranchant des deux côtés, & fraîchement émoulu.

Lorfqu'Henri IV fe fut rendu maître de Paris, pour premier acte d'autorité, il fe contenta de faire fortir de cette Ville fes plus furieux ennemis, & il pardonna à tous les autres. Jacques *Cœuilly*, Curé de Saint-Germain-l'Auxerrois, dont les Sermons féditieux & femés d'injures groffieres

contre le Roi, méritoient une févere punition, fut au nombre de ceux qui éprouverent les effets de fa clémence : toutes
fes injures furent oubliées; mais il fe
rendit bientôt coupable du même crime
qu'on venoit de lui pardonner. Le 25 Mars
1594, il s'avifa de prêcher féditieufement
contre Henri IV. Cette audace le conduifit
dans la prifon du For-l'Evêque, & il s'obftina
dans fon interrogatoire, à foutenir qu'Henri
IV étoit excommunié. Malgré ce criminel
entêtement, le Roi lui accorda fa liberté.

Une conduite auffi aveugle dans des hommes,
qui, par état, commandent à l'opinion du
peuple, dut exciter des ames inquietes & crédules à fe porter à des excès dangereux:
auffi le même jour que fut prononcé ce
Sermon féditieux, trois jours feulement après
qu'Henri IV fut entré vainqueur dans Paris,
un Tonnelier qui demeuroit rue de l'hiron-
delle, déjà accufé de meurtre, & d'avoir tué la
femme de l'Horloger du Roi, fut découvert,
s'infinuant dans l'Hôtel de Nemours, ou
étoit le Roi, & portant fous fon manteau un
poignard, dans le deffein d'affaffiner Sa
Majefté, comme il l'avoua d'abord. Cependant Henri IV ne voulut point qu'il fût puni
pour cette intention, mais feulement pour fes
crimes précédents.

Comme le Roi continuoit de pardonner &
de combler de biens fes plus violens ennemis,
on lui remontra que fa trop grande clémence
offenfoit fes fideles ferviteurs : il répondit ;

Si vous, & tous ceux qui tenez ce lan-
gage difiez tous les jours votre patenoftre
de bon cœur, vous ne diriez pas ce que
vous dites. Dieu étend fur moi toute fa
miféricorde, encore que j'en fuis indigne;
& comme il me pardonne, auffi veux-je
pardonner; & en oubliant les fautes de
mon peuple, être encore plus clément &
miféricordieux envers lui que je l'ai été.
S'il y en a qui fe font oubliés, il me
fuffit qu'ils fe reconnoiffent, & qu'on ne
m'en parle plus.

On va voir quels fruits produifirent la
clémence, & les fentimens vertueux & mo-
dérés de ce Roi, fur l'efprit des fanatiques
& des Moines.

Le 11 Juin fuivant (1594), on découvrit une confpiration contre le Roi, formée
par le gardien des Cordeliers, & autres complices qui furent pris & mis en prifon.

Le mois fuivant, un Cordelier du pays
de Gâtinois prêcha publiquement que le Roi
reffembloit aux Huppes, qui faifoient leur
nid avec des excrémens.

Le 8 Août fuivant, un Cordelier s'a-
dreffa à une Marchande de Tableaux du Palais, pour lui demander à voir un portrait
du Roi. Après qu'il en eut examiné un, il
lui demanda fi elle n'en avoit pas un plus
beau. La Marchande lui répondit que non.
Je le crois, repliqua le Cordelier; *car*
un vilain comme lui ne peut être plus
beau. Au refte, continua-t-il, *il n'y a pas*

encore un an que vous vendez ces beaux portraits, devant que la fin de l'année foit venue, vous n'en vendrez plus.

Ces derniers mots, que le plaifir de paffer pour prophete lui fit lacher indifcrétement, annonçoit une nouvelle confpiration contre le Roi. La Marchande cria pour faire arréter ce Moine ; mais il s'évada bien vite.

Le 25 Octobre fuivant, le Vicaire de Saint-Nicolas-des-Champs, fut emprifonné pour avoir dit publiquement, en tenant un couteau à la main : *j'efpere de faire encore un coup de Saint-Clément* (1).

Le 22 Novembre de la même année, huit voleurs ou affaffins furent furpris en ambufcade, attendant le Roi, lorfqu'il pafferoit pour aller au Château de Saint-Germain : ils étoient tous armés, & ils avoient pris fur l'heure où le Roi devoit paffer, des informations qui les rendirent fufpects, ils avouerent tout & on les fit pendre le même jour. Il manquoit un Bourreau ; les habitans de Vitri fe chargerent de bon cœur de l'expédition.

Au nombre de ces voleurs ou affaffins, il y en avoit deux qui fe difoient Gentilshommes, & un autre qui étoit Apothicaire. Le Roi, à qui ce dernier voleur demandoit grâce, lui dit : *Comment , eft-ce l'ufage*

_____

(1) Jacques Clément, Jacobin, qui affaffina à coup de couteau le Roi Henri III, & que les Ligueurs avoient fanctifié.

de faire fur les chemins un état d'Apo-
thicaire ? Guettez-vous les paffans pour
leur donner des clyftères?

Un mois après le 27 Décembre, le Roi,
à fon retour de Picardie, entra tout botté,
accompagné de plufieurs Gentilshommes,
dans la chambre de *Gabrielle d'Eftrée*, fa
maîtreffe. Le Comte de Saint-Paul, le Comte
de Soiffons, & autres Seigneurs fe préfenterent devant lui pour le faluer. Un jeune
garçon, âgé d'environ 19 ans, nommé *Jean*
Châtel, s'étant gliffé dans cette chambre,
s'approcha d'Henri IV, dans l'inftant qu'il
s'inclinoit pour relever les Seigneurs qui
étoient à fes genoux, il porta un coup de
couteau à ce Roi; mais par bonheur ce coup,
au lieu d'atteindre la gorge, ne donna que
fur la levre fupérieure, la bleffa, & rompit
une dent. « A l'inftant, dit l'Etoile, le Roi
» qui fe fentit bleffé, regardant ceux qui
» étoient autour de lui, & ayant advifé
» *Mathurine* (1) fa folle, commença à dire:

---

(1) *Mathurine* étoit une folle aux gages du Roi : il
en eft parlé plufieurs fois dans le Journal de l'Etoile.
D'Aubigné, dans fa *Confeffion de Sanci*, a fait un
Chapitre intitulé : *Dialogue de Mathurine & du*
jeune du Perron. L'Auteur du *Lunatique à Maître*
Guillaume, parle de *Mathurine*, comme d'une
folle à la fuite de la Cour. Le Prieur Ogier, dans
fon *Apologie pour Balzac*, imprimée en 1627,
parle encore de *Mathurine*, comme d'une folle à
gages, & appointée du Roi.

» *au diable foit la folle, elle m'a bleffé.*
» Mais elle le niant, courut tout de fuite
» fermer la porte, & fut caufe que ce petit
» affaffin n'échappa pas, lequel ayant été
» faifi, puis fouillé, jetta à terre fon cou-
» teau encore fanglant, dont il fut contraint
» de confeffer le fait fans autre force ».

 » Alors le Roi commanda qu'on le laiffât
» aller, & qu'il lui pardonnoit : puis ayant
» entendu qu'il étoit difciple des Jéfuites,
» dit ces mots : *falloit il donc que les*
» *Jéfuites fuffent convaincus par ma*
» *bouche* ».

 La bleffure ne fut pas bien dangereufe : le
lendemain on effaya de la coudre ; mais le
premier point caufant trop de mal au Roi, il
ne voulut pas que l'on continuât.

 Jean Châtel, imbu des maximes perni-
cieufes que répandoient depuis plufieurs
années les Moines & les Docteurs de Sorbonne (1), crut, en affaffinant fon Roi,
faire un acte utile à la Religion, & agréable
à Dieu : il étoit perfuadé que l'on pouvoit,

___

(1) « 'Peu auparavant ce malheureux affaffinat
» & en ce même mois, dit l'Etoile, les Jacobins
» de Paris empoifonnerent un de leurs compagnons,
» nommé *Bélanger*, parce qu'il haiffoit la Ligue,
» prêchoit affez purement & avoit toujours tenu
» le parti du Roi. M. *Dulaurent*, Médecin, qui
» l'avoit penfé, conta à un de mes amis, que ce
» pauvre Moine étoit mort martyr, avec des dou-
» leurs cruelles & infupportables, caufées du vio-

fans pécher, tuer les Rois qui n'étoient pas approuvés par le Pape.

Ce fanatique fut puni avec toute la rigueur que méritoit fon crime, rigueur que les circonftances rendoient indifpenfable. Il fut tenaillé, tiré à quatre chevaux en place de Greve ; fes membres furent brûlés, & les cendres jettées au vent ; la maifon qu'il habitoit fut rafée. L'on en voit encore l'emplacement devant le Palais, & proche l'Eglife des Barnabites. Au milieu de cet emplacement, fut élevé une pyramide (1) à quatre faces, fur lefquelles furent

---

» lent poifon qu'on lui avoit donné, & qu'en ayant
» averti le Prieur, au lieu de le faire ouvrir,
» comme il l'en avoit prié, l'avoit fait enterrer
» tout chaud, lui difant qu'il n'avoit jamais accou-
» tumé de faire ouvrir leurs Moines ».

(2) Ce monument de vingt pieds de hauteur, reffembloit moins à une pyramide, qu'à une fontaine publique. Le plan étoit carré ; & l'élévation préfentoit fur chaque face deux pilaftres & deux frontons, un circulaire, & l'autre triangulaire. Au-deffus de cette ordonnance, étoient quatre ftatues repréfentant les quatre vertus Cardinales ; au milieu de ces quatre figures, s'élevoit un obélifque d'affez mauvais goût, furmonté d'une croix. Ce Monument fut gravé dans le tems par *Jean Leclerc*, pere du célebre *Sévaftien*, Graveur du Roi. Lorfqu'on détruifit cette pyramide, les Jéfuites alors en fureur, firent enlever toutes les épreuves de cette gravure, afin qu'il n'en reftât aucune trace. Il ne s'en trouve maintenant que dans les Cabinets de quelques curieux.

gravées en lettres d'or, & fur du marbre noir
les infcriptions fuivantes, que j'ai cru devoir
placer ici parce qu'elles font peu connues. La
face du côté des Barnabites contenoit ces infcriptions :

*Quod facrum votumque fit memoriæ,
perennitati, longævitati, falutique
maximi, fortiffimi & clementiffimi Principis Henrici IV. Galliæ & Navarræ
Regis Chriftianiffimi.*

*Audi, viator, five fis extraneus,
Sive incola urbis cui Paris nomen dedit,
Hîc alta quæ fto pyramis, domus fuit
Caftellæ, fed quam diruendam funditùs
Frequens Senatus crimen ultus cenfuit,
Huc me redegit tandem herilis filius,
Malis magiftris ufus, & fchola impia,
Sotericum, cheu! nomen ufurpantibus;
Inceftus & mox parricida in Principem
Qui nuper urbem perditam fervaverat,
Et qui favente fæpe victor numine,
Deflexit ictum audaculi ficarii,
Punctufque tantùm eft dentium fepto tenus.
Abi, viator, plura me vetat loqui
Noftræ ftupendum civitatis dedecus.*

T R A D U C T I O N.

» Soit confacré à la mémoire, à l'immor-
talité, au falut du très-grand, très-puiffant,

très-clément Prince Henri IV , Roi très-Chrétien de France & de Navarre ».

« Ecoute, paſſant, étranger, ou habitant de la Ville à laquelle le Troyen *Paris* a donné ſon nom : je ſuis une haute pyramide, & j'étois la maiſon de Châtel ; mais le Parlement, pour venger un crime atroce, m'a détruite de fond en comble. Voilà l'état pitoyable où m'a réduit le fils de mon poſſeſſeur, pour avoir reçu des leçons impies, & ſucé les maximes pernicieuſes de ſes Maîtres, qui, hélas, ont uſurpé le nom du Sauveur. Ce fils, d'abord inceſtueux, devint bientôt le parricide de ſon Prince, qui venoit de ſauver la Ville de ſa perte, & qui, favoriſé de Dieu, comme dans ſes fréquentes victoires, échappa au coup de l'audacieux meurtrier ; il ne fut frappé que ſur les dents, qui arrêterent le couteau ».

« Retire-toi, paſſant, l'affreuſe ignominie qui couvre notre Ville, m'empêche de parler davantage ».

On liſoit encore du même côté , les vers ſuivans :

Quæ trahit à puro ſua nomina pyramis igne ,
Ardua barbaricas , olim decoraverat urbes.
Nunc decori non eſt , ſed criminis ara piatrix :
Omnia nam flammis pariter purgantur & undis,
Hic tamen eſſe piis monimentum inſigne ſenatus
Principis incolumis ſtatuit , quo ſoſpite caſum.
Nec metuet pietas , nec res grave publica damnum.

TRADUCTION.

TRADUCTION.

« La pyramide, dont le nom vient de pur feu , décoroit autrefois les Villes barbares : elle n'eft point ici une décoration ; mais un Autel expiatoire du crime. Quoique le feu & l'eau purifient tout, cependant le Parlement a voulu, pour la confervation du Prince, élever un monument remarquable , afin qu'à l'avenir la piété n'ait point à redouter un pareil accident, ni les peuples un aufli grand défaftre ».

Sur la face qui regardoit le Pont au Change, on lifoit :

D. O. M.

Pro falute Henrici IIII. Clementiffimi ac fortiff. Regis , quem nefandus parricida perniciofiff. factionis herefi peftiferâ imbutus , quæ nuper abominandis fceleribus , pietatis nomen obtendens , unctos Domini , vivasque Majeftatis ipfius imagines occidere populariter docuit , dùm confodere tentat, cæleſti numine fceleftam manum inhibente, cultro in labrum fuperius delato , & dentium occurfu feliciter retufo , violare aufus eft. Ordo ampliff. ut vel conatus tam nefarii pænâ , terror, fimul & præfentiff. in opt. Principem aut regnum , cujus falus in ejus falute pofita eft , divini favoris apud pofteros memoria extaret ,

K

monstro illo admissis equis membratim
dicerpto, & flammis ultricibus consump-
to, ædes etiam undè prodierat hìc sitas
funditus everti, & in earum locum, sa-
lutis omnium, ac gloriæ signum erigi
decrevit.

IIII. NON. JAN. ANN. DOM.

CIƆ. Ɔ. XCV.

Hìc Domus immani quondam fuit hospita monstro;
Crux ubi nunc celsum tollit in astra caput,
Sanciit in miseros pœnam hanc sacer ordo Penates;
Regibus ut scires sanctius esse nihil.

TRADUCTION.

À Dieu très-bon, très-Puissant.

« Pour la conservation d'Henri IV, Roi
très-clément & très-puissant, qui fut assas-
siné par un audacieux & détestable parricide, imbu de l'hérésie pestilentielle de cette
pernicieuse Secte, laquelle depuis peu cou-
vrant les plus abominables forfaits du voile
de la piété, a osé publiquement enseigner à
tuer les Rois, les oints du Seigneur, les
images de la Divinité : le couteau fut heu-
reusement arrêté par la rencontre des dents,
comme si une main divine avoit détourné
celle du scélérat. Sur quoi la Cour du Parlement jugea que le monstre seroit tiré à

quatre chevaux, ſes membres réduits en
cendres, la maiſon où il étoit né détruite
de fond en comble, & qu'en ſa place, ſeroit
érigé un monument de la gloire & du bonheur
de tous les François, afin de conſerver un
exemple mémorable de la protection de
Dieu, à l'égard du Roi, dont le ſalut eſt
celui des peuples, & afin de perpétuer l'horreur du châtiment d'un crime auſſi atroce ».

Le 5 Janvier, l'an du Seigneur 1595.

« Une croix s'éleve aujourd'hui dans l'endroit où étoit autrefois ſituée la maiſon d'un
monſtre abominable. La Loi a puni juſqu'à
cette miſérable demeure, pour montrer
combien eſt ſacrée la perſonne des Rois ».

Sur la face oppoſée au Pont Saint-Mi-
chel, on liſoit cette autre inſcription :

D. O. M.

Sacrum.

Quum Henricus Chriſtianiſſ. Francor.
& Navarr. Rex bono Reip. natus, inter
cætera victoriarum exempla, quibus tam
de tyrannide Hiſpanicâ, quam de ejus
factione, priſcam Regni hujus majeſta-
tem, juſtis ultus eſt armis, etiam hanc
urbem & reliquas Regni hujus penè om-
nes recepiſſet : ac denique felicitate ejus
inteſtinorum Francici nominis hoſtium
furorem provocante, Joannes Petri F.

Caſtellus ab illis ſubmiſſus, ſacrum Regis caput cultro petere auſus eſſet, præſentiore temeritate, quàm feliciore ſceleris ſucceſſu; ob eam rem ex ampliſſ. Ordin. conſulto, vindicatá perduellione, dirutá Petri caſtelli Domo, in quá Joannes ejus F. inexpiabile nefas deſignatum Patri communicaverat, & in areá æquatá hoc perenne monimentum erectum eſt, in memoriam ejus diei, in quo ſæculi felicitas inter vota & metus urbis, liberatorem Regni, fundatoremque publicæ quietis à temeratoris infando incæpto, Regni attem hujus opes attritas ab extremo interitu vindicavit. Pulſo præterea totá Galliá hominum genere novæ ac maleficæ ſuperſtitionis, qui Remp. turbabant, quorum inſtinctu piacularis adoleſcens dirum facinus inſtituerat.

T R A D U C T I O N.

A Dieu très-bon, très-Puiſſant.

» Lorſque Henri très-Chrétien, Roi de France & de Navarre, né pour le bonheur de ſes ſujets, eut, entre pluſieurs autres victoires, triomphé de la tyrannie Eſpagnole & de la Ligue; lorſqu'il eut rétabli la ſplendeur de l'Etat, qu'il ſe fut rendu maître de Paris & de pluſieurs autres Villes du Royaume, & qu'enfin, par ſes ſuccès écla-

tans, il eut provoqué la fureur des ennemis domeſtiques de la France ; Jean
Chatel, fils de Pierre, ſuborné par ces
mêmes ennemis, ayant oſé, d'un coup de couteau, attenter à la perſonne ſacrée du Roi,
avec plus de témérité que de ſuccès ; le
Parlement, pour punir ce crime de Leze-
Majeſté, fit abattre & raſer la maiſon
de *Pierre Chaſtel*, dans laquelle ſon fils
lui avoit communiqué ſes affreux projets,
& élever à la place ce monument, en mémoire du jour fortuné qui, parmi les craintes
& les eſpérances des citoyens, a ſauvé
la vie de notre Roi, ce libérateur de l'Etat,
ce fondateur de la tranquillité publique,
qui préſerva les finances de leur ruine prochaine, & ſur-tout qui chaſſa de toute la
France cette race entichée de principes ſu-
perſtitieux & nouveaux, qui troubloit l'Etat,
& à l'inſtigation de laquelle ce jeune homme,
victime de leur morale pernicieuſe, avoit
entrepris cet abominable parricide ».

S. P. Q. P.

Extinctori peſtiferæ factionis Hiſpa-
nicæ incolumitate ejus & vindictâ par-
ricidi læti majeſtatique ejus devotiſſ.

Duplex poteſtas iſta fatorum fuit,
Gallis ſaluti quod foret, Gallis dare ;
Servare Gallis, quod dediſſent optimum.

TRADUCTION.

Le Parlement et le Peuple de Paris,

« A celui qui a fauvé la Patrie de la faction pernicieufe des Efpagnols, les fujets très-foumis du Roi, joyeux de voir Sa Majefté hors de danger, & fon affaffin puni ».

« Ici le fort a doublement fignalé fon pouvoir ; il a donné à la France ce qui devoit fauver la France ; il a confervé aux François ce qu'il avoit de plus précieux à leur donner ».

La face qui regardoit le Palais, contenoit l'infcription fuivante qui eft l'Arrêt de condamnation de *Jean Chaftel*, & celui de l'expulfion des Jéfuites hors du Royaume (1).

« Veu par la Cour, les Grand'-Chambre & Tournelle affemblées, & le Procès criminel commencé à faire par le Prévôt de

(1) Cette pyramide ne fubfifta qu'environ dix années. Au mois d'Avril 1605, les Jéfuites étant rentrés en France, & le Pere Cotton devenu Confeffeur du Roi, ces Religieux folliciterent la deftruction de ce monument. Une des infcriptions de cette pyramide, qui les maltraitoit le plus, fut le motif de leurs réclamations. Henri IV, toujours guidé par fa clémence, confentit à cette démolition, qui ne fut cependant exécutée qu'après bien des oppofitions de la Ville & du Parlement.

l'Hôtel du Roi, & depuis parachevé d'inf-truire à la Requête du Procureur-Général du Roi, demandeur & accufateur, à l'en-contre de *Jean Chaftel*, natif de Paris, écolier, ayant fait le cours de fes études au Collége de Clermont, prifonnier ès-Prifons de la Conciergerie du Palais, pour raifon du très-exécrable & abominable par-ricide attenté fur la perfonne du Roi : interrogatoires & confeffions dudit Jean Chaftel, ouï & interrogé en ladite Cour ledit Chaftel, fur le fait dudit parricide : ouï auffi en icelle *Jean Guéret*, Prètre, foi-difant de la Congrégation & Société du nom de Jéfus, demeurant audit Collége, & ci-devant Pré-cepteur dudit Jean Chaftel ; *Pierre Chaftel* & *Denife Hazard*, pere & mere du-dit Jean : conclufions du Procureur-Gé-néral du Roi, & tout confidéré, IL SERA DIT que ladite Cour a déclaré & déclare ledit *Jean Chaftel* atteint & convaincu du crime de Lèze-Majefté divine & humaine au premier chef, par le très-méchant, & très-détestable parricide attenté fur la per-fonne du Roi. Pour réparation duquel crime a condamné & condamne ledit Jean Chaftel à faire amende honorable devant la princi-pale porte de l'Eglife de Paris, nud en che-mife, tenant une torche de cire ardente du poids de deux livres, & illec à genoux, dire & déclarer que malheureufement & proditoirement il a attenté ledit très-inhu-

main, & très-abominable parricide, &
blessé le Roi d'un couteau en la face; &
par fausses & damnables instructions, il a
dit au Procès, être permis de tuer les Rois,
& que le Roi Henri IV, à présent régnant,
n'est en l'Eglise, jusqu'à ce qu'il ait l'approbation du Pape; dont il se repend &
demande pardon à Dieu, au Roi & à Justice:
ce fait être mené & conduit dans un tombe-
reau en la place de Grève, illec tenaillé
aux bras & cuisses, & sa main dextre,
tenant en icelle le couteau duquel il s'est
efforcé commettre ledit parricide, coupée;
& après, son corps tiré & démembré avec
quatre chevaux, & ses membres & corps
jettés au feu, & consumés en cendres, &
les cendres jettées au vent : a déclaré tous
& chacun, ses biens acquis & confisqués
au Roi, avant laquelle exécution, sera ledit
Jean Chastel appliqué à la question, tant
ordinaire qu'extraordinaire, pour savoir la
vérité de ses complices, & d'aucuns cas ré-
sultans du Procès. A fait & fait inhibitions &
défenses à toutes personnes, de quelque
qualité & condition qu'elles soient, sur
peine de crime de Lèze-Majesté, de dire
ni proférer en aucun lieu public lesdits propos, lesquels ladite Cour a déclaré & déclare scandaleux, séditieux & contraires à la
parole de Dieu, & condamnés comme hérétiques par les Saints Décrets ».

D ORDONNE que les Prêtres & écoliers du

Collége de Clermont (1), & tous autres
foi-difant de ladite Société, comme corrup-
teurs de la jeuneffe, perturbateurs du repos
public, ennemis du Roi & de l'Etat, vien-
dront dedans trois jours après la fignifica-
tion du préfent Arrêt, hors de Paris, &
autres Villes & lieux où font leurs Colléges,
& quinzaine après hors du Royaume; fous
peine, où ils y feront trouvés, ledit tems
paffé, d'être punis comme criminel & coupable dudit crime de Lèze-Majefté. Seront
les biens, tant meubles qu'immeubles à eux
appartenans, employés en œuvres pitoyables,
& diftribution d'iceux faite, ainfi que par la
Cour fera ordonné. Outre fait défenfe à
tous fujets du Roi, d'envoyer des écoliers
aux Colléges de ladite Société qui font hors
du Royaume, pour y être inftruits, fous la
même peine de crime de Lèze-Majefté. Ordonne la Cour que les extraits du préfent
Arrêt feront envoyés aux Bailliages & Séné-
chauffées de ce Reffort, pour être exécuté
felon fa forme & teneur. Enjoint aux Baillifs
& Sénéchaux, leurs Lieutenans-Généraux
& particuliers, procéder à l'exécution dedans le délai contenu en icelui, & aux Subf-
tituts du Procureur-Général, tenir la main
à ladite exécution, faire informer des con-

---

(1) Collége de *Clermont*, aujourd'hui de *Louis-
le-Grand. Guillaume Duprat*, Evêque de Clermont,
le fonda pour les Jéfuites. (*Voyez* ci-devant Chap.
XXXII, page 102).

K v.

traventions, & certifier la Cour de leurs diligences au mois, sous peine de privation de leurs états ».

Signé DUTILLET.

« Prononcé audit Jean Chastel, exécuté le 29 de Décembre 1594 ».

Henri IV fut fort sensible à ce dernier attentat. Quelques jours après, Madame de *Balagny*, voyant ce Roi accablé par la tristesse, se permit de lui en demander la cause.

Henri IV lui répondit alors avec véhémence : *Ventre-saint-gris, comment pourrai-je être content, de voir un peuple si ingrat envers son Roi, qu'encore que j'aye fait & fasse tous les jours tout ce que je puis pour lui, & pour le salut duquel je voudrois sacrifier mille viés, si Dieu m'en avoit donné autant (comme je l'ai fait assez paroître à sa nécessité), me dresser toutes fois tous les jours de nouveaux attentats ! car depuis que je suis ici je n'oye parler d'autre chose.*

Le 5 Janvier 1595, le Roi alloit à Notre-Dame, & comme il étoit au fond de son carrosse, un Ligueur eut l'audace de crier, *le voilà déjà au cul de la charrette.*

Ce furieux ne put être saisi, parce que la foule étoit trop grande. Cependant mille cris de *vive le-Roi*, retentissoient dans l'air, & sembloient vouloir racheter l'injure de ce

Ligueur. Jamais les cris de joie n'avoient été plus nombreux & plus expressifs. *Sire*, dit un Seigneur, *voyez comme tout votre peuple se réjouit de vous voir.* Le Roi, secouant la tete, lui répondit : *C'est un peuple. Si mon plus grand ennemi étoit là où je suis, & qu'il le vit passer, il lui en feroit autant qu'à moi, & crieroit encore plus haut qu'il ne fait.*

Le même jour, on fut averti qu'un Soldat de la garnison de Bruxelles étoit venu exprès à Paris pour tuer le Roi. Dans le signalement de ce Soldat, on annonçoit qu'il avoit un *œil éraillé*. Il étoit dangereux à Paris d'avoir quelques marques à l'œil : on fit plusieurs recherches inutiles ; un des gens du Baron de Chouppes, & un Moine, parce qu'ils avoient chacun un œil *éraillé*, furent pris & emprisonnés au Louvre ; mais ils furent bientôt relâchés.

Cependant, les bons citoyens, effrayés des dangers qui menaçoient continuellement les jours d'Henri IV, pensèrent aux moyens de les prévenir. Le Corps de Ville de Paris fut député vers ce Roi pour lui exposer la nécessité de chasser les Ligueurs de la Ville. Le Roi répondit qu'il n'étoit point d'avis de chasser les Ligueurs de Paris, « pour ce » qu'il les reconnoissoit tous pour ses su- » jets, & les vouloit traiter & aimer égale- » ment ; mais qu'ils veillassent les mauvais » de si près, qu'ils ne pussent faire mal » aux gens de bien ».

K vj

Vers la fin du mois de Mai de la même année, fut emprifonné à Paris un Architecte, Maître Maçon, natif de Pontoife : il étoit accufé d'avoir formé quelques entreprifes criminelles contre la perfonne du Roi.

Le 16 du mois de Février de l'année fuivante 1596, un Avocat d'Angers, nommé *Jean Guedon*, fut pendu en place de Greve, & fon corps brûlé. Il étoit accufé & convaincu d'être parti exprès d'Angers, pour venir tuer le Roi : il fut pris comme il paffoit à Chartres.

Dans le même temps, il parut à Paris un jeune homme qui avoit le projet de fe faire proclamer Roi de France ; il fe difoit fils du feu Roi Charles IX, & mettoit tout en œuvre pour faire valoir fes prétentions. Voici comme on rapporte fon origine.

« Un quidam nommé *Charles*, avoit
» été nourri en Bretagne, chez un Gen-
» tilhomme nommé *la Ramée*, lequel fe
» fentant près de fa fin, avoit appellé fes
» enfans, & leur avoit déclaré, que juf-
» qu'à préfent, ledit Charles avoit été
» nourri au nombre des fiens ; mais qu'il
» n'étoit point fon fils, & qu'ainfi il ne
» pouvoit point s'attendre à fuccéder à au-
» cune partie de fon bien : cependant il lui
» donnoit un cheval, & des armes pour
» aller chercher fortune ; & s'adreffant
» à lui, il lui avoit dit : *vous n'êtes point*
» *mon fils ; mais vous êtes le fils du feu*

» *Roi Charles IX. J'ai été chargé, par*
» *la Reine Catherine, mere des Rois*
» *défunts, de vous nourrir & de vous*
» *élever, sans révéler ce qui en étoit,*
» *qu'elle & les Rois ne fussent morts.*
» Après cette déclaration, ce jeune homme,
» (qui fut nommé *Charles la Ramée*),
» partit de Bretagne, & se rendit à Paris,
» où une Dame de qualité voulut le voir;
» mais ne trouvant pas de sûreté dans ses
» discours, elle le renvoya. Il s'en alla à
» Reims, où il commença à publier en se-
» cret qu'il avoit eu des visions & des révé-
» lations, qui l'assuroient qu'il seroit Roi.
» Sur cela il se trouva des gens assez cré-
» dules, qui disoient qu'il avoit guéri des
» écrouelles. Ce bruit attira beaucoup de
» gens auprès de lui, qu'il confirma, les as-
» surant qu'il étoit fils du Roi Charles
» IX , &c. (1) ».

Ce jeune insensé fut à Reims exprès pour
se faire sacrer Roi. Au lieu d'être oint avec la
Sainte-Ampoule , il fut arrêté & condamné
à être pendu. On le conduisit à Paris :
le Président *Riant* l'interrogea sur une
écharpe rouge qu'il avoit dans sa poche
lorsqu'il fut pris : il répondit qu'elle signifioit qu'il étoit bon, franc Catholique &
ennemi juré des Huguenots, qu'il en tueroit
le plus qu'il pourroit, & les poursuivroit

---

(1) Chronologie novenaire, tome II , p. 129.

à feu & à fang. Le Préfident lui ayant demandé de quelle autorité, & par quel ordre il prétendoit faire cette exécution ; il répondit qu'il la feroit, comme fils du Roi Charles IX , qui avoit commencé la Saint Barthelemy , laquelle il acheveroit, fi jamais Dieu lui faifoit la grace de rentrer en poffeffion de fon Royaume qu'on lui avoit volé.

Entre plufieurs autres folies, il ajouta qu'un Ange lui avoit révélé qu'il feroit Roi de France.

Henri IV ayant entendu cette hiftoire, fe mit à rire , & dit que le fils de Charles IX venoit trop tard.

Comme la folie de ce jeune homme pouvoit avoir des conféquences graves dans les circonflances , & que d'ailleurs il étoit convaincu d'avoir voulu attenter à la perfonne du Roi , ce *qui étoit la pire de toutes les folies* ; on lui fit fon procès, & le 8 Mars 1596 , il fut pendu en place de Grève.

Ce qui doit être remarqué dans cette aventure , c'eft que les Hiftoriens du tems, qui parlent de ce jeune homme, ne le contredifent point fur fa naiffance ; ils avouent qu'il étoit infenfé , fanatique, furieux ; mais ils ne nient point qu'il étoit fils de Charles IX. L'Etoile qui étoit un des plus raifonnables Hiftoriens de fon tems , femble ne guère douter de fon origine diftinguée. « Je le vis à la Chapelle, dit-il; à voir » fa façon , il n'y avoit celui qui ne le

» jugeât, (comme moi), iffu de bon lieu;
» car il avoit même quelque chofe de ma-
» jefté écrit au vifage. Mais à ces propos,
» paroiffoit un tranfport d'efprit qui l'en-
» voya à la mort, lequel en un autre tems,
» eut été châtié d'un confinement en quel-
» ques Moineries, qui fembloit être affez
» de peine à ce pauvre fol, n'eut été que
» les royautés de la Ligue étoient encore
» toutes fraîches; ce qui fut caufe qu'on
» vit ce jour à Paris un fils de France à
» la Greve ».

Le 4 Juin 1596, on trouva encore quelques Ligueurs qui manifeftèrent leur fureur contre Henri IV. *Nicolas Rapin*,
Prévôt de la Connétablie, homme brave
& actif, découvrit, dans un cabaret de la
rue de la Huchette, quatre buveurs qui
vomiffoient mille injures contre ce Roi.
L'un d'eux difoit que fi l'on avoit pu s'affu-
rer de la porte Saint-Martin, on eût fait un
beau coup pour les Catholiques. Ils furent
pris & mis en prifon.

Le 6 Septembre de la même année, on
pendit à Meaux un Italien, penfionnaire du
Cardinal d'Autriche. Cet Italien recevoit
de ce Prince vingt-cinq écus par mois,
comme il l'avoua lui même, & s'étoit
chargé, pour cette fomme, de tuer le Roi
de France avec une arbalete de nouvelle invention. Henri IV voulut parler à cet affaffin, & lui demanda fi ce n'étoit pas lui qui,
en Franche-Comté, lui avoit un jour tenu

l'étrier pour monter à cheval. L'Italien répondit que c'étoit lui-même. Le Roi lui demanda encore s'il ne se souvenoit point
des moyens qu'il lui avoit voulu donner pour
prendre un fort; moyens que son Conseil
n'avoit pas approuvés. L'Italien répondit
qu'il s'en souvenoit bien. Alors Henri IV
se tourna vers ceux qui l'environnoient :
je vous dirai bien plus, leur dit-il, *&
je crois qu'il lui en souvient bien; c'est
lui qui me fit perdre six vingt chevaux,
que j'avais envoyés pour sonder le gué,
& si j'y eusse été, comme le coquin m'en
avoit fait venir la pensée, indubitable-
ment j'étois perdu.*

« En ce mois (de Novembre 1596), dit
l'Etoile, courut à la Cour une prédiction
d'un Magicien des Pays-Bas, qui disoit que
le Roi devoit être tué dans son lit, sur la
fin de cette année, par une conjuration des
plus grandes de son Royaume, à laquelle on
ajoutoit une histoire faite à plaisir, & à
dessein d'une grande défaite de Chrétiens
par le Turc, laquelle étoit attribuée, par
tous ceux du pays, à la justice que le Grand-
Seigneur avoit faite d'une garce qu'il entretenoit, & qu'il avoit tuée de sa propre
main, pour contenter le peuple & ceux de
sa Cour, auxquels elle étoit fort odieuse,
& que depuis, tout bonheur l'avoit suivi;
lequel conte étant venu aux oreilles du Roi,
il s'en mocqua aussi bien que de la prédiction, disant que pour cela, il ne lai-

roit de voir fa maîtreffe, comme de fait, il la baifoit devant tout le monde, & elle lui en plein Confeil, &c. (1). »

Le 4 Janvier 1597, un Tapiffier demeurant rue du Temple, fut pendu en la place de Greve, & fon corps réduit en cendres. Le jour de Noël, au retour de la Meffe de minuit, il avoit dit publiquement qu'il vouloit qu'on lui élevât auffi une pyramide comme à *Jean Châtel*; mais qu'il ne manqueroit pas fon coup comme lui. Il avoit auffi été marchander chez un Coutelier de Paris, un couteau qu'il deftinoit, difoit-il, à tuer le Roi. A la mort, ce Tapiffier avoua qu'il avoit prononcé ces paroles; mais que c'étoit le vin & le diable qui les lui avoient fait dire. Mauvaife excufe, fur-tout dans les circonftances.

Dans le même mois, le 17 Janvier, on conduifit prifonnier à la Conciergerie du Palais à Paris, un Cordelier qui avoit dit en chaire dans la ville de Beaune en Gatinois, que le Roi étoit un vrai excommunié, & qu'il n'étoit pas en la puiffance de tous les Papes de l'abfoudre.

Le 10 Avril fuivant, nouvelle confpiration contre Henri IV. Un Avocat nommé *Charpentier*, fils du Médecin Charpentier, qui, pendant les maffacres de la Saint-Barthelemy, avoit fait affaffiner le Profeffeur

---

(1) Journal d'Henri IV, Tome II, p. 324.

Ramus, fut accufé & convaincu de projets criminels contre les jours d'Henri IV : il fut expofé fur la roue en place de Greve, avec un nommé Defloges qui étoit fon courier. Un Commiffaire nommé *Bazin*, la femme d'un vendeur d'*Agnus Dei* près le Palais, & un Moine de Saint-Germain, furent compromis dans cette affaire ; mais comme on n'avoit pas affez de preuves contre eux, ils furent élargis.

Au mois de Mai, l'an 1599, un Capucin de Milan, appellé Pere *Honorio*, adreffa une Lettre à Henri IV, par laquelle il prévenoit Sa Majefté, qu'un *méchant garnement* étoit parti de Milan pour venir l'affaffiner à Paris : on fit en conféquence beaucoup de recherches dans les Hôtelleries de cette Ville.

Le 15 Mai 1600, une femme nommée *Nicole Mignon*, fut conduite en prifon, & le 2 du mois de Juin fuivant, elle fut brûlée vive en place de Greve. Elle étoit femme d'un Cuifinier, & avoit cherché à faire placer fon mari dans la cuifine du Roi, afin de pouvoir approcher des mets deftinés à fa table, & y mêler du poifon. N'ayant pu réuffir de cette maniere, elle s'adreffa au Comte de Soiffons, Grand-Maître de France, & lui dit qu'il ne dépendoit que de lui d'être le plus grand Prince du monde. Le Comte étonné de fa propofition, lui donna rendez-vous, afin de la queftionner plus à fon aife. Il en parla

au Roi , & lui demanda un homme de confiance qu'il placeroit dans un cabinet pendant que cette femme l'entretiendroit dans
fa chambre. Le fieur *Lomenie* fut choifi
pour cela. *Nicole Mignon* étant arrivée ,
le Comte de Soiffons lui demanda par quel
moyen elle vouloit le rendre le plus grand
Prince du monde. *En empoifonnant le Roi,*
répondit-elle , *vous ferez le maître de le*
remplacer. Elle ajouta que , depuis long-
tems , elle cherchoit quelqu'un qui voulût
introduire fon mari dans la cuifine du Roi.
M. le Comte de Soiffons la fit arrêter , &
elle avoua , devant fes Juges , toute la noir-
ceur de fes deffeins.

La même année , le 27 Septembre 1600 ,
on apprit que le Roi avoit été expofé , finon
au danger d'un affaffinat , au moins à la peine
que donne les foupçons. Ce Prince étant à
Grenoble , trouva dans fa chambre un billet ,
par lequel on l'avertiffoit que *Chazeul* &
Dubourg, deux Gentilshommes Lyonnois ,
cherchoient l'occafion d'attenter à fa vie.
Le Roi ayant lu ce billet , & ayant appris
que plufieurs autres femblables avoient été
femés dans les appartemens , crut fur le
champ que l'envie feule avoit fabriquée
cette calomnie atroce. En même-tems , il
appelle *Chazeul* qui étoit alors à fa fuite ,
& lui montre le billet , en lui déclarant que
ce qu'il contenoit ne lui donnoit aucun foupçon fur fa fidélité. *Chazeul* fut tranquilifé ;
mais *Dubourg* , qui étoit à Lyon , appre-

nant cette nouvelle, fufpendit la levée de
fon Régiment, & fe rendit en pofte auprès du Roi, qui lui demanda, en le voyant,
le motif de fon voyage. *Sire*, répondit *Dubourg, le bruit court à Lyon que j'ai
voulu tuer Sa Majefté : Je viens lui ap-
porter ma tête.* — *Non*, répliqua le Roi,
*je n'ai pas cru ni ne croirai jamais les
avis que les envieux me donnent : re-
tournez à Lyon, achevez votre Régiment, amenez-le en diligence ; c'eft la
plus grande punition que vous puiffiez
donner à des ennemis inconnus ; car il
n'y a plus grand tourment pour un ennemi envieux que de bien faire.*

Au mois de Mars 1603, un Gentilhomme
& un Prêtre de Bordeaux confpirerent la
mort du Roi : ils avoient pour cela fait fa-
briquer exprès une arbalefte qui avoit un
pan de long : le Maréchal d'*Ornano* découvrit la confpiration, fit enfermer au Châ-
teau-Trompette les deux coupables, & envoya l'arbalefte au Roi.

Au mois de Mai fuivant, on rompit également les complots de plufieurs perfonnes
étrangeres qui s'affembloient fecrettement
dans une maifon près de Fontainebleau,
qui avoit été achetée exprès. On inveftit
la maifon, & parmi plufieurs chofes fuf-
pectes, on trouva une grande quantité de
lettres en chiffres.

Le 10 Octobre fuivant, fut pendu,
puis brûlé en place de Greve, un nommé

François Richard, Seigneur de la Voulte, du Régiment de Saint-Etienne en Dauphiné, accufé d'avoir voulu empoifonner le Roi. Ce Gentilhomme communiqua fon projet au Duc de Savoie qui l'approuva d'abord, puis voyant qu'il n'étoit pas homme à venir à bout d'une pareille entreprife, il fe décida à facrifier l'auteur du projet; il le fit prendre & conduire à Paris, où il fut jugé criminel de Lèze-Majefté, & puni en conféquence.

Le 19 Décembre 1605, Henri IV, en revenant de la chaffe, paffoit fur les 5 heures du foir fur le Pont-neuf. Un Procureur de Senlis, nommé *Jacques des Isles*, fe jetta fur le Roi, le faifit par fon manteau qui étoit agraffé, & le fecouant avec force, le renverfa fur la croupe de fon cheval. Les Valets de pied coururent fur ce malheureux, qui fut obligé de lâcher prife. Ils le battirent, le fouillerent & trouverent dans fa poche un couteau. Lorfqu'on lui demanda quel étoit fon deffein, il répondit qu'il vouloit tuer le Roi, parce qu'il poffédoit injuftement fon bien, & une grande partie de fon Royaume; puis il ajouta en riant, qu'il lui avoit fait une belle peur. Les paroles de cet homme firent croire qu'il étoit fou : les informations que l'on prit alors, confirmerent cette opinion. Néantmoins on procéda contre lui, & on vouloit le faire exécuter comme criminel de Lèze-Majefté, parce qu'on difoit *que la graine*

de ces foux-là n'étoit pas de garde ; &
& que leurs folies étoient par trop dange-
reuſes & préjudiciables à l'Etat. Cependant, le Roi ne voulut jamais permettre
qu'on le fît mourir. Il obſerva qu'il ſeroit
injuſte de condamner ainſi un homme reconnu
pour inſenſé ; que la ſaiſon étoit fertile en
foux ; & pour mieux excuſer celui-là, il
rappella l'aventure d'un homme bien vêtu,
qui, le Dimanche auparavant, s'étoit jetté
du Pont-Neuf, & noyé dans la Seine. Il
ajouta que ſes Parents étoient plus coupables
que lui, connoiſſant ſa folie, & ne l'ayant
point gardé à vue.

Cet événement cauſa beaucoup de rumeur
dans Paris. Le même ſoir, on vint féli-
citer le Roi d'avoir échappé à ce furieux. Le
lendemain, on chanta le *Te Deum* ; & ce
fut à cette occaſion que Malherbe com-
poſa une Ode pleine de force & de nobleſſe,
dont nous allons citer trois ſtrophes, qui,
malgré quelques tournures ſurannées, doivent plaire à tous les Lecteurs.

Le Poëte, après avoir fait le tableau
des mœurs corrompues de ſon tems, parle
des vertus & de la clémence d'Henri IV, &
puis de l'ingratitude de ſes ſujets, qu'il peint
de cette maniere :

> Toutesfois, ingrats que nous ſommes,
> Barbares & dénaturés,
> Plus qu'en ce climat où les hommes
> Par les hommes ſont dévorés ;

Toujours nous affaillons fa tête
De quelque nouvelle tempête ;
Et d'un courage forcené ,
Rejettant fon obéiffance ,
Lui défendons la jouiffance
Du repos qu'il nous a donné.

La main de cet efprit farouche (1),
Qui, forti des ombres d'enfer ,
D'un coup fanglant frappa fa bouche,
A peine avoit laiffé le fer ;
Et voici qu'un autre perfide ,
Où la même audace réfide ,
Comme fi détruire l'Etat
Tenoit lieu de jufte conquête ,
De pareilles armes apprête
A faire un pareil attentat.

Le Poëte, après avoir peint les Nym-
phes de la Seine , épouvantées par cet événement , les apoftrophe ainfi :

Revenez, belles fugitives,
De quoi verfez-vous tant de pleurs?
Affurez vos ames craintives ;
Remettez vos chapeaux de fleurs.
Le Roi vit ; & ce miférable,
Ce monftre vraiment déplorable ,
Qui n'avoit jamais éprouvé

(1) *Jean Chaftel.*

Que peut un visage d'Alcide,
A commencé le parricide;
Mais il ne l'a pas achevé.

L'alarme que causa cet événement n'empêcha point quelques Prêtres de Paris de prêcher encore séditieusement.

Le 10 Décembre 1606, un Théologien, nommé *le Recteur*, natif d'Avignon, prêcha l'Avent à l'Eglise de S. Pierre-aux-Bœufs, avec tant de licence & d'effronterie, qu'un Echevin & un Président, qui étoient au nombre des auditeurs, furent obligés de lui remontrer combien sa témérité étoit grande : il eut l'audace de répondre qu'il n'en avoit pas assez dit. Cependant on ne fit contre lui aucunes poursuites; les Marguilliers se contenterent de lui ôter la chaire, & de la donner à un autre.

Le 14 du mois de Mai 1610, jour fatal à la France, le Roi, sur les 10 heures du matin, fut entendre la Messe aux Feuillans. En sortant de l'Eglise, il rencontra, dans le jardin des Tuilleries, le Duc de Guise & le Maréchal de Bassompierre, qui venoient au-devant de lui. Henri IV, après avoir plaisanté avec ces courtisans, leur dit : *Vous ne me connoissez pas maintenant, vous autres ; mais je mourrai un de ces jours, & quand vous m'aurez perdu, vous connoîtrez alors ce que je valois, & la différence qu'il y a de moi aux autres hommes.*

hommes. Baſſompiere lui répondit : *Mon Dieu ne ceſſerez-vous jamais, Sire, de nous troubler, en nous diſant que vous mourrez bientôt. Ces paroles ne ſont bonnes à dire : vous vivrez, s'il plaît à Dieu, bonnes & longues années. Il n'y a point de félicité au monde pareille à la vôtre. Vous n'êtes qu'en la fleur de votre âge, & en une parfaite ſanté & force de corps, plein d'honneur, plus qu'aucun des mortels, jouiſſant en toute tranquillité du plus fleuriſſant Royaume du monde, aimé & adoré de vos ſujets, plein de bien, d'argent, de belles maiſons, belle femme, belles maîtreſſes, beaux enfans qui deviennent grands. Que vous faut-il plus ? ou qu'avez-vous à déſirer davantage ?* Le Roi ſe mit alors à ſoupirer, & dit: *mon ami, il faut quitter tout cela* (1).

Le Roi, après avoir dîné, parut fort triſte : il voulut à pluſieurs repriſes eſſayer de dormir ; mais ce fut en vain. *Sire,* lui dit l'Exempt des Gardes, *je vois Votre Majeſté triſte & penſive; il vaudroit mieux prendre un peu l'air, cela la réjouiroit.* - *C'eſt bien dit, & bien faites apprêter mon carroſſe, j'irai à l'Arſenal voir le Duc de Sully qui eſt indiſpoſé, & qui ſe baigne aujourd'hui.*

---

(1) Mémoires de Baſſompierre, Tome I.

L

Le carroffe étant prêt, le Roi fortit du Louvre, accompagné du Duc *de Montba-zon*, du Duc *d'Epernon*, du Maréchal de *Lavardin*, de *Roquelaure*, *la Force*, *Mirebeau* & *Liancourt* premier Ecuyer. Il chargea le fieur *Vitry*, Capitaine de fes Gardes, d'aller au Palais, afin de veiller aux apprêts qui s'y faifoient pour l'entrée de la Reine, laiffa fes Gardes au Louvre, & ne fut fuivi que d'un petit nombre de Gentilshommes à cheval, & de quelques valets de pied.

Le Roi avoit malheureufement fait ouvrir les deux portieres de fon carroffe, parceque le tems étoit beau, & qu'il vouloit voir les préparatifs que l'on faifoit dans la Ville pour l'entrée de la Reine.

En paffant de la rue Saint-Honorée à celle de la Ferronnerie, qui étoit alors fort étroite, le carroffe fut arrêté par deux chariots chargés, qui embarraffoient la rue.

Cet embarras fut caufe que la plupart des valets de pied pafferent dans le Cimetiere des Innocens. De deux de ces valets qui étoient reftés, l'un s'avança pour faire détourner les voitures qui arrêtoient la marche du Roi, l'autre s'abbaiffa pour renouer fa jarretiere.

Pendant que le Roi fe trouvoit dénué de fes Gardes, & abandonné aux courtifans qui étoient dans fon carroffe, un homme nommé *Ravaillac*, faifit ce moment favorable à fon projet; il met le pied fur une roue de derriere,

s'avance vers le Roi , & le frappe d'un coup
de poignard entre la seconde & la troisieme
côte, un peu au-dessus du cœur. *Je suis
blessé* , crie le Roi ; mais le scélérat, sans
s'effrayer, frappe un second coup dans le
cœur , frappe un troisieme coup ; le Roi fit
un grand soupir & expira.

L'assassin , troublé sans doute par l'é-
normité du crime qu'il venoit de commettre,
restoit immobile, & ne cherchoit pas même
à se dérober aux regards de la foule. Les
Seigneurs qui étoient dans le carrosse , voulurent alors cacher au peuple la mort du
Roi ; ils appaiserent le tumulte en disant
qu'il n'étoit que blessé ; sur le champ, ils
baisserent les portieres du carrosse & retour-
nerent au Louvre.

Vers les neuf heures du soir, plusieurs
courtisans se répandirent dans la Ville , &
disoient en passant dans les rues : voici le
Roi qui vient, il se porte bien. Comme il
étoit nuit , le peuple crut que le Roi
étoit à leur compagnie : on entendit les
cris de *vive le Roi* , qui se répandoient
avec un enthousiasme extraordinaire dans
tous les quartiers de la Ville , excepté dans
le quartier du Louvre, & dans celui des
Augustins, où la funeste vérité étoit connue.

Ce mensonge , imaginé pour tranquilliser
& contenir le peuple qui , dans ce moment, auroit pu se porter à des extrémités
violentes contre les instigateurs soupçonnés
de la mort du Roi, fut bientôt dissipé. Le

lendemain tous les habitans furent inſtruis de la fatale nouvelle, & firent éclater les regrets les plus finceres. » Bien des chofes » fe font paffées en ce jour, dit l'Etoile, » que le trouble, l'embarras & la douleur » ont fait paffer de ma mémoire; mais » ce que je n'oublierai jamais, font les » plaintes, les clameurs, les larmes, non- » feulement du peuple de tout fexe, mais » des gens de qualité qui ont pleuré ce » bon Roi, comme leur bon pere, & qui » donnerent mille & mille malédictions aux » inftigateurs de ce parricide ».

Vingt-fix Médecins ou Chirurgiens af-fifterent à l'ouverture du corps du Roi : ils en trouverent toutes les parties fi bien conf-tituées, qu'ils jugerent que, fuivant le cours ordinaire de la nature, ce Prince au-roit pu vivre encore trente ans.

Dans le malheur, tous les hommes font freres. Une grande preuve de cette vérité, & de la douleur profonde dont les Fran-çois étoient pénétrés par la mort tragique d'Henri IV; c'eft le rapprochement qui fe fit pendant quelque tems, de deux Sectes acharnées à fe détruire.

La grande inimitié qui régnoit entre les Proteftans & les Catholiques, ceffa tout-à-coup; il fembloit que la douleur étoit le feul fentiment qui alors pût entrer dans le cœur des François.

Les Proteftans, qui fe rendirent aux prêches à Charenton, n'éprouverent aucun

obſtacle de la part des Catholiques comme
à l'ordinaire, & comme ils l'appréhendoient
en cette occaſion. Le Miniſtre *du Mou-
lin* prêcha ſur la mort du Roi, & en
fit un éloge ſi touchant, qu'il arracha
des larmes à toute l'aſſemblée; il exhorta
enſuite le peuple à vivre plus religieuſe-
ment : il recommanda ſur-tout la paix &
l'union qui devoient régner entre eux & les
Catholiques qui, quoique d'une Religion
différente, n'étoient pas moins leurs conci-
toyens & leurs freres.

Les Prédicateurs Catholiques, dans la
plupart des Egliſes de Paris, s'accorderent à
pleurer la mort d'Henri IV, & à recomman-
der aux auditeurs la même union entre eux
& les Proteſtans : « choſe merveilleuſe ! dit
» l'Etoile, & qui ne pouvoit procéder que
» de Dieu, vu la malice de ce ſiecle, & de
» ce monſtre de peuple bigarré, & compoſé
» de tant de têtes ».

CHAPITRE LXVI.

Projet d'une seconde Saint-Barthelemi.
Moine insolent.

APRÈS la mort d'Henri IV, les Protestans de Paris, & tous les citoyens paisibles eurent des craintes assez fondées, de voir se renouveller les horreurs de la Saint-Barthelemi. Quelques grands Seigneurs Catholiques, soupçonnés d'avoir été les instigateurs de l'assassinat du Roi, pour étouffer ces soupçons, & prévenir les troubles qu'ils auroient produits, employerent secrettement tous les moyens qu'ils crurent capables d'émouvoir le peuple, & de soulever les Catholiques contre les Protestans. Mais le souvenir des anciens massacres, celui des maux innombrables causés par la Ligue, étoit trop bien conservé dans l'esprit des habitans, pour qu'ils desirassent encore de voir renaître les mêmes malheurs. L'effervescence du fanatisme étoit calmée ; le regne heureux d'Henri IV avoit fait jouir les Parisiens d'une paix dont ils sentoient tout le prix. Ainsi les citoyens n'étoient guère disposés à s'entretuer pour servir l'ambition de quelques courtisans.

On mit en ufage tout ce qui avoit réuffi
autrefois à foulever le peuple ; on eut recours aux Prédicateurs ; mais, foit que ce
moyen fût ufé, ou qu'il fût méprifé, il ne
produifit aucun effet. Le Jéfuite *Gontier* eut
beau vouloir ralumer le feu de la révolte,
bien loin de féduire, fes fermons indigne-
rent. Le Duc d'*Epernon* autorifoit ce boutefeu, & affifloit à fes prédications féditieufes.
Tout fut inutile, les Parifiens n'étoient plus
d'humeur de s'égorger.

Pendant plufieurs nuits, une foule de
Gentilshommes couroient les rues, tous
armés, commettant mille infolences &
cruautés, femant l'alarme dans les différens quartiers de Paris, & excitant les Catholiques contre les Proteftans. « On vou-
» droit bien, dit un Ecrivain du tems,
» pouffer le peuple à la danfe, & le faire
» de fête fi l'on pouvoit ; mais pour néant,
» bien & fagement pour lui & pour nous ».

La Reine inftruite qu'il fe répandoit dans
la Ville des bruits d'un maffacre projetté,
en parut très-affligée. Le 17 Juillet 1610,
elle dit en dînant, « que c'étoit une chofe
» à laquelle elle n'avoit jamais penfé, &
» qu'elle ne voudroit faire quand elle
» pourroit, fachant qu'elle mettroit le feu
» dans le Royaume de fon fils, qu'elle lui
» vouloit garder & conferver, & que ceux
» de la Religion avoient bien fervi le feu
» Roi ; auffi avoit-elle promis de les main-
» tenir, & leur en avoit donné fa foi &

» parole, qu'elle vouloit inviolablement
» tenir, & que tels difcoureurs la tenoient
» pour femme de bien peu d'efprit & de
» jugement; mais que Dieu merci, elle
» ne l'étoit pas jufques-là, & leur feroit
» paroître ». Cette Princeffe ajouta, que,
fi elle pouvoit découvrir les auteurs de ces
bruits, elle les feroit punir rigoureufement.

Cependant, ces bruits étoient fi répandus,
que la Reine Marguerite en fit avertir la
Reine Marie Médicis, que les Huguenots,
pendant plufieurs jours, fe barricaderent
dans leurs maifons. On prit au Louvre, un
homme, qui affuroit que, vers la fin d'Août,
il fe feroit à Paris une feconde Saint-Barthelemi, plus complette que la premiere,
& qu'on verroit abondamment couler le fang
dans les rues. Il affirmoit ces paroles, en
ajoutant qu'il vouloit être tiré à quatre
chevaux, fi cette Saint-Barthelemi n'avoit
pas lieu.

Une aventure affez finguliere qui fe paffa
dans le même tems, prouve encore l'exiftence de ce projet de maffacres.

Le 16 Juillet 1610, un Moine vint demander la quête à un Horloger qui demeuroit dans la cour du Palais. L'Horloger,
qui, fans doute, n'étoit pas difpofé à donner
de l'argent au quêteur, réfifta à toutes fes
importunités, & lui refufa l'aumône. Le
Moine en colere, dit mille injures à l'Horloger, l'appella *Huguenot, Luthérien,*

quoiqu'il fût bon Catholique Romain ; le menaça d'une seconde Saint-Barthelemi en lui difant qu'elle fe feroit plutôt qu'on ne penfoit ; que le Roi Charles IX n'étoit pas mort. Puis voyant que ces menaces étoient méprifées, il faifit une platine de cuivre qui étoit fur la boutique de l'Horloger, la lui jetta au vifage, le bleffa dangereufement. La populace accourut au bruit : on vouloit trainer le Moine féditieux en prifon ; mais quelques ames dévotes & Monacales, le firent évader.

Enfin, l'apréhenfion d'une nouvelle Saint-Barthelemi, fe manifefta de toutes parts ; les Èglifes Proteftantes envoyerent des députés à la Reine, pour favoir quelle confiance ils devoient ajouter à ces bruits ; cette Princeffe les raffura. On peut croire, que fi le peuple eût pris goût à cette entreprife féditieufe, les menaces fe feroient effeĉuées. *L'Etoile*, dans fon Journal d'Henri IV, ne balance pas à attribuer ce deffein à des grands Seigneurs. « Les bruits, dit-il, d'une S. Bar-
» thelemi proche, étoient fréquens à Paris
» & ailleurs, femés & apoftés à deffein
» par quelques brouillons d'Etat, ennemis
» conjurez du repos d'icelui, qui, par tels
» artifices, tâchoient d'y porter le peuple,
» fous l'appui & l'inftigation de quelques
» Grands ; mais de la piperie defquels il
» étoit las, & recreu, étant fait fage par
» les exemples du paffé, qu'il n'étoit plus
» poffible de faire mordre le peuple à cet

L v

» appas, qui au contraire, crioit tout haut,
» en chantant le suivant Vaudeville » :

Vive le Pape & le Roi Catholique ;

Vive Bourbon, avec sa sainte Ligue ;

Vive le Roi , la Reine & son Conseil ;

Vivent les bons & vaillans Huguenots ;

Vive Sully, avec tous ses suppots ;

Vive le Diable , pourvu qu'ayons repos.

Enfin, si le peuple de Paris eût été moins
instruit par de funestes expériences, moins
éclairé sur ses propres intérêts, la Nation
auroit eu encore à rougir de nouveaux massacres ; & les habitans de la Capitale eussent
encore été victimes de l'ambition de quelques
particuliers. Ainsi, pour jouir pendant quelques années d'une puissance onéreuse, chan-
celante & souvent fatale, un homme, de
ceux qu'on a la bonhommie d'appeller
Grands, si les circonstances semblent favo-
riser ses projets, profitera des erreurs du
peuple pour anéantir ce peuple ; sacrifiera,
non pas ses vertus, les ambitieux n'en
ont point, ni ses devoirs, ils n'en con-
noissent point lorsqu'ils peuvent les vio-
ler impunément ; mais le bonheur & l'exis-
tence d'un Royaume entier. Il détruira, il
ravagera tout ce qu'il étoit obligé de con-
server, de protéger ; pour soutenir quelques instans sa fortune agitée, il égorgera
des milliers de citoyens, il éteindra des

milliers de générations. C'eſt ce que le Duc d'Epernon auroit pu faire, ſi le fanatiſme du peuple eût ſecondé ſes projets criminels & ambitieux.

CHAPITRE LXVII.

Clocheteurs des Trépaſſés.

Un homme vêtu d'une dalmatique blanche, chargée de têtes de morts, d'oſſemens & de larmes noirs, tenant en main une clochette, parcouroit pendant les nuits les rues de la Capitale, réveilloit tous les habitans en faiſant retentir ſa cloche, & en criant : *réveillez-vous, gens qui dormez, priez Dieu pour les Trépaſſés.*

Cet uſage lugubre & incommode, exiſtoit encore à Paris, vers le milieu du ſiecle dernier. Dans une Piece intitulée *la Nuit*, le Poëte *Saint-Amant* ſe plaint ainſi du Clocheteur des trépaſſés, qui fait peur aux enfans, & vient troubler un rendez-vous nocturne :

> Le Clocheteur des trépaſſés
> Sonnant de rue en rue,
> De frayeur, rend leurs cœurs glacés,
> Bien que leur corps en ſue ;

L vj

Et mille chiens oyant fa trifte voix,
Lui répondent à longs abois.

Ces tons enfemble confondus,
Font des accords funebres,
Dont les accens font épandus
En l'horreur des ténébres,
Que le filence abandonne à ce bruit,
Qui l'epouvante & le détruit.

Lugubre courier du deftin,
Effroy des ames lafches,
Qui fi fouvent foir & matin,
M'efveilles & me fâches,
Va faire ailleurs, engeance de Démon,
Ton vain & tragique fermon.

Il paroît que vers la fin du dernier fiecle,
le fon funebre de cette cloche, la voix ef-
frayante de ce crieur qui épouvantoit les
uns, & troubloit le repos des autres, &
le peu d'avantage qu'il réfultoit pour la
Religion, en éveillant ainfi les citoyens au
milieu de la nuit, produifirent l'abolition
de cette inutile & lugubre cérémonie.

Sauval qui écrivoit à peu près vers le
milieu du regne de Louis XIV, prouve,
en parlant de la loi du *couvrefeu*, qui fut
long-tems obfervée à Paris, que cet ufage
n'y étoit plus pratiqué de fon tems, puifqu'il
doute s'il y a même autrefois exifté.

« Je ne fai pas, dit-il, fi pour lors,

» on ne faifoit point roder dans les rues
» de Paris de certaines gens qui réveilloient
» le monde pour les avertir de prendre
» garde au feu, en criant : *réveillez-vous*
» *gens qui dormez, priez Dieu pour les*
» *trépaffés.* Au moins, il eft confiant,
» ajoute le même Auteur, qu'on le fait
» encore dans la plupart des petites Villes
» du Royaume, & dans quelques-unes des
» plus groffes des Pays-Bas ».

On trouve encore aujourd'hui dans plufieurs petites Villes de Provinces, de femblables Clocheteurs, vêtus d'une dalmatique également blanche, & bigarrée de
larmes noires, & de têtes de mort.

J'en ai vu qui ne fe contentoient point
de fonner, de crier : ils frappoient aux
portes, afin de mieux éveiller les dor-
meurs (1), & pfalmodioient du ton le
plus lugubre leurs trifles lamentations ; quelquefois, en appercevant des jeunes gens où
des perfonnes de leur connoiffance, ils
cherchoient à s'égayer par une plaifanterie
triviale, en parodiant ainfi leurs trifle &
religieux dicton :

Réveillez-vous gens qui dormez,
Prenez vos femmes, embraffez-les.

_____

(1) Dans les Villes où il y a des Pénitens,
c'eft un des Freres qui eft chargé de cet emploi;
ailleurs, c'eft un Sacriftain, ou valet d'Eglife.

Je crois que, d'une maniere comme de l'autre, les conseils du Clocheteur étoient inutiles.

CHAPITRE LXVIII.

Courtisanes suivant les Armées.

L'HISTOIRE des quatorzieme & quinzieme siecles offre plusieurs exemples d'armées qui étoient suivies de courtisanes en titre pour le service des troupes.

Jean de Troyes, Auteur de la *Chronique scandaleuse*, dit que le Mardi, quatorzieme jour d'Août de cette année 1465, il arriva à Paris deux cents Archers, « tous » à cheval, dont étoit Capitaine, *Mignon*; » tous lesquels étoient assez en point, au » nombre desquels, il y avoit plusieurs » cranequiers, voulgiers & coulevriniers à » main. Il ajoute, & tout derriere icelle » Compagnie alloient à cheval, *huit ri-* » *baudes, & un Moine noir, leur Confes-* » *seur* ». Ce n'étoit pas une petite affaire, pour un Moine, d'administrer la confession à ces *ribaudes*.

Le Poëte *Molinet*, Aumônier de Marguerite d'Autriche, & Chanoine de Valenciennes, qui vivoit vers le milieu du quinzieme fiecle, parle du même ufage, dans une Piece intitulée : *le Teftament de la Guerre*, c'eft *la Guerre* perfonnifiée qui parle :

> Je laiffe aux joyeufes fillettes,
>
> Suyvans armées, fort enclines
>
> De humer les œufs de poullettes,
>
> Et de roftir graffes gellines ;
>
> Puifque cy-après feront dignes
>
> De brimber (1) en plufieurs quartiers,
>
> Je feray tendre leurs gourdines
>
> Aux gargattes de ces Monftriers (2).

Environ un fiecle après, on trouve encore dans l'hiftoire un témoignage plus confidérable, & plus circonftancié de ce même ufage.

Le Duc d'Albe, à la tête d'une armée Efpagnole, marcha en Flandres contre les rebelles, connus fous le nom de *Gueux*. Dans l'éloge que Brantome fait de ce Duc, il rapporte qu'alors dans fon armée, il y

---

(1) *Brimber*, demander l'aumône.

(2) *Aux gargattes de ces monftriers*, fignifie lieu dans lequel les Moines, ou les gens d'Eglife confervent leurs provifions de bouche. Ces deux derniers vers peuvent s'entendre ainfi : Je leur ferai demander l'aumône dans les Couvens de Moines où la cuifine eft bonne.

avoit *quatre cents courtisanes à cheval,
belles & braves comme Princesses, & huit
cents à pied bien en point aussi.*

François le *Poulchre* de la Motte *Mes-
semé*, Poëte dont il est parlé dans la Bibliotheque du Poitou, donne des détails curieux sur cette armée, & sur le bataillon de
femmes galantes qui la suivoit. Il y avoit
dit-il :

              Deux gaillardes cornettes
De bien trois cents chevaux, à tous le moins
    complettes,
Sous lesquelles marchoient *des femmes de plaisirs,*
Pour servir le premier qui en avoit desir,
Pourvu, cela s'entend, qu'il leur fût agréable.
J'en trouvai la façon si fort émerveillable,
Que pour les voir passer j'arrêtai longuement,
Considérant leur port, leur grace & vêtement,
Enrichi de couleur sous mainte orfévrerie :
J'en remarquai bien-là quelqu'une assez jolie....
Mais plus que la blancheur, le brun les accompagne.
Leurs montures n'étoient des bêtes de Bretagne :
L'une avoit un cheval, & l'autre lentement
Alloit sur un mullet, ou sus une jument.
Les harnois néantmoins de la housse traînante,
Sous leurs pieds, paroissoient de velours reluisante,
De cinq ou six clinquans cousus tout à l'entour.
Il les entretenoit qui vouloit tout le jour ;
Mais avec un respect plein de cérémonie.
Le *Barisel* Major leur tenoit compagnie.

Or, ces Dames avoient tous les foirs leur quartier,
Du Maréchal-de-Camp, par les mains du Fourier ;
Et n'eut-on pas ofé leur faire une infolence.

Cependant le Duc d'Albe, voyant que telles Amazonnes contribuoient plutôt à énerver le courage qu'à l'enflammer, qu'avec elles les Soldats ne s'occupoient guère de batailles, il réfolut de s'en défaire, comme on va le voir :

Toutesfois le Duc las de telle magnigance,
Leur donna ce fujet de prendre ailleurs parti,
Pour les mal contenter ; moi-même l'entendi
Crier publiquement, de mes propres oreilles,
Et Dieu fait fi cela leur déplut à merveilles ;
C'eft qu'entre elles ne fut pas une qui ofât
Refufer déformais Soldat qui la priât
De lui prêter fa chambre à cinq fols par nuitée,
Tâchant, par ce moyen, les chaffer de l'armée,
Qui lui feroit aifé, à ce que l'on difoit,
Et eh avint ainfi : car telle fe prifoit
Autant qu'autrefois fit cette Corinthienne....

La conduite du Duc d'Albe, fut approuvée de quelques perfonnes, & blamée de plufieurs. Les uns difoient que cette troupe de courtifanes, étoit un fcandale au milieu d'une armée, & préfentoit un piége dangereux, où les perfonnes les plus fages pouvoient être entraînées.

D'autres au contraire foutenoient que
dans une armée auffi peu difciplinée que
l'étoit celle-ci, ces filles, offrant des jouif-
fances volontaires & faciles, fixoient les
Soldats dans le camp, & les empêchoient de
commettre ailleurs des violences, & d'af-
fouvir leur brutalité fur des filles & femmes
honnêtes, comme ils y étoient accoutumés.
Voici comment, à cet égard, s'exprime
notre rimeur.

D'en avoir fait ainfi, le Duc fut eftimé
D'aucuns tant feulement, des autres étant blâmé ;
Et ceux qui admiroient en cela fa prudence,
Alléguoient que c'étoit faire une grande offenfe
Et déplaifante à Dieu, d'avoir inceffamment
Quant & foi (1) un tel train, de vice allechement,
Apportant à la fin, par un fi grand fcandale,
Des gens les mieux vivans la ruine totale.
Chacun en devifoit fuivant fa paffion ;
Car ceux-là qui tenoient contraire opinion,
Ne voulant confeffer bonne cette ordonnance,
Difoient que le Soldat fe donneroit licence
De forcer déformais, par où il pafferoit,
Celle qu'à fon defir réfifter s'effayroit.
Puifqu'il avoit perdu fon plaifir ordinaire,
A lui permis long-tems, comme mal néceffaire,
Qui feroit irriter autant le Créateur,
En danger de tomber en bien plus grand malheur,

_____

(1) Avec foi.

Exerçant fallement un amour androgyne,
En un fexe tout feul d'une ardeur mafculine.
Mais, pour ce qu'on en dit, le Duc ne retrancha
Son édit nullement...

C'étoit avec des troupes, dont les mœurs
étoient corrompues au point de faire regarder fix ou fept cents proftituées comme néceffaires, pour empêcher de plus grands
défordres, pour contenir la licence effrénée des Soldats; c'étoit avec de pareilles
troupes, dis-je, que le Duc d'Albe partoit
d'Efpagne pour venir dans les Pays-Bas,
venger la caufe de la Religion Chrétienne.
Sa conduite fit bien voir qu'il n'alloit point,
par des mœurs exemplaires & pieufes, prouver aux réformés la fupériorité de la Religion Catholique fur la leur; mais il fe
contenta de leur prouver qu'il étoit le plus
fort : pendant fix ans qu'il fut Gouverneur
du Pays-Bas, fans compter les Proteftans
maffacrés dans les combats, ou extrajudi-
ciairement, il en fit périr dix-huit mille par
la main du Bourreau. Cet exemple, comme
plufieurs autres, prouve que le fanatifme
le plus cruel, peut s'allier à la débauche la
plus effrénée.

CHAPITRE LXIX.

Mœurs relâchées des Moines & du Clergé, à certaines époques.

L'HISTOIRE nous offre dans de certains tems le Clergé de France livré à des excès criminels, & dans d'autres, assujettis à une conduite assez réguliere : l'ignorance générale, des circonstances particulieres causerent ces variations. Au dixieme siecle les Conciles nous ont conservé des preuves de la dépravation des Eglises & des Monasteres ; mais le témoignage le plus singulier, & auquel on ne devoit pas s'attendre, c'est celui qui se trouve dans la Vie de *Saint-Odon*, second Abbé de Clugni. L'auteur des *nouvelles Fleurs des Vies des Saints* ne peut être suspect en cette occasion. Il raconte que le Saint & son compagnon, chercherent un Monastere en France pour y vivre dans la perfection de la Religion Chrétienne ; mais leurs recherches furent vaines, & ils n'en rencontrerent aucun où les mœurs fussent respectées : *Tout étoit dans les Monasteres de ce tems-là, si dépravé*, dit-il, *qu'à la réserve de la tonsure & de l'habit, il n'y avoit presque plus de Religion.* Ce qui fit réfoudre le compagnon de Saint-Odon, d'aller en Italie, *pour y chercher ce qu'il ne pouvoit trouver en France* (1).

Dans le fiecle fuivant, Saint-Bernard fe récrioit contre la richeffe des Eglifes des Moines. « O vanité! ô folie! difoit-il, » l'Eglife eft brillante dans les édifices, & » défolée dans les pauvres. Elle couvre d'or » les pierres du Temple, & laiffe fes en- » fans nuds. Les curieux trouvent de quoi » repaître les yeux, & les miférables ne » trouvent pas de quoi raffafier leur faim ».

Le même Saint fait un portrait bien plus vigoureux des Evêques de fon tems. « S'a- » git-il d'amaffer du bien, d'accumuler des » richeffes? ils fe conduifent en *Laïcs.* » Faut-il recevoir des dixmes, & les re- » venus de l'Eglife? alors, ils font *Ecclé- » fiaftiques.* Dans leurs équipages, ils » font des *Militaires*; pour le luxe de leurs » habits, ils font *femmes.* Cependant ils » ne travaillent point comme les *Laïcs*, » ils ne préchent point comme le doivent » faire les *Eccléfiaftiques*, ils ne comba- » tent pas comme *les Militaires*, ils n'en- » fantent pas comme les *femmes*, parce » qu'ils ne font d'aucun ordre; mais s'ils » ne font d'aucun ordre, où iront-ils? ils » iront où il n'y a aucun ordre ».

_____

(1) Nouvelles Fleurs des Vies des Saints, *par le Pere Ribadneyra*, & augmentées par le *Pere Simon Martin*, Tome II, p. 911.

Dès les commencemens du treizieme siecle, les Moines mendians de Saint-Dominique & de Saint-François parurent, & innonderent toute l'Europe. Leur premiere ferveur excita pendant quelque tems celle des anciens Monasteres ; mais ces beaux commencemens ne furent pas de longue durée. Saint-Bonaventure, un des plus zélés Franciscains, reprocha bientôt aux Cordeliers leur avarice, leur oisiveté & leur relâchement. L'Université de Paris les avoit charitablement accueillis & instruits. A peine furent-ils un peu puissans, qu'ils déchirerent leur bienfaitrice en faisant servir l'autorité du Pape à leur propre animosité. Leur injustice étant enfin reconnue, & ne pouvant nuire davantage à l'Université de Paris, ces enfans de Saint-François, divisés en deux Sectes, se querellerent, se battirent, se persécuterent, parce que la plupart ne vouloient pas croire que les alimens qu'ils mangeoient étoient à eux, & parce qu'ils refusoient de tailler leurs capuchons en forme ronde, plutôt que pointue. Ils firent, en 1318, brûler vif à Marseille, quatre de leurs Peres Cordeliers, qui n'avoient pas voulu rogner de quelques pouces leurs sales capuchons.

Les guerres du quatorzieme siecle, les ravages, les profanations que les Anglois, les François, les Bourguignons faisoient tour-à-tour dans les Eglises & les Monasteres de France, forçoient les Prêtres & les Moines à se défendre ou à combattre,

& leur infpiroient un caractere foldatefque qui bannit infenfiblement les vertus humbles & pacifiques, la bonne difcipline, & introduifit la difcorde, le brigandage & la débauche.

Les proftitutions, les crimes de toute efpece dont fut fouillée la Cour de Rome, fous les Pontificats d'Alexandre VI, de Léon X, &c. autorifoient les défordres des Evêques, qui, voyant ces Papes donner l'exemple d'une licence effrénée, faire un trafic honteux des indulgences & des pardons, & vendre pour ainfi dire la vie éternelle au prix de l'or, toléroient les débauches de leur Clergé, ou vendoient eux-mêmes à leur tour aux Eccléfiaftiques fubalternes, le droit d'avoir publiquement des concubines (1).

---

(1) *Sleidan* rapporte que les Magiftrats de Strafbourg avant cité, devant le Cardinal *Campegge*, leur Evêque, parce qu'il vouloit punir quelques Prêtres de fon Diocèfe qui s'étoient mariés, ils repréfenterent à cette Eminence, que les Prêtres qui vivoient dans le célibat, menoient une vie infâme, & entretenoient, au grand fcandale du public, plufieurs femmes libertines dans leur maifon. Le Cardinal répondit, que la conduite de ces Prêtres étoit répréhenfible, qu'à la vérité, il favoit bien que *c'étoit la coutume des Evêques d'Allemagne de permettre la fornication à leurs Prêtres, en recevant quelque argent...* Cependant, qu'il ne s'en fuivoit pas qu'il fût permis aux Prêtres de fe marier. Que le mariage eft pour eux un plus grand péché, que

Le goût de la Littérature profane qui commençoit à naître en Europe, dut encore contribuer à éloigner les Eccléfiaftiques, de leur devoir. Le refpect qu'on portoit alors aux Poëtes Payens, & à ceux qui les étudioient, confacroient en quelque façon la morale relâchée, les préceptes peu Religieux qu'on trouve dans leurs ouvrages. On citoit à tout propos, *Virgile*, *Ovide*, *Tibulle*, &c., & ces citations étoient fouvent confondues, ou mifes en parallele avec des paffages de l'Ecriture ou des Peres de l'Eglife.

---

l'ufage d'entretenir plufieurs concubines en leur maifon; car ceux-ci favent qu'ils font mal, & confeffent leurs fautes; mais les autres s'imaginent bien faire, & qu'au refte, tout le monde ne peut pas être auffi chafte que Jean-Baptifte.

Dans le *Catalogus teftium veritatis*, eft une Pièce intitulée : *Centum Gravamina*, dans laquelle à l'article 75, on trouve la même chofe exprimée ainfi : *les Officiaux, en tirant des Religieux & des Prêtres féculiers un tribut annuel, leur permettent d'entretenir publiquement des concubines & des femmes de joie, dont ils ont des enfans*; & à l'article 91, *la plupart des Evêques & leurs Officialités ne permettent pas feulement aux Prêtres d'avoir des concubines en payant un tribut; mais même s'il y a quelques Prêtres fages qui veulent vivre en continence, on ne laiffe pas de leur faire payer le tribut du concubinage, fous prétexte que M. L'Evêque a befoin d'argent*. Cette Pièce que nous citons, fut compofée en 1522 à la diète de Nuremberg, & paroît avoir de l'authenticité. Il faut noter que ces reproches ne portent que fur les Evêques d'Allemagne.

Les

Les Sermons des Prédicateurs, ainſi que les autres productions du tems, offroient par-tout ce mélange monſtrueux. Les Cordeliers *Mennot*, *Maillard*, le Jacobin *Barlette*, &c. citoient dans leurs Sermons, recherchés aujourd'hui pour leur ridicule, *Virgile* & *Saint-Paul*, plaçoient *Hercule* à côté de *Moyſe*, & par leur colibets, leurs ſatyres contre les Bénéficiers & les Evêques, leurs contes indécens & leurs plates boufonneries, traveſtiſſoient la chaire de l'Evangile, en traiteaux de vils Baladins. Ainſi la Littérature ancienne ne commençoit à répandre ſes lumieres, que pour donner plus d'éclat aux mœurs groſſieres, & à l'ignorance de l'Europe, & pour laiſſer des témoignages plus multipliés de la barbarie des ſiecles précédens.

Les déſordres qu'avoient introduits les guerres civiles, les vices de la Cour de Rome, & la renaiſſance des Lettres, produiſirent en conſéquence dans l'opinion, dans le goût & dans les mœurs, une révolution conſidérable. Cette révolution, dans un ſiecle où la routine avoit bien plus d'empire que la raiſon, ne fut d'abord pas plus avantageuſe à la maniere d'écrire, de penſer, qu'à la maniere de ſe conduire.

Les mœurs du Clergé étoient corrompues à un excès qui doit étonner, non parce qu'aujourd'hui elles ſont plus pures; mais parce qu'elles le paroiſſent davantage, & que, d'après l'opinion générale, on croit

M

qu'elles étoient beaucoup plus exemplaires
qu'elles ne font à préfent. Voici comme
Brantome, avec fon ftyle naïf, nous
peint les mœurs des Evêques qui vivoient avant le regne de François Ier. « Dieu
» fait quelles vies ils menoient. Certaine-
» ment ils étoient bien plus affidus en leur
» Diocèfe, qu'ils n'ont été depuis ; car ils
» n'en bougeoient : mais quoi, c'étoit pour
» mener une vie toute diffolue, après chiens,
» oifeaux (1), banquets, confrairies, noces
» & putains, dont ils faifoient des ferrails ;
» ainfi que j'ai oui parler d'un, dans ce
» vieux tems, qui faifoit rechercher de
» jeunes belles petites filles de l'âge de dix
» ans, qui promettoient quelque chofe de
» leur beauté à l'avenir, & les donnoit à
» nourrir & élever, qui çà, qui là, parmi
» leurs Paroiffes & Villages, comme les
» Gentilshommes de petits chiens, pour

___

(1) Brantome veut parler ici des oifeaux de
proie, autrefois en ufage pour la chaffe du vol.
Quoique plufieurs Conciles défendent cette chaffe
aux Eccléfiaftiques, ils l'ont pratiquée tant qu'elle
a été en vogue en France. Dans un difcours prononcé aux Etats de Blois, fous Henri III, en parlant des mœurs des Prélats du Royaume, on dit :
» Leurs maifons ne raifonnent plus d'Hymnes &
» de Cantiques à l'honneur de Dieu ; mais d'abois
» de chiens, de *réclamations d'oifeaux*, & de
» toute voix de diffolution. Bref, il n'y a qu'igno-
» rance, que vomiffement, paillardife & fcan-
» dale en eux ».

» s'en fervir lorfqu'elles feroient grandes ».

La richeffe des Evêques produifit chez eux le luxe que l'ufage de la Cour fembloit autorifer. Aux vertus Epifcopales, aux cérémonies, aux prédications, fuccéderent l'égoïfme, les équipages de chaffe, les habits fompiueux, &c. Ils oublierent qu'ils étoient Evêques, pour fe rappeller qu'ils étoient riches. On pouvoit bien dire alors ce que Saint-Boniface difoit des Prélats de fon tems, & ce qu'on a depuis, rimé de cette maniere :

> Au tems jadis, au fiecle d'or,
> Croffes de bois, Evêques d'or ;
> Maintenant ont changé les loix,
> Crofles d'or, Evêques de boie.

Coquillart, Poëte & Official de l'Eglife de Reims, qui vivoit au même tems dont parle Brantome, c'eft-à-dire vers le milieu du quinzieme fiecle, fait fouvent mention des Evêques & du Clergé de France, & nous prouve que Brantome n'a point exagéré. Dans fa Piece intitulée *les Droits Nouveaux*, il demande fi une femme entretenue par un Prélat, doit lui préférer un homme plus aimable & moins riche :

> Ung Prélat veut entretenir
> Quelque grant Dame ou Damoyfelle,
> Et va devifer avec elle.

Ung Monfieur d'ung prunier fleury (1),
Un fimple Ecuyer fans fequelle,
Survient léans à l'eftourdy (2).
Affavoir mon s'on doit celuy
Qui eft Evefque ou grant Seigneur
Laiffer feul pour aller ainfy
Entretenir ce gaudiffeur (3) ?

L'Official de Reims dit que, fuivant les nouveaux ufages, la femme ne doit point laiffer l'Evêque pour le nouveau venu, excepté dans deux occafions,

.... Que du Mignon
Elle ait ou plaifance ou prouffit.
S'il plaift, s'il eft beau, il fuffit.
S'il eft prodigue de fes biens,
Que pour le plaifir & déduit,
Il fonce, & qu'il n'épargne rien.

Par-tout où ce Poëte fatyrique nous peint

---

(1) *Ung Monfieur d'ung prunier fleury*, un homme d'une médiocre fortune, Seigneur d'un *prunier fleuri.*

(2) *Survient léans à l'eftourdy*, furvient dans la maifon en étourdi.

(3) *Gaudiffeur* doit fe prendre comme ami de la joie, du plaifir.

le libertinage de fon fiecle, il y place naturellement les Evêques, les Abbés, &c.
S'agit-il de fimples Bourgeoifes, dont le
luxe eft beaucoup au-deffus de leurs fortunes, il en donne l'honneur aux Evêques &
aux Cardinaux, &c.

> Elles ne couchent d'autre dez (1)
>
> Archidiacres ou abbez.
>
> Semble, à ouir langaiges tels,
>
> Quelles ayent fefte & Dimanche,
>
> Toujours un Evefque aux coftés,
>
> Ou Archidiacre en leur manche.

Si la luxure fe montroit ouvertement chez
les Evêques, & autres dignitaires du Clergé;
elle dut régner avec bien plus d'empire dans
les Monafteres où l'ignorance, l'ivrogne-
rie & l'oifiveté lui offroient une foule de
fujets remplis de zèle & de talens pour fon
culte.

Robert Gaguin, Moine de l'Ordre des
Mathurins, qui vivoit dans le même fiecle,
nous a laiffé dans fes Ouvrages, un témoignage inconteftable de la débauche des
Moines de fon tems. Pendant que *les Cordeliers & les Jacobins*, qui n'auroient
guere dû fe mêler de *conception*, fe dif-

(1) *Dez*, dais, lit ; elles ne couchent dans d'autre
lit.

putoient avec chaleur fur la queftion de favoir fi la conception de la Vierge - Marie
étoit *immaculée* ou *maculée*; le Moine
Gaguin compofa fur cette matiere un Poëme
en vers Latins, dans lequel il tranche la
difficulté, & foutient cette conception *immaculée*. Mais parmi un fatras de difcuf-
fions Théologiques, il étale dans ce fujet
Religieux, une infinité d'images licen-
cieufes, d'idées fales, d'expreffions obf-
cènes, & ne laiffe aux Lecteurs aucuns détails à defirer fur la matiere délicate qu'il
traite.

Ce que l'on doit remarquer dans cette
pieufe production, c'eft que l'Auteur, hif-
torien, confidéré, Moine refpecté, Général des Mathurins à Paris, y mêle l'éloge
d'une *Cabaretiere de Vernon*, fa maîtreffe.
Cette galanterie, quoique très-déplacée,
feroit peut-être excufable en faveur de
l'efprit & du fentiment qui l'auroient produite; fur-tout fi la maniere dont elle feroit
exprimée, pouvoit répondre à la gravité
du fujet principal; mais le Moine y parle
de fa belle Cabaretiere, avec les expreffions
d'un libertin groffier, qui ne fait rien taire,
rien voiler. Les meubles commodes à fes
plaifirs, le bon vin, les beautés les plus
fecretes de fon amante, reçoivent dans
fes vers tour - à - tour fon hommage : voici
quelques-uns de ces traits qui, par leur
trop grande naïveté, ne doivent point fe
traduire :

Risus , verba , jocos , fulcra , cubile , merum ,
   Albentes coxas , inguina , crura , nates.
Et ventris , &c.

Après des expreſſions dignes de l'Aretin , le bon Moine , en ſe rappellant les momens fortunés qu'il dut à l'amour , regrette que des affaires multipliées l'éloignent de l'objet de ſes tendres deſirs. *Si une foule d'occupations* , dit-il , *ne me retenoit ailleurs , je contemplerois encore les charmes de ma divinité :*

   Si me non alio curarum turba vocaſſet ,
     Comtemplarer adhuc ſedulus ora Deæ.

Si un Hiſtorien des plus eſtimés de ſon tems , un homme employé par les Rois Charles VIII & Louis XII , à des négociations importantes & difficiles , enfin , ſi un Moine , décoré des premiers emplois de ſon ordre , & généralement reſpecté , peut montrer impunément , aux yeux du public , le mêlange monſtrueux de la Religion & du libertinage ; s'il n'a pas honte , en traitant d'un myſtere du Chriſtianiſme , de faire avec un ſtyle de corps-de-Garde , le récit de ſes amoureuſes fredaines ; & ſi les Lecteurs & les Ecrivains contemporains ne trouverent dans cette conduite indécente rien d'étrange & de répréhenſible, quelle idée

M iv

doit-on fe faire des mœurs des Eccléfiaftiques de ces tems-là ?

La plupart des Auteurs fatyriques du
quinzieme ou feizieme fiecle, tels que *le
Poge*, *Bocace*, *la Reine de Navarre*,
Rabelais, &c. ne parlent que d'aventures
Monacales. S'agit-il de bons tours & de
proueffes en fait de galanterie ? les Cordeliers, les Carmes, &c. y jouent les premiers rôles. M. *Dreux du Radier*, dans
fes *Récréations Hiftoriques*, dit que
l'*Heptameron* ou les nouvelles de la Reine
de Navarre, ayeule d'Henri IV, offre
l'image la plus fidele des regnes de Louis
XII & de François Ier. « Il ne faut pas
» prendre, dit-il, pour des *contes ima-*
» *ginés*, les récits de cette Princeffe ; ils
» font entierement, ou prefqu'entierement
» hiftoriques, & il feroit aifé de le prou-
» ver avec quelques obfervations fur chaque
» nouvelle ». Il ajoute que ce qu'on y dit
des défordres du Clergé, & fur-tout des
Moines de ce fiecle, *n'eft que trop véri-*
table. Il affure que l'aventure des *Cordeliers*
de Catalogne, qui percevoient la dîme
fur les plaifirs matrimoniaux, ne doit point
être regardée comme une fable, & qu'elle
eft confirmée par des Auteurs très-gra-
ves (1). *Chaffeneux*, dans fon Commen-
taire fur la Coutume de Bourgogne, des

_____

(1) Tout le monde connoît cette aventure fin-

droits appartenans à gens mariés, article Ier, en parlant du pouvoir du mari sur la femme, pose quelques especes, & décide, d'après les Canonistes, qu'une femme *qui se couperoit les cheveux par dévotion*, malgré son mari, est excommuniée; qu'elle ne pourroit pas faire vœu de ne jamais ôter sa chemise dans le lit: *ce sont là*, dit-il, *de ces fantaisies, auxquelles il est bien difficile de remédier, & si une femme s'avisoit* DE FAIRE VŒU *d'aller chaque jour chez un Chanoine, ou chez un autre Prêtre, il faudroit bien prendre patience, parce que ce seroit par motif de religion qu'elle le feroit, c'est-à-dire, pour aller à confesse ; or, il n'est pas défendu d'aller souvent à confesse.*

Le grave commentateur ajoute que ces dévotions ont été dangereuses de tous tems; il en cite plusieurs exemples, & sur-tout celui rapporté dans le supplément des chro-

---

guliere, si agréablement contée par la Fontaine, & qu'il commence ainsi :

Je vous veux conter la besogne

Des Cordeliers de Catalogne ;

Besogne où ces freres en Dieu

Témoignèrent en certain lieu

Une charité si fervente,

Que mainte femme en fut contente , &c.

M v

niques de *Philippe de Bergame*, où l'on peint les fourberies des Moines appellés *Fraticelli*, qui, fous prétexte de religion, abufoient des femmes, & fe livroient avec elles à la débauche.

M. Dreux du Radier cite encore *Ro-fred de Benevent*, qui, dans fes livres du Droit Canonique, au titre *de Decimis*, parle d'une femme qui réfervoit la dîme du plaifir conjugal à fon Curé. *Quæ re-fervabat decimarum actum cum marito, pro facerdote.*

Si l'on en croit d'autres Ecrivains du quinzieme fiecle, les Carmes & les Cordeliers de Paris étoient auffi adroits que les *Cordeliers de Catalogne.* L'Official de l'Eglife de Reims, *Guillaume Coquillart*, que j'ai déjà cité, après avoir peint le libertinage de quelques Curés de fon tems, avec les femmes mariées, parle ainfi des dames de Paris, qui vont fecretement paffer la nuit chez les Carmes :

Mefdames fans aulcun vacarme,
Vont en voyage bien matin
En la chambre de quelque Carme
Pour apprendre à parler Latin.
Frere Berufle & Damp Fremin,
Les attenuent en lieu célé
Sur la queue de leur parchemin,
Leur baillent leur beau blanc fcellé.
On ilz bien gaudy & galié,

En lieu de dire leurs matines,
Le vin blanc, le jambon sallé,
Pour festoyer ces pélerines.
Après on recloft les courtines (1);
On accole Frere Frappart,
En baisant, ils joignent retines,
Le grand Diable y puist avoir part.
Le jour poingt, on fait le départ;
La cloche sonne le retour;
On s'abille de part en part :
Adieu, bon jour, jusqu'au retour.
Mes bourgeoises, sans nul séjour,
Partent, & se mettent en voye,
Ung peu devant le point du jour,
Afin que nesung ne les voye;
Et sans prendre charbon ne croye,
Au ruisseau crottent leur souliers,
Affin que *Jennin Dada*, croye (2)
Qu'elles viennent de Aubervilliers (3).
Moynes, Prebstres & Cordeliers
Prennent avec elles déduyt. &c.

(1) On *recloft les courtines*; on tire les rideaux du lit.

(2) *Jennin Dada*, épithete ridicule, donnée à un mari trompé, qui répond parfaitement à celle de *George Dandin*.

(3) *Aubervilliers*, Village à une lieue & demie de Paris dans la plaine de Saint-Denis, autrefois célébre par des pélerinages nombreux, & par les visites fréquentes qu'y faisoient en grande dévotion les femmes de Paris & des environs.

Le Poëte raconte enfuite comment chacune de ces *Bourgoifes de Paris* eft ac-
cueillie par fon mari : l'une s'excufe en
difant qu'elle vient de prier Notre-Dame
à Aubervilliers, & l'autre, d'accomplir un
vœu qu'elle a fait à l'Abbaye de Saint-Maur-
des-Foffés, pour être guérie de la goutte :

> . . . . . . Toujours vous tenfez
>
> Ennement que bien le fachez ;
>
> De travail le front me dégoutte,
>
> Je viens de Saint-Mor-des-Foffés,
>
> Pour être allegée de la goutte (1)
>
> Le mari la croit. . . . .

C'eft ainfi, dit le Poëte, que plufieurs
maris font dupes de la dévotion de leurs
femmes ; ce n'eft pas tout :

> Après difner par bonne guife
>
> S'en va veoir quelqu'autre efcolier (2),

_____

(1) Les Parifiens, & fur-tout les Parifiennes faifoient, dans les fiecles dernìers, à Saint-Maur-des-
Foffés, comme à Aubervilliers, de fréquens Pélerinages. Notre-Dame des Miracles, dont la Chapelle s'y voit encore, avoit la réputation de guérir les Epileptiques, les goutteux & autres malades.
Ce pélerinage à Saint-Maur-des-Foffés, fe faifant
la nuit de la Saint-Jean, étoit accompagné de tant
d'indécences, qu'il fut fupprimé. C'étoit toujours
la dévotion qui fervoit autrefois de prétexte aux
galanteries des Bourgeoifes de la Capitale.

(2) *Efcolier* doit être pris comme jeune Moine,
ou Moine étudiant.

Difans je m'envoys à l'Eglife ;
Au Sermon du bon Cordelier.
Puis après on monte au folier (1):
Bien venez , car je vous attends;
Avec le chien au grand collier
Elles fe donnent du bon tems.

Les productions littéraires du tems nous offrent plufieurs autres témoignages du déréglement , & fur-tout de l'impudence des Moines & des Ecléfiaftiques qui vivoient aux quinzieme & feizieme fiecles.

Le péché de galanterie n'eft pas le feul que l'on puiffe leur reprocher. Les haines, les jaloufies entre Moines ou entre Communautés , les querelles ridicules, ou puériles , n'ont que trop fouvent allumé le feu de la difcorde , & enfanglanté les Monafteres.

Les Auguftins de Paris ont foutenu deux combats meurtriers. Les Cordeliers de la même Ville fe font battus différentes fois , & plufieurs font tombés morts fur le champ de bataille (2).

Plus récemment , les Capucins qui occupoient la Communauté de la rue Saint-Jacques , ont donné aux habitans de ce quartier un exemple mémorable de leur fureur.

---

(1) *Solier*, Chambre haute ou grenier.
(2) Voyez la *Defcription des Curiofités de Paris*, articles *Grands Auguftins & Cordeliers.*

Il n'a manqué pour la célébrité de ce combat qu'un Poëte pour le chanter.

Les Minimes de Clermont se sont battus, & quelques-uns ont voulu mettre au feu le Pere correcteur, parce qu'il vouloit, en observateur exact de sa regle, retrancher la cuisine trop succulente des Moines.

Les Capucins de Nevers se sont livré bataille dans leur Capuciniere. Il y eut un mort & plusieurs blessés. Feu M. *Tinsseau*, ci-devant Evêque de cette Ville, fut obligé de faire sortir de Nevers tous ces champions encapuchonés, & de les disperser en différentes maisons. On feroit des volumes, si l'on vouloit rapporter en détail toutes les querelles violentes, tous les combats sanglants qui ont troublé les Monasteres. Un des plus singuliers, des moins connus, & des plus authentiques de ces combats, est celui qui se donna en 1601, proche la ville d'Angers, entre les Cordeliers & les Récollets.

Les Récollets, introduits en France en 1595, avoient déjà établi quelques maisons de leur regle, lorsqu'en 1601, ils vinrent occuper, sous la protection de l'Evêque d'Angers, le Couvent *de la Baumette*, fondé par le Roi *René*, & abandonné depuis quelque tems par les Cordeliers. Ces Cordeliers, jaloux & furieux de voir leur ancien domicile occupé par des Moines ennemis & rivaux, se munirent de toutes les choses nécessaires à leurs entreprises, & vinrent en

troupe, affiéger le Monaftere de *la Bau-*
mette. lis l'attaquerent de deux côtés.
Tandis que les uns s'occupoient à enfoncer
les portes, les autres pofoient les échelles,
& tâchoient d'efcalader les murs.

Les Récollets, en cette occafion, montrerent tout leur courage ; ils firent pleuvoir,
fur les Cordeliers affaillans, une grêle de
pierres, & oppoferent avec acharnement la
force à la force ; le vacarme étoit grand ; ce
Saint Monaftere alloit être profané par le
meurtre & le fang, lorfque les habitans du
lieu accoururent en foule, & parvinrent,
après bien des efforts, à féparer ces bons
Moines, qui fe tuoient pour la gloire de
leurs Ordres (1).

Cette affaire devint confidérable, & fut
plaidée au Parlement avec folemnité. L'A-
vocat du Roi, *Servin*, conclut en faveur
des Cordeliers, & la Cour condamna les
Récollets. Quelques années après, ces Récollets obtinrent d'Henri IV, qui paffoit
à Angers, la permiffion d'occuper le Monaftere de la *Baumette,* où il font encore
aujourd'hui.

La dépravation du Clergé étoit moins
apparente au feizieme, qu'au quinzieme
fiecle. Les nouvelles opinions du Proteftan-
tifme opérerent un changement confidérable
dans les mœurs & dans les efprits. Les pre-

_____

(1) Hiftoire d'Henri IV par *Mathieu,* Livre IV,
page 86.

miers réformés, plus foibles, & en plus
petit nombre, durent montrer des vertus,
pour les opposer aux vices & aux exactions
des Prêtres Catholiques ; ils durent se montrer plus savans qu'eux pour les combatre
avec plus de succès. Les Catholiques voyant
que leur conduite, leurs pieuses ruses &
leur ignorance les mettoient souvent en
défaut, furent alors intéressés à paroître
vertueux, à être savans (1). On étudia,
on commenta, on traduisit avec zèle les
monumens écrits du Christianisme ; on les
discuta avec passion, & on épuisa la matiere. Tous les moyens que les deux parties
avoient réciproquement à s'opposer, furent
allégués & opposés avec tous leurs avantages. Le feu de la dispute empêcha long-
tems de discerner la vérité ; mais aujour-

---

(1) « On a obligation, disoit l'Abbé de Lon-
» guerue, à *Luther*, qui nous a mis dans la né-
» cessité d'étudier la Religion. On n'étudioit que les
» Payens, & la Religion étoit tournée en dérision :
» tous les contes rouloient là-dessus. Voyez *Bocace*,
» *Dante*, *Politien*, &c. Il y avoit à Padoue,
» comme le remarque *Louis Vives*, une chaire
» fondée pour enseigner *Averroes*, & il n'y en avoit
» point pour enseigner l'Ecriture ». Le Cardinal
du Perron est du même sentiment. « Si ce n'é-
» toit, dit-il, la crainte de l'Arianisme, & du Ma-
» hométisme, l'Hérésie auroit apporté un bien ;
» c'est d'avoir fait renaître les Lettres qui étoient
» grandement déchues, & d'avoir été cause que
» la Doctrine de l'Eglise a été plus examinée &
» plus prêchée ».

d'hui ce feu eſt amorti, les querelles ſont oubliées, & la vérité reſte.

On peut remarquer que dans ces querelles Théologiques, ſouvent aſſaiſonnées d'injures groſſieres, & quelquefois ſuivies de maſſacres affreux, toujours les Moines ſe montrerent avec diſtinction. Ce ſont encore les Moines, & ſur-tout les Mendians, qui, dans l'hiſtoire du Fanatiſme, jouerent le rôle le plus odieux. Il ſemble que chez eux, la fureur avoit ſuccédé à la galanterie, & qu'ils vouloient ſe venger ſur les réformés, de la contrainte dans laquelle la cenſure de ces êtres clairvoyans, les obligeoit de vivre.

Il ſeroit ſans doute déplacé de rechercher avec trop de curioſité, & de préſenter avec empreſſement les anecdotes nombreuſes que peuvent fournir aujourd'hui les différens Monaſteres de France. Le reſpect qu'autrefois on portoit à l'habit, à l'état & aux pratiques particulieres des Moines, faiſoit un contraſte ſi frappant avec leur conduite peu réguliere, que le petit nombre d'Ecrivains, qui, dans ces tems reculés oſoient dire la vérité ſur les mœurs de leurs contemporains, n'ont pu s'empêcher de peindre celles des Moines, & de laiſſer des témoignages de leur dépravation. Maintenant, que le contraſte entre les mœurs Monacales, & le reſpect qu'on accorde aux Moines eſt beaucoup moins frappant, que leur influence dans le monde eſt preſque nulle, & qu'à leur égard, l'opinion publique est absolument fixée; les anecdotes qu'offriroient leurs fréquentes contraventions aux vœux qu'ils ont juré d'observer, les détails de leurs bachiques ou amoureuses fredaines, seroient également inutiles à la société, & indifférens aux Lecteurs.

Seulement on observera que les Moines d'aprésent sont moins querelleurs, moins arrogans, moins turbulens, moins fanatiques que ceux des siecles passés : ils sont aussi moins studieux, moins instruits & moins respectés (1).

En Province, ce caractere est moins sensible que dans la Capitale; car on voit encore dans de petites Villes, des Moines intrigans & débauchés, qui joignent à ces vices, le ridicule du bel esprit & de la fatuité; qui rougissent de leur Regle, se glorifient de la transgresser, & affichent leur mondanité & leurs débordemens. On y trouve plutôt qu'à Paris, des *Capucins petits Maîtres, des Carmes galans, des Cordeliers à bonne fortune.*

---

(1) On excepte de cette regle les savans Bénédictins, qui s'occupent plus des recherches historiques que de procès; les Trinitaires, les Freres de Saint-Jean de Dieu, & tous les Moines, qui par leurs travaux, sont utiles à la société; mais ici l'exception n'emporte point la regle.

CHAPITRE LXIX.

Monasteres de Filles.

Sɪ la discorde & la licence ont établi leur empire dans des Monasteres d'Hommes, elles ont dû régner plus souverainement dans les Couvens de Filles dont le sexe plus foible, offre à la séduction un accès plus facile. Les mêmes causes qui ont produit le désordre chez les Moines & dans le Clergé, ont également influé sur les mœurs des Religieuses : ce sont sur-tout les guerres civiles. Nos Héros François, dont la plupart se distinguoient autrefois par des massacres & des brutalités, se faisoient un jeu d'enfoncer les grilles, &, de leurs mains robustes ou encore teintes de sang, de meurtrir, & souiller par de violentes caresses, ces foibles & innocentes épouses du Seigneur. Plusieurs de ces malheureuses victimes, fugitives & déshonorées, abandonnerent leurs Monasteres, ou, entiérement livrées au désordre, elles continuerent par goût, ce qu'elles avoient d'abord éprouvé par force. C'est ce qui étoit arrivé dans la plupart des Couvens de Filles, lorsqu'après les troubles des regnes de Charles VI, &

de Charles VII, on les foumit à des réformes dont ils avoient grand befoin.

Les guerres de la Ligue introduifirent le relâchement dans les Communautés de Filles. Plufieurs Abbayes de France furent en proie aux galanteries des Guerriers Ligueurs ou Royaliftes. Les amours de l'Abbeffe de *Saintes*, avec l'Evêque de la même Ville, & celles des Religieufes de la même Maifon, avec les Militaires du tems, donnerent de la célébrité à l'Abbaye (1). Les Couvens de *la Trinité de Poitiers*, de *Vilmur* en Albigeois, & celui du *Lys* (2), &c. eurent auffi une femblable réputation. Les Monafteres des Environs de Paris, pendant qu'Henri IV tenoit la Ville affiégée, furent encore plus expofés. Les Abbayes de *Maubuiffon* (3), de *Longchamp*, de *Mont-*

(1) On croit que cette Abbeffe étoit *Françoife de la Rochefoucaud*, & l'Evêque, *Nicolas le Cornu*, qui fut nommé à l'Evêché de Saintes, en 1575.

(2) On appella cette Abbaye du *Lys, vrai Séminaire des Enfans Rouges*. Elle eft fituée proche les bords de la Seine, prefqu'en face de Melun. *Catherine de la Trimouille* en étoit alors Abbeffe. On raconte qu'Henri IV lui demanda le nombre des Religieufes, & celui de leurs Directeurs. Par fa réponfe, il fe trouva que le nombre des Directeurs étoit moindre que celui des Religieufes; le Roi en parut furpris. — *Votre étonnement, Sire, eft affez jufte*, dit l'Abbeffe fort ingénuement; *mais, Votre Majefté ne fait pas réflexion qu'il faut bien quelques Religieufes pour les furvenans; que feroient-ils, fi chacune avoit le fien?*

(3) L'Abbeffe de *Maubuiffon*, étoit alors *Angé-*

martre (1), de *Saint - Antoine - des*

lique *d'Eſtrées* , ſœur aînée de *Gabrielle d'Eſtrées*
qui fut maîtreſſe d'Henri IV. Pendant tout le tems
du ſiege de Paris, la cornette du Roi logea dans
cette Abbaye. *D'Aubigné* dit que pendant le ſiege
de Pontoiſe, il y demeura huit Religieuſes que la
V..... retenoit, & cinq qui étoient en couche. Sauval
raconte la même choſe.

(1) Lorſqu'Henri IV fit le ſiege de Paris, il ſe
campa ſur la montagne de Montmartre. Quelques
Religieuſes ſe réfugierent à Paris, & y oublierent
leur Regle & leur devoir. Celles qui reſterent ac-
cueillirent ſi bien le Roi & ſes Officiers, qu'on appelloit cette Abbaye le *Magaſin des Engins de l'armée* , ou *l'Académie des P.... de l'armée*. Henri IV.
l'appelloit ſon Monaſtere, & diſoit qu'il en avoit été
Religieux. Il y devint amoureux d'une jeune Sœur,
nommée *Marie de Beauvilliers* , qu'il conduiſit à
Senlis, l'avouant publiquement pour ſa maîtreſſe; mais
ce Roi, frappé des charmes de *Gabrielle d'Eſtrées* ,
oublia bientôt la jeune Religieuſe, qui ſe voyant dé-
laiſſée, revint à Montmartre, dont elle fut Abbeſſe
quelque tems après. Sauval aſſure qu'il lui a entendu
dire, qu'en 1598, la Communauté n'avoit que
2,000 livres de rente, & en devoit 10,000; « que
» le jardin étoit en friche, les murs par terre, le
» réfectoire converti en bûcher, le cloître, le dor-
» toir & le chœur en promenade; à l'égard des
» Religieuſes, que peu chantoient l'Office, les
» moins déréglées travailloient pour vivre, & mou-
» roient preſque de faim. Les jeunes faiſoient les co-
» quettes, les vieilles alloient garder les vaches,
» & ſervoient de confidentes aux jeunes ». Elles
ne rempliſſoient plus les devoirs de Religieuſes.
Au lieu d'être vêtues en noir, elles portoient un
habit blanc. Lorſque l'Abbeſſe voulut les ſoumettre
à une conduite plus réguliere, elles en devinrent ſi

Champs, &c. devinrent, comme on difoit alors, des *lieux de plaifirs*, & offrirent les défordres les plus fcandaleux.

La paix enfin rétablie, ramena la ré-
forme & le bon ordre dans les Monafteres
de France : à la même époque, plufieurs
Couvens de Filles de Paris, & des environs, éprouverent des changemens rigoureux. Pour bannir avec plus de fuccès
l'incontinence des cloîtres, & rétablir la
difcipline relâchée, on difperfa les Religieufes indociles, & dans les Monafteres dé-
réglés, furent introduites des Religieufes
étrangeres, que l'on tira de différentes
maifons, dont les mœurs n'avoient point été
infectées par la contagion des tems ; ainfi,
par ce mélange falutaire, la piété dans les
Couvens, triompha de la licence.

On ne doit pas cependant conclure de
ces réformes générales, que depuis, aucun
Monaftere n'a donné des preuves de déréglement. Quoique les mêmes caufes ne
fubfiftent plus, il eft des circonftances particulieres qui peuvent produire des effets
moins univerfels, mais auffi pernicieux. La
féduction qu'éprouverent les Religieufes de

turieufes, qu'elles effayerent de l'empoifonner. L'Abbeffe prit des antidotes qui lui fauverent la vie ;
mais qui ne la préferverent point d'une grande difficulté de refpirer, & de parler. Voyez *Antiquités
de Paris*, par *Sauval*, Livre IV, page 354, &
la Defcription *des Environs de Paris*, article *Montmartre*

Sainte-Catherine-les-Provins, en offre un exemple bien authentique.

Depuis long-tems, les Cordeliers de Provins dirigeoient, dans la plus parfaite union, les confciences des Sœurs de *Sainte-Catherine*; cependant les rivalités, la jaloufie, introduifirent la difcorde dans le Couvent. Quelques Religieufes mécontentes fe réunirent pour demander, en 1648, au Parlement, l'éloignement des Cordeliers; mais les cabales des Peres firent avorter tous les projets des Sœurs. Le Parlement rendit plufieurs Arrèts; l'Archevèque de Sens interpofa fon autorité; les Cordeliers bravoient tout. Lorfqu'enfin les Religieufes, de concert avec ce Prélat, publierent un *Factum* dont nous allons donner une idée, & où fe trouvent dévoilés tous les myfteres de la galanterie clauftrale; myfteres que, fans cette querelle, l'œil des profanes n'auroit peut-être jamais pénétrés (1).

Les Religieufes, après avoir établi leurs

_____

(1) Sans la perfécution du Cardinal de Richelieu, on ne fe feroit jamais douté de ce que les Religieufes de *Loudun* étoient capables de faire. Sans la jaloufie de quelques Religieufes de *Beaumont-lès-Clermont*, qui intenterent un Procès à leur Abbeffe, on n'auroit jamais penfé aux traveftiffemens fecrets, aux intrigues galantes, & à toutes les pratiques myftérieufes & fingulieres que le cloitre peut feul faire imaginer, & que les Mémoires publiés dans le tems, ont mis au grand jour.

prétentions à rentrer fous la conduite &
direction de l'Archevêque de Sens, après
avoir prouvé avec beaucoup d'érudition,
que la conduite des Monafteres appartient
de droit aux Evêques, & après avoir répondu
aux Bulles fignifiées par les Cordeliers, fur
lefquelles ils appuyoient leur prétendue Ju-
rifdiction dans le Monaftere de Sainte-Catherine; elles racontent comment ces Cordeliers fe font rendus indignes de les diriger, & elles rapportent fidellement les
preuves du libertinage que ces Peres ont
introduit dans leur cloître.

Pour avoir une idée générale de ces
déréglemens, « on n'a qu'à fe figurer, lit-
» on dans le *Factum*, tous les maux que
» font capables de caufer les paffions hu-
» maines, lorfqu'elles font couvertes du pré-
» texte de la piété, & qu'elles abufent des
» chofes les plus faintes, les plus facrées,
» pour fe fatisfaire, & pour corrompre,
» autant qu'il eft en elles, des ames inno-
» centes; on n'a qu'à fe repréfenter toutes
» les manieres les plus honteufes & les plus
» criminelles, dont on peut fe fervir pour
» renverfer l'ordre & la régularité dans une
» Maifon Religieufe; enfin, on n'a qu'à
» s'imaginer tous les abus que des gens
» qui ne font retenus, ni par la crainte
» de Dieu, ni par celle des hommes, peu-
» vent faire d'une autorité ufurpée, &
» qu'ils employent pour faire infpirer le
» vice, & faire régner le péché ».

Voici

Voici ce que dit une des Religieuses dans
sa déposition :

Les Confesseurs s'amusoient à caresser les pensionnieres qu'on leur envoyoit
pour les instruire à la Sainte Communion,
& leur faisoient toutes sortes de contes
ridicules. Quand, par occasion, elles
sortoient, & alloient au Couvent de ces
Peres, ils usoient avec elles de toutes
sortes de privautés malséantes, comme
pour leur ôter de bonne heure cette
pudeur naturelle à notre sexe, afin
de se les rendre ensuite plus complaisantes, &c.

La même déposante continue :

Je puis dire, comme en ayant connoissance assurée, que trois Novices prêtes à
faire profession, ayant été vers le Pere
N.., Confesseur, pour être instruites à cette
Sainte action, il leur fit cent cajoleries,
& leur donna à chacune un gage de son
amitié, les obligeant de les porter sur
elles ; leur conseilla fort de prendre de
bons amis, leur disant que cela étoit commode pour eux, & divertissant pour elles...
Il les instruisit de la maniere qu'il se
falloit conduire dans ces amitiés. Il en
demanda une des trois en particulier,
pour lui déclarer l'inclination qu'il avoit
prise pour elle... Il dit à un autre Pere,
qui trouvoit aussi cette Novice à son gré,
qu'il n'avoit rien à y prétendre, qu'il
l'avoit retenue pour lui, &c.

N

D'autres Religieuſes firent à peu près la même dépoſition ſur le même ſujet, avec cette différence, que l'une ajoute que, pour avoir journellement ces Novices à ſon parloir, ce Pere ſe plaignoit à la Mere Maîtreſſe de leur peu de vocation, afin de la déterminer à les lui envoyer plus ſouvent.

Les Cordeliers ne négligeoient aucun genre de ſéduction pour ſoumettre à leurs deſirs, les jeunes Religieuſes qui réſiſtoient encore. « Leur paſſion les a portés, dit » le *Factum*, juſqu'à cet excès, qu'ils leur » ont donné *les Maximes d'Amour*, *l'Ecole des Filles*, *le Catéchiſme d'Amour*, qui ſont des écrits abominables... » Ils leur ont même donné des Livres de » magie pleins de mille curioſités & de » mille recherches infâmes & diaboliques, » & l'un d'eux a été aſſez brutal, pour donner à une fille, un chiffre pour écrire des » ordures ».

On les a oui, dit une dépoſante, *à la grille, un nombre infini de fois, chanter devant les Religieuſes, & leur apprendre des chanſons déshonnêtes, & on ne pouvoit preſque y aborder en leur préſence, qu'on entendît une ſottiſe.*

Une fois, en bonne compagnie, ſur le refus qu'une Religieuſe fit de paſſer ſes doigts à un qui les lui demandoit, il ſe mocqua fort d'elle, & lui dit qu'elle devoit ſavoir, que, depuis la ceinture juſqu'en haut, appartenoit tellement au bon ami, qu'on ne devoit lui en refuser ni la vue ni l'attouchement. La même déposante ajoute : *nos Meres m'ont assuré que les Cordeliers leur donnoient pour leçon, à bien pratiquer, que le fein, la bouche & la main devoient étre à un ami.*

Mais cela ne suffisoit pas à des Moines; continuons.

« Ils avoient foin de faire qu'il n'y en eût
» pas une feule dans la maifon, qui dès fon
» Noviciat... n'eût quelque Cordelier pour
» ami particulier, & avec qui elle ne con-
» tractât auffi une alliance toute particu-
» liere. Ceci fe faifoit avec toutes les for-
» malités poffibles, & comme, dans la
» fuite, ils fe devoient traiter de *maris &
» de femmes*, felon l'ordre établi par eux
» depuis long-tems dans ce Monaftere; on
» obfervoit les mêmes formalités que l'on
» garde dans les mariages du monde ».

Voici de quelle maniere étoient célébrés les mariages des Religieufes avec les Cordeliers.

Les nouveaux amans, c'eft une dépofante qui parle, *s'adreffoient aux amies de celles qu'ils defiroient, pour fe les rendre favorables. On faifoit des épreuves d'amitié, des demandes, des conventions. On prenoit des jours pour dreffer des articles, faire des fiançailles, & enfin les noces où il fe faifoit des feftins, où l'on difoit milles impertinences.* La même Re-

ligieuſe cite quelques exemples de cette cérémonie. Nous rapporterons celui d'une
Sœur, qui, après avoir été long-tems recherchée par un Cordelier, gardien de...
conſentit enfin à l'épouſer.

   *... On fit, dit-elle, les ſolemnités de
leur mariage. Un Cordelier, comme pere
du Pere épouſeur, fit la demande à
l'Abbeſſe, qui paſſoit paur la mere de
cette Sœur. Un autre Cordelier ſervit
de Notaire pour paſſer le contrat. On
publia les bancs au parloir de ladite
Dame Abbeſſe, & dans la ſalle baſſe.
Le Pere... ſervit de Curé, qui les ma-
ria, leur faiſant dire les mêmes paroles, & faiſant de ſon côté, les mêmes
prieres & les mêmes cérémonies dont on
uſe dans les véritables mariages. On
donna la bague qui fut miſe au doigt
de l'épouſée. Une Sœur déguiſée en Cordelier, leur fit une exhortation ſur les
devoirs du mariage, & ils furent ren-
voyés enſuite ſeul à ſeule à un autre
parloir, pour conſommer le mariage.*

   Le paſſage ſuivant, donnera une idée
de l'abandon & de la joie qui régnoient
dans ces dévotes orgies.

   « On y mangeoit enſemble aux grilles,
» on y buvoit avec des chalumeaux dans un
» même verre ; on y portoit des ſantés à ge-
» noux & on caſſoit les verres après les avoir
» bues ; on uſoit de petits artifices pour
» faire lever les guimpes. On leur reprochoit

» qu'elles n'étoient que des oyſons, en
» comparaiſon des Dames Cordelieres de....
» chez qui dix ou douze Cordeliers cou-
» choient tous les jours. On leur citoit
» enſuite les exemples des débauches qui ſe
» faiſoient dans les autres Maiſons de leur
» Ordre, pour les obliger à les imiter.
» On paſſoit de ces entretiens à des diſ-
» cours plus libres & plus inſolens ; on
» danſoit de part & d'autre aux chanſons,
» on jettoit bas le froc & l'habit de Corde-
» lier, on paroiſſoit avec des habits de ſatin,
» & des garnitures de rubans de couleur ;
» quelquefois les Cordeliers paſſoient leurs
» habits aux filles, & les filles les leurs
» aux Cordeliers. Quelques-unes, à la
» ſollicitation des Peres, ſe ſont déguiſées
» en ſéculieres, & ont paru devant eux
» au parloir, la gorge nue, & ſemée de
» mouche comme le viſage, &c.... On
» jouoit en cet état des baiſers, aux cartes,
» & à d'autres petits jeux, juſqu'à cinq
» heures du matin, on rompoit les grilles
» pour exécuter les choſes avec plus de fa-
» cilité, & l'on paſſoit les jours & les nuits
» toutes entieres dans ces exercices ».

Les Supérieurs & les provinciaux des
Cordeliers, loin de proſcrire ces abus,
lorſque dans leurs viſites, des Religieuſes,
jalouſes ou repentantes, venoient les leur
dénoncer, étoient les premiers à plaiſan-
ter celles qui venoient ſe plaindre, à les
cajoler eux mêmes ſi elles étoient jolies, &

à les exhorter à prendre chacune un ami. *Le Provincial N...,* dit une Religieuse dans sa déposition, *donnoit des amis à toutes les jeunes Professes. Il prêcha à ma profession; il m'appelloit sa fille pour cette raison. Il me dit, aussi-tôt que j'eus fait profession, qu'il me vouloit donner un Cordelier pour ami, qui étoit beau Garçon, galant, bien fait, & qu'il me vouloit marier avec lui. Il parloit souvent de ces sortes de mariages.*

Pour maintenir cet esprit de galanterie dans le Couvent de ces filles, les Provinciaux avoient toujours soin de nommer des Abbesses & des maîtresses qui pouvoient s'accommoder de cette joyeuse vie. Voilà comme à ce sujet s'explique une des Religieuses:

Il y a dix années qu'au tems de l'élection de Madame d'Offonville, premiere Abbesse de ce nom, ils firent tous leurs efforts pour mettre en sa place Madame... qui avoit fait le dernier mal avec le Pere.... Cordelier...

La Sœur N... montroit librement les lettres d'amour qui lui étoient écrites par les Cordeliers, racontoit tous les songes qu'ils faisoient pour elle. Elle leur donnoit accès dans sa chambre nuit & jour, & pour récompense, elle fut faite Maîtresse des Novices.

Il y a eu des Cordeliers, qui, *après avoir entendu la confession d'une malade, ont été au lit des autres, & après leur avoir dit tout haut quelques mots de piété, fe font approchés pour les baifer, & ont voulu mettre la main dans le fein.*

Nous ne parlerons pas de ceux qui font entrés la nuit ou le jour avec des fauffes clefs, avec des échelles, foit dans les jardins ou dans les chambres des Religieufes, pendant qu'elles étoient au lit, &c. Le Mémoire n'eft rempli que de faits de cette nature. Nous ne finirions point fi nous voulions extraire tous les détails piquants qu'il contient, & préfenter tous les moyens finguliers, violens ou impies, que l'amour ou la luxure, fuggéroient aux Cordeliers & aux Religieufes, pour adoucir la rigueur de leurs vœux. Nous citerons feulement quelques fragmens de lettres écrites par les Moines amoureux à leurs tendres reclufes : d'après leurs expreffions ridiculement précieufes ou myftiques, on jugera quelle force, quelle tournure l'amour prend fous le froc.

« Mon cœur eft tout à vous, écrivoit un
» Cordelier à fa bonne amie Religieufe ;
» tout en vous & tout pour vous, puifqu'il
» ne refpire que pour vous. N'en doutez
» non plus que des fermens que je vous
» ai fait, & que je renouvelle, de vous
» honorer & fans pair, & fans fin.....
» Comme vous m'avez amoureufement
» rendu vos armes, & comme je les ai
» reçues & retenues, &c. ».

» Un autre Moine écrivoit : « Je pars de ce
» pas pour porter mes thefes de Théologie
» chez l'Imprimeur. Je la dois foutenir le 6
» d'Octobre, & je veux que ce foit fous
» vos aufpices. Si je n'appréhendois point
» les langues, je mettrois votre nom &
» vos mérites en lumieres dans le titre &
» l'épitre dédicatoire de ladite thefe ; mais
» je me contenterai de vous la dédier ta-
» citement, en mettant pour figure une
» Magdeleine, & pour titre ces paroles :
» *multum diligenti;* à celle qui aime beau-
» coup ». Dans une autre lettre, le même
Moine envoie la thefe à fa bien aimée,
avec un titre plus ample, & qui défigne plus
particulierement fon amour & fes feux. L'a-
fectation du bel efprit fe rencontre par-
tout dans les lettres rapportées au *Factum.*
Voici quelques fragmens de celles qui
indiquent une plus grande intimité entre
les Moines & les Religieufes.

« Mais ma chandelle eft toute fondue ;
» minuit eft fonné ; je m'en vais voir fi
» le chevet me donnera des rêveries ap-
» prochantes des agréables délices que vous
» m'avez fait goûter dans votre charmant
» entretien ».

» Notre fille eft toute jolie, de m'en-
» voyer ces deux petits vaiffeaux. Je ne
» fuis pas content de fi peu de douceurs ;
» & qu'elle ne penfe pas me perfuader qu'elle
» ait tout petit. Notre fils a l'encre gelée,
» & je n'entends plus parler de lui ; qu'elle

» fache qu'il aura bien le fouet à la premiere
» vue , & ne fai fi elle pourra l'échapper...
» Dites la vérité. Elle vous reffemble,
» elle eft belle toute nue comme vous.

  » ... Si la froideur vous empêche d'é-
» crire, n'importe, pourvu qu'elle ne foit
» point au cœur. Pour moi , je n'ai jamais
» froid aux parties cachées... »

A ce *Factum* qui n'eft pas plus avanta-
geux aux mœurs des Religieufes, qu'à celles
des Cordeliers ; on pourroit joindre plufieurs
autres exemples auffi véritables , & qui con-
tribueroient également à prouver que , dans
l'age de la vigueur, la nature ou l'amour ,
ou bien le diable , triomphe toujours des
guimpes , des cordons , des grilles & des
vœux &, fi par-tout fes effets ne font pas
auffi violens, ce n'eft que la faute des circonftances.

F I N.

ERRATA.

Page 5, ligne 20, *étoit*, lisez *formoit*.

Page 5, ligne 2, du titre, *dit la Pucelle*, lisez *dite la Pucelle*.

Page 10, ligne 12, *manœuvre*, lisez *malœuvre*.

Page 20, ligne 4, *ils s'émeutent*, lisez *ils s'ameutent*.

Page 105, ligne 2, après *Melun*, mettez un point au lieu d'une virgule; & ligne 4, après *alors*, mettez une virgule au lieu du point.

Page 117, ligne 25, *gajeure*, lisez *gageure*.

Page 120, ligne 8, *prétant*, lisez *prétat*, & après *grâce*, mettez, au lieu de la virgule, un point & une virgule.

Page 128, ligne 26, mettez une virgule après *champ*, & ôtez celle qui est après *bien*.

Page 163, ligne 22, *Crato*, lisez *Cattho*.

Page 179, ligne 2, *prise*, lisez *mise*.

Page 179, l'avant derniere ligne, *grand fripon*, lisez *grand fourbe*.

Page 211, ligne 6, *annonçoit*, lisez *annonçoient*.

Page 214, la note, au lieu de (2), mettez (1). Dans la même note, ligne 13, *en fureur*, lisez *en faveur*.

Page 215, ligne 11, *five*, lisez *five*.

TABLE

DES MATIERES.

A.

B.

C.

D.

E.

O

I.

J.

L.

O.

P.

O v

T.

Fin de la Table.

AVIS DU LIBRAIRE.

ON s'occupe depuis plufieurs années d'une *Defcription des principaux lieux de France*, &c. Cet Ouvrage manquoit à la Nation & aux Etrangers. Les nombreux matériaux que l'Auteur a raffemblés les voyages qu'il a été obligé de faire, auroient pu lui fuffire; mais la matiere étant fi étendue, fi variée, fi remplie de détails de tous les genres, il croit devoir, pour mettre dans fon Ouvrage la plus grande exactitude, inviter les perfonnes inftruites qui auroient quelques Mémoires à produire fur cette matiere, à les adreffer au fieur *Lejay*, Libraire, rue Neuve-des-Petits-Champs, N°. 146. Il feroit à defirer, furtout, que dans les détails qu'on enverroit, on s'occupât de l'état phyfique des lieux & de tous les objets qui peuvent piquer la curiofité des voyageurs. MM. les Architectes qui ont fourni les deffins de quelques Edifices publics & autres Artiftes, font également invités à envoyer à la même adreffe, une notice courte & précife de leurs travaux, afin qu'on en faffe mention.

Cet Ouvrage formera huit petites Parties qui pourront fe relier en quatre Volumes portatifs; la matiere y fera difpofée de maniere, que les Provinces adjacentes fe trouveront dans le même Volume, afin que les voyageurs n'ayent befoin de fe charger que d'un, ou tout au plus de deux Volumes, felon la partie du Royaume qu'ils auront à parcourir.

Ouvrages qui fe trouvent chez le même Libraire.

BIBLIOTHEQUE d'un Homme de Goût. 4 vol. in-12. rel.   12 l.
Choix de Lettres de Chefterfield. in-12. br.
                                                     2 liv. 10 f.
Defcription des Arts & Métiers. 19 vol. in 4. fig. rel.   228 l.
Defcription de la Vallée de Montmorenci. in-8. fig. br.   1 l. 16 f.
Diable (le) boiteux. 2 vol. in-12. rel.   4 l.
Dictionnaire de l'Académie, 2 vol. in-4. rel.
                                                          30 l.
Dictionnaire des Grands Hommes. 8 vol. in-8. rel.   45 l.
Efprit (l') de Marivaux. in-8. br.   3 l.
Efprit (l') des Loix. 4 vol. in-12. rel. 10 l.
Hiftoire abrégée des Voyages. 23 vol. in-8. fig. & Atlas. in-4. rel.   142 l.
Hiftoire de la Barbe. in-12. br.   1 l. 10 f.
Hiftoire de S. Kilda. in-12 br.   2 l.
Hiftoire de Sophie de Francourt. 2 v. fig. brochés.   3 l.

Histoire Univerſelle, par une Société de
  Gens de Lettres. in-8. fig. à 6 l. le v. rel.
Jéruſalem (la) délivrée. 2 v. in-12 p. p. rel. 5 l.
Lettres de Voltaire à l'Abbé Mouſſinot.
  in-8. br.   3 l.
Magaſin des Adoleſcentes. 2 v. in-12. rel. 5 l.
Magaſin des Enfans. 2 vol in-12. rel.   5 l.
Magaſin des jeunes Dames. 3. v. 7 l. 10 ſ.
Méditations d'Hervey. in-12. rel.   3 l.
Mille & un quart-d'heure. 3 vol. in-12. rel.
                                            7 l. 10 ſ.
Naufrage & aventures de M. Pierre Viaud.
  in-12. br.   2 l.
Nouvelle Deſcription des Curioſités de Pa-
  ris. 2 v. petit in-12. br. 3 l. & r. 4 l. 4. ſ.
Nouvelle Deſcription des Environs de Paris.
  2 v. petit in-12. br. 3 l. & rel. 4 l. 4 ſ.
Nuits (les) d'Young. 2 vol in-12. rel. 6 l.
Œuvres de Crébillon. 3 vol. in-12. rel. 6 l.
Œuvres de Fontenelle. 11 v. in-12. rel. 33 l.
Œuvres de Moliere. 8 v. in-12. p. p. rel. 16 l.
Œuvres de Monteſquieu. 7 vol. in-12. rel.
                                           17 l. 10 ſ.
Œuvres de Racine. in-12. g. p. rel.   9 l.
—Les mêmes. in-12. p. p. rel.   6 l.
Œuvres de Regnard. 4 vol. in-12. rel. 9 l.
Origine des Graces. in-8. fig. br. 3 l. 12 ſ.
Paradis (le) perdu. 3 vol. in-12. rel.   9 l.
Princeſſe (la) de Cleves. in-12. br.   2 l.
Siecle de Louis XIV. 4. v. in-12. rel. 12 l.
Tableau philoſophique de l'Eſprit de Vol-
  taire. in-8. br.   3 l.
Vie de Marianne. 3 vol. in-12 rel. 7 l. 10 ſ.
Voyage de Boſſu. in-12 rel.   3 l. 15 ſ.

www.ingramcontent.com/pod-product-compliance
Lightning Source LLC
Chambersburg PA
CBHW050146030726
47505CB00005B/1248